21世紀日本文学ガイドブック④

井原西鶴

中嶋 隆 編

目次

第二部　西鶴を読むために　鑑賞の手引き

【扉図版】　第一部　法体姿の西鶴像（土橋春林編・井原西鶴画『俳諧百人一句難波色紙』）
第二部　大坂・堀江の芝居小屋（井原西鶴筆『独吟百韻自註絵巻』）
（いずれも天理大学附属天理図書館蔵）

凡例

一、本書における人名・地名などの用語については、適宜に通行の字体に改めた。漢字の読みを補う場合は、現代仮名遣いによった。

一、作品などからの引用においては、底本としたものの表記に従いつつ、句読点・濁点を適宜に付した。漢字の読みを補う場合は、歴史的仮名遣いによった。

一、本文中の年号については、元号を用いた。

一、人名については、俳号での呼ばれ方が一般的である場合、姓を省略した。

井原西鶴

総論

メディアの時代を駆けた西鶴

——俳諧から「好色物」浮世草子へ

中嶋　隆

出版文化の申し子

一般に、メディアの転換期には新しい才能が活躍する。西鶴の駆け抜けた一七世紀は、写本から版本へ、メディアの転換した時期だった。現代でいえば、テレビとラジオという二大メディアの役割が転換した昭和三〇年代のようなものである。開高健、藤本義一、井上ひさし等々、この時期にテレビという新メディアに関わった若者たちの才能が、文芸においても一斉に開花した。

メディアの転換といっても、中世まで主要メディアだった写本が、江戸時代に生産されなくなったわけではない。江戸時代には、写本は中世以前よりはるかに多量に作られ流通した。しかし、不特定多数の享受者に大量の情報を伝えるというメディア本来の機能を果たしたのは、写本より版本のほうだった。江戸時代の写本は稀少な情報を伝え、かつ写本そのものが版本に比べて小部数しか生産されなかったために、版本とは違った商品価値をもった。いわば新旧メディアの機能が転換し、写本と版本との新たな役割分担が、一七世紀に行われたのである。

中世以前の文芸は、口から口（口承）、写本から写本（書承）へ伝えられた。こういう伝承には「量とスピード」が意味をなさない。たとえば仏教説話は、説法しながら全国を巡歴する談義僧や遊行聖《ゆぎようひじり》によって伝播したが、ある地域に説話が早く伝わったとしても、そこになにか新しい価値が生じるわけではない。また『古今和歌集』や『源氏物語』などの古典やその注釈書は、写本を入手することのできた特権的文化層だけに享受された。書承されていくうちに、難解な解釈は多数の享受者に提供されることなく次第に秘伝化し、「古今伝授」のように秘伝を継承することが権威とさえなった。

印刷・出版は、中世以前にも行われている。しかしながら、八世紀に称徳天皇の勅願で作製された法隆寺『百万塔陀羅尼』にはじまる、春日版、高野版、浄土教版などの出版物は、仏典を正確に伝承することと宗教的目的とを意図したもので、印刷物が、多数の享受者をもつメディアとして機能していたのではない。鎌倉時代末期から五山の禅僧たちによって出版された五山版は、宋・元の整版(木版)印刷技法を踏襲し、技術面では高い水準にあった。しかし、この印刷物も享受者が限定されていたので、メディアの機能が十分に果たされていたとはいえない。

五山版で注目されるのは、印刷物が、仏典だけではなく儒学書・詩文集・医学書などに及んだことである。中国の印刷文化が我が国に移入され、印刷の対象が仏典以外に広がったのだ。ただし印刷されたのは漢文である。五山版の時代にも、仮名、あるいは漢字仮名まじり文で表記された物語や和歌類は、もっぱら写本で流通した。

現代の我々は、日常用いる漢字・仮名表記がそのまま印刷されるのが当然だと思っているが、歴史的に見れば、一六世紀末になってようやく漢字仮名まじり文の印刷物が出現したのである。この画期的な印刷を行ったのは日本人ではなく、イエスズ会の宣教師だった。いわゆるキリシタン版である。

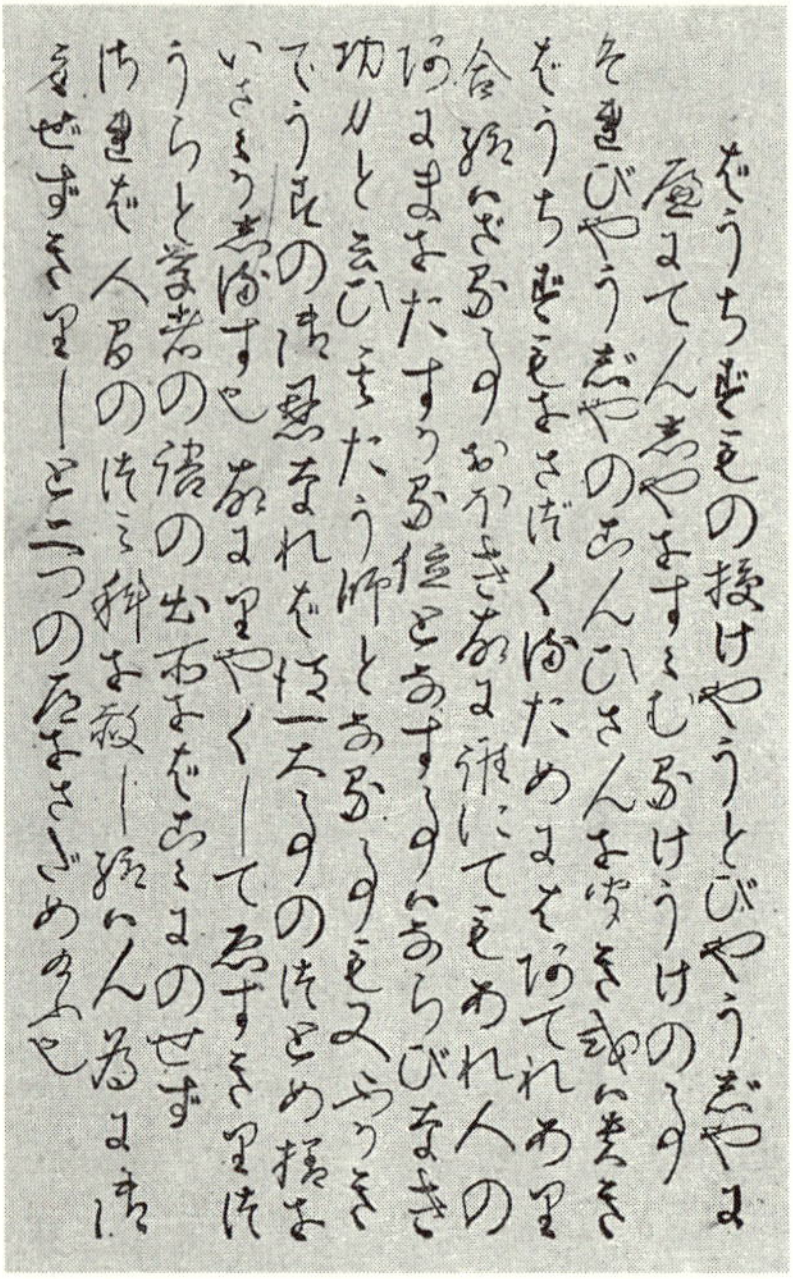

図1　『ばうちずもの授けやう』（天理大学附属天理図書館蔵）

グーテンベルクの発明した、植字盤に鉛合金の活字を並べ、プレス機で印圧を加える西洋式印刷機で作製された『どちりいな・きりしたん』（天正一九年〈一五九一〉）、『ばうちずもの授けやう』（文禄二年〈一五九三〉）などは、単字の活字の他に、仮名の続き文字を一個の活字にするなどの工夫を加え、それまで写本にしか見られなかった続き文字の漢字仮名まじり文を、我が国ではじめて印刷した。この印刷物は、南蛮趣味と相俟って、漢字体の版本にしか接したことのなかった当時の知識層を驚愕させたに違いない。

印刷技術史の上では、豊臣政権の朝鮮侵寇（文禄・慶長の役）の際に搬入された朝鮮銅活字版とキリシタン版とが比較され、キリシタン版は江戸幕府の厳しい禁教政策のために短期間で消滅したので、後続の印刷技術にあまり影響を与えなかったとするのが通説である。が、出版文化史の観点からみると、漢字仮名まじり文印刷の嚆矢《こうし》となったキリシタン版が江戸時代の版本に与えた影響は、漢文印刷の朝鮮銅活字版よりまさっていたと思う。

続き文字の活字をも用いたキリシタン版漢字仮名まじり文の版面は、同じように続き文字を一個の木活字にして印刷する技法を用いて古典類を数多く印刷した嵯峨本にも影響を与えた。慶長年間（一五九六〜一六一五）に、本阿弥光悦らが、京の富豪角倉《すみのくら》素庵《そあん》の協力を得て京都嵯峨で出版した嵯峨本は、『伊勢物語』『方丈記』『撰集抄』『徒然草』『観世流謡本』『伊勢物語肖聞抄』『源氏小鏡』などの、写本でのみ伝えられてきた古典や注釈書を、時には大和絵風の挿絵を添えて印刷した。古典の古活字版は嵯峨本からはじまったわけではないが、印刷点数の多さと、平安期の美意識が料紙や装丁等にも活かされた点で、以降の古典出版に嵯峨本が与えた影響は、極めて大きかった。

とはいえ、嵯峨本もキリシタン版と同様、それ自体まだ不特定多数の読者に情報を提供するメディアとして機能していたわけではない。嵯峨本は、公家や大名あるいは上層町人だけにしか享受されなかった。本文を能筆が筆写し豪華な装丁を施した写本と同じ感覚で製作された、一種の美術工芸品である。

しかし、嵯峨本はキリシタン版とは違って、版木《はんぎ》を用いた整版（木版）印刷の時代になると、その覆刻版が多く作られた。嵯峨本を薄い紙に写して版下《はんした》を作り、それを版木に彫って整版印刷すれば複製本が出来る。丁ごとに木活字を組み直す嵯峨本と異なり、整版印刷は何度でも増刷が可能である。嵯峨本そのものを享受できる文化層は限られたが、その覆刻版は多数の読者に享受された。

たとえば『伊勢物語』では、西鶴『好色一代男』の刊行された天和二年（一六八二）までに、嵯峨本の覆刻以外に一三種が出版されたが、中院通勝《なかのいんみちかつ》が校勘した嵯峨本の本文がほぼ用いられ、各段の大和絵風の挿絵も嵯峨本とほとんど同じ構図で画かれている。嵯峨本が、古典類の整版印刷に与えた影響が多大だったことがわかる。

一七世紀には俳諧と謡曲とが大流行した。古典教養を必須とするその流行は、写本や嵯峨本を享受した上層文化層とは異なる中層文化層の古典享受者の拡大をもたらした。整版印刷が普及すると、俳諧・謡曲をたしなむ人々の需要に応じて古典の絵入り本や注釈書類の出版が急増する。古典類に限らず、版本が商品化し、売れる本の版木《はんぎ》は書肆の間で売買された。この段階になってはじめて、印刷物が現代と同じようにメディアとしての機能をもつようになったのである。

井原西鶴が二、三〇代だった寛文・延宝期（一六六一〜一六八一）には、種々の版本が流布し、上層文化層の愛玩する豪華な写本とは無縁だった人々の教養の源となった。古写本の『源氏物語』や、『細流抄』『孟津抄』『河海抄』『花鳥余情』『弄花抄』『明星抄』等の写本で流布した古注釈書を入手するよりは、俳諧師北村季吟がこれらの注釈書の解釈を頭注・傍注に引用した『源氏物語湖月抄』で『源氏物語』を読むほうが、はるかに容易となったのだ。また『源氏物語湖月抄』や『首書源氏物語』が難しい読者には、『十帖源氏』『おさな源氏』のような絵入り梗概書も刊行されて、多様な享受が可能となった。

こうした出版文化がなければ、井原西鶴の小説は花開かなかっただろう。『好色一代男』を例にすると、主人公世之介が七歳のとき、深夜オシッコに立ったついでに侍女をくどく場面がある。目録には「七歳／けした所が恋はじめ／こしもとに心ある事」と書かれる。当時、「七歳」「恋はじめ」というキーワードから、多くの読者がこの場面の意匠を見抜いたに違いない。光源氏の年譜を記した『源氏物語湖月抄』の「年立《としだて》」という巻に「七歳　桐壺巻　若宮御書始《おんふみはじめ》の事」とある。西鶴は、光源氏の「書始《ふみはじめ》」を「恋はじめ」に変え、あえて俗な行為をさせた。雅を俗に落とすことは、俳諧の常套的な「笑い」の仕掛けでもあった。

このようなパロディは、光源氏七歳の「書始《ふみはじめ》」が、作者と読者とに共通するコードとなっていなけれ

図2　七歳の世之介が腰元をくどいている（『好色一代男』巻一の一、早稲田大学図書館蔵）

ば成立しない。現代では、メディアそのものが多様化しているため、異なるメディアの享受者間では、共通コードが成立しない場合が多々見られる。たとえば、大和和紀『あさきゆめみし』では「書始《ふみはじめ》」の場面が省略されているから、原文や現代語訳で「桐壺」を読んだ読者と違って、この漫画でしか『源氏物語』を読んだことのない高校生には、このパロディは理解できないだろう。

版本がメディアとなったばかりの一七世紀は、現代と異なりメディア構造が単純だったので、共通コードが成立しやすかった。言い換えれば、江戸時代初期の出版文化は「知」を解放すると同時に「知」の均質化を招来したのである。だからこそ一七世紀は、小説（仮名草子・浮世草子）や俳諧などほとんどの文芸ジャンルで、古典のパロディが流行した「パロディの世紀[1]」となった。

俳諧メディア・プロデューサー

西鶴の浮世草子は、曲亭馬琴が「人々今日目前に見るところを述べて、滑稽を尽くすことは西鶴よりはじまれり」と『燕石雑志』（文化八年〈一八一一〉刊）に記しているように、江戸時代後期の戯作にま

で影響した。西鶴の次世代の作者たちも、西鶴の真似をしていることを、公然と口にしている。例を挙げれば、きりがないのだが、

今色さとのうわさ、おほくの咄につづりて、浮世本の品々有りといへども、大かた二万翁(西鶴)の作せられし内をひろひあつめたれば、襖障子の上張りを仕かへたるがごとし

これは、宝永元年(一七〇四)ごろ刊行された井上軒流幾『契情刻多葉粉《けいせいきざみたばこ》』の記述である。最近の「浮世本」は西鶴の模倣で、「上張り」を貼り替えたようなものだといっている。

また都の錦は、『好色堪忍ぶくろ』(宝永七、八年〈一七一〇、一一〉ごろ刊)で、

恋の出見世の助《ママ》が、一代男の名をふり売りせしより此のかた、色の元手のかな熊手となりて、そこかしこの掃溜よりかき集めたる風流の双紙、八百万《やおよろず》の紙数をつらね

と述べて、『好色一代男』を「風流の双紙(浮世草子)」のはじまりと位置づけている。

このように、西鶴の浮世草子、特に『好色一代男』が、江戸時代小説に与えた影響は多大だった。なぜ、『好色一代男』が後続小説の始原と称されるほど画期的だったのか。私は、西鶴が俳諧的発想で「仮名草子(小説)」を書いた、つまり『好色一代男』が「俳文」的小説だったからだと思う。

西鶴の「俳諧から浮世草子へ」という創作軸を、「転向」とか「挫折」ではなく、いわば直線的に把

握すべきだと、私はこれまで何度か主張してきた。もちろん直線的といっても、散文と韻文とでは創作の場《トポス》が異なるから、俳諧から浮世草子が自然と生まれたわけではない。俳諧が西鶴小説の必要条件になったという意味であるが、西鶴の文芸活動をトータルに跡づけるには、まず、俳諧からみていかなければならない。

数奇《すき》にはかる口の句作、そしらば誹れ、わんざくれ

と、西鶴が『生玉万句』（寛文一三年〈一六七三〉刊）の序文で声高に主張した「かる（軽）口」という俳諧理念は、「機知に富んだ」ということで、必ずしも「早口」つまり「速吟」という意味ではない。しかし、寛文末ごろから貞享にかけて「速吟」をもてはやす傾向が談林俳諧にあった。と同時に、元来複数の連衆《れんじゅ》による共同体的創作だった連句を個人で行う「独吟」が流行した。

私が、この時期の「独吟」「速吟」の流行に注目するのは、享受と創作とが一体化した共同体（座）文芸としての俳諧本来のありかたが変質したからである。いわば「座の文芸」から「個の文芸」が屹立しはじめた、と考えるのだ。自明のことを言うようだが、個人の創作した作品を、多数が享受するという創作形態は、俳諧と小説との融合を考えるのに重要な必要条件である。また、この時期に起こった貞門と談林との論争や非難の応酬も、つきつめればこの点に帰着する。

理念や付合技法からみると、貞門と談林とは、それほど対立したものではなく「つけもの・見立て・あしらひ・心づけ」といった貞門俳諧の手法を、西鶴もそのまま用いて、「無心所着」「軽口・大笑ひ」

のいわゆる「守武流（談林俳諧）」句作りを行った。貞門から「伴天連社《ばてれんしゃ》」と嘲罵された京の菅野谷高政にしろ、大坂の西鶴にしろ、その表現世界があまりに奇抜で個性的にすぎる、つまり俳諧の共同体的表現規範を超えたと判断されると、さまざまな理屈をつけられ貞門から非難を浴びるという構図だったと思う。

もちろん、詞や「見立て」の奇抜さを徹底したあげく、貞享末には俳諧をやめてしまった高政と違って、「正風《しょうふう》」意識というか、雅俗のバランス感覚を維持した西鶴は、晩年には連歌風の穏やかな句作りをする元禄初期俳諧の流行に迎合して俳諧へのこだわりもみせる。要するに西鶴の俳諧活動は、もともと「個の文芸」という性格の濃いものだったのだ。

西鶴の実質的な俳壇デビューは、寛文一三年（一六七三）二月二五日に開催、三月七日に満尾した「生玉万句」である。この万句興行は、開催のわずか七日前、二月一八日に催された大坂清水寺観音堂奉納の「清水万句」に対抗して行われた。

西鶴、まだこのころは鶴永と名乗っていたが、私は、鶴永が「守武流」の法楽万句を主催したことよりも、開業したばかりの大坂書肆「板本《はんもと》安兵衛」が六月に出版した『生玉万句』の西鶴序文――「伊勢みもすそ川の流（守武流）」や「かる口の句作り」といった新風を誇示する詞をちりばめた序文に、むしろ俳諧史的意義があると思う。

この序文では、万句興行に結集した多くの俳諧師をさしおいて、「阿蘭陀流などさみして（非難されて）」と、新風を起こした張本人が西鶴自身であるかのような書き方がされている。たしかに延宝七年（一六七九）刊『俳諧破邪顕正』などでは「阿蘭陀西鶴」と非難されているが、これは『生玉万句』より後年のことである。少なくとも、寛文一三年(一六七三)以前に、西鶴を「阿蘭陀流」と非難した資料はないし、そもそも『遠近集《おちこちしゅう》』に三句、『落花集《らっかしゅう》』に一句しか入集していない鶴永(西鶴)が、貞門から非難されるほどの俳諧活動を行っていたとは考えられない。加藤定彦氏[(2)]が論じたように、西鶴は極めて自己顕示の強い序文を書き、それを起業したばかりの大坂書肆「板本安兵衛」に出版させて俳壇デビューを図ったのだ。

寛永期には老舗の民間書肆が出揃っていた京に隣接する大坂は、三都の中ではもっとも書肆の出現が遅れた。寛文末ごろから京で起こった俳書や実用書の出版ブームと軌を一にして、大坂でも、このころにやっと書肆が起業した。西鶴は草創期の大坂出版メディアを巧みに利用したといえる。

図3 『哥仙大坂俳諧師(俳諧歌仙画図)』初撰本の西鶴像。句は「長持に春ぞくれ行更衣」(島根県立図書館山口文庫蔵)

西鶴の「独吟」「速吟」傾向が顕著になったのは、二五歳で病没した妻を追善した延宝三年(一六七五)刊『俳諧独吟一日千句』からである。当時は妻を夫が追善するという習慣はなかったから、この異例の俳書は俳壇の耳目を集めた企てだったと思う。一日に一〇〇〇句を詠むというアイデアは、天理図書館の牛見正和氏[(3)]が最近紹介、翻刻した寛文一三年八月刊『清水千句』に倣ったもののようだ。
『清水千句』は、宗祇「水かをり花いさぎよき太山《みやま》哉」を発句とする「清水本式連歌百韻(清水連歌)」に倣い、各百韻の発句に「花」を詠み込んだ、清勝主催の大坂清水寺奉納十百韻《とっぴゃくいん》を収めたもので、その序に「奉納の十百韻は一日千句なりければ」とあるように、一日で詠むという速吟を誇った十百韻(千句)だった。西鶴は、愛妻の命日四月三日にちなんで、各百韻の発句の季語に「花」ならぬ冥界の鳥「ほととぎす」を詠み込み、一日で十百韻を独吟したのである。[4]

元来「千句」は、百韻を一〇巻集めただけの十百韻とは異なり、独自の式目《ルール》で三日かけて行う。西鶴は、通説のように「千句」様式を意図的に崩したというわけではなく、一人で一日に十百韻を巻いたという「独吟」「速吟」を誇って『独吟一日千句』という題を付けたのだろう。

では、こういう「速吟」はどういう句作りを必然化するのか。小説性・物語性を視野において『独吟一日千句』と芭蕉七部集の第一作『冬の日』とを比較した拙稿[5]で述べたことを要約する。

(1)俳諧から予定調和的な趣向を排し、臨機応変の付合の妙(軽口)をいかに示すかが、『独吟一日千句』で西鶴の苦心した点である。当座性を重視する談林俳諧で鍛えられた西鶴の言語感覚と、速吟でしばしば用いられる「心付け」とが、当世風俗を書記する際にあたかも写生画におけるデッサンのように機能した。「転じ」の鮮やかさと写実性(representation)とが、西鶴独吟の真骨頂である。

(2)『冬の日』と『独吟一日千句』とを比較すると、以下のような相違がみられる。

イ、小説的発想の強い句が随所に挟まれる点では両書は共通するが、『冬の日』が「三人称的句作り」、小説でいえば「作者全知(omuniscient writer)」の表現方法と似た手法がとられているのと対照的に、『独吟一日千句』では、人事句については「一人称的」「二人称的」句作りが行われることが多い。

ロ、『独吟一日千句』では、心付けの遣り句(技巧をこらさずに、あっさりと付けた句)に写実性が濃くみられる。西鶴俳諧が風俗的と評される原因は、「無心所着(滑稽でナンセンス)」の句にまじって適度に配された写実性の濃い遣り句のせいだろう。

ハ、西鶴の句作りは、『冬の日』より具象的で表現は多彩だが、付筋(前句・付句のコンテクスト)が了解されてしまうと、想像力の介在する余地がない。一方、『冬の日』は、付筋そのものが享受者の想像力で膨らんでいくような側面をもつ。

『独吟一日千句』で多用される二つのコンテクストを取り合わせる方法は、乾裕幸[6]が指摘したように、西鶴の「あしらひ」の基本的方法である。図式的にいうと、A・B二つの異質なコンテクスト(付筋)が取り合わされることによって、Cという荒唐無稽で非現実的な意味(無心所着)が生じる。そのA・BとCとの落差が、「大笑い」に収斂するという構図である。

たとえば「むくりこくりかよするしら波」「村鵆《むらちどり》都合あはせて時の声」では、「むくりこくり(蒙古、高句麗)」に「時の声」をあしらい、「風さゆるをじまがいそのむらちどり立居は浪の心なりけり」(『新古今集』冬)という和歌に依って、「しら波」に「村鵆」を付けた。「蒙古、高句麗の大軍が攻め寄せる白浪に乗って、群千鳥が一斉に鬨の声をあげた」という荒唐無稽な句意になるが、蒙古軍との戦というコンテクストに、「しら波」「村雨」の和歌的コンテクストを重ねたところに「大笑い」が生じる。

西鶴の句作りに比べて、たとえば『冬の日』の「のり物に簾透顔おぼろなる」「いまぞ恨の矢をはなつ声」では、異質なコンテクストの取り合わせよりも、むしろ前句の虚構のシチュエーションをいかに解釈すべきかに付句の作者の想像力が動員される。『冬の日』のこのような「心付け」には、享受者の想像力によって付け筋（前句・付句のコンテクスト）がさまざまに解釈され、その想像の過程に、笑いではなくむしろ美意識が介在する。この傾向は以降の蕉風に踏襲されたわけではないが、詩（美意識）と小説（前句・付句のコンテクスト）とのトポスが交錯した稀な例だろう。

『独吟一日千句』に「一人称的」「二人称的」句が多いのは、西鶴の作家的資質の問題ではなく、付合に変化をもたらす必要から生じた「軽口」の技巧にすぎないと思う。「三人称」的句の多い『冬の日』の場合には、前句から離れて付けた疎《そ》句《く》の「心付け」のほうが、その解釈に余情・余韻が生じる。西鶴の「心付け」は親《しん》句《く》であるがために、句作りに変化が必要だったのである。

『冬の日』の小説的「心付け」は、美意識や情緒を重視したため、小説（浮世草子）に発展する要素が薄い。それに比べて、西鶴が『独吟一日千句』で多用した「あしらひ」は、西鶴小説の基底的方法に転化した。すなわち西鶴小説には、いくつかの異質なコンテクストが取り合わされており、読者は自らのコードからコンテクストを「創造」しつつ享受する構造がある。(7) ちょうど連句で、打越・前句にいくつか取り合わされている付け筋（コンテクスト）のひとつを選択し、それを転じつつ、新たな前句・付句のコンテクストを創造するのと同じである。このような構造は『好色一代男』に限らず、西鶴小説全般の特徴であると、私は考える。

さらに『独吟一日千句』は、「独吟」「速吟」傾向をもった新俳諧を、いち早く出版メディアにのせた点でも注目される。西鶴の「独吟」「速吟」俳諧のきわめつけは、一昼夜に百韻を何巻作れるかを競う「矢数俳諧」であるが、独吟興行をすぐに版本にするというメディア利用は、このときにはじまった。西鶴の興行した「矢数俳諧」は、次の通りである。

延宝五年(一六七七) 生玉本覚寺にて、一日一六〇〇句独吟。同年『俳諧大句数』刊行。
延宝八年(一六八〇) 生玉社別当南坊にて、一日四〇〇〇句独吟。翌年『西鶴大矢数』刊行。
貞享元年(一六八四) 住吉社頭にて、一日二万三五〇〇句独吟。

西鶴の他に、一八〇〇句詠んだ月松軒《げっしょうけん》紀子《きし》の『紀子大矢数』と二八〇〇句独吟の大淀三千風《おおよどみちかぜ》『仙台大矢数』が知られている。作品は残っていないものの、江戸の才麿が「一万句独吟」(『こころ葉』『白玉椿』)、一晶が「一万三五〇〇句独吟」(『こころ葉』『花見車』)に成功したという記事が残る。西鶴が後見をした大淀三千風『仙台大矢数』をのぞき、紀子・才麿・一晶の「矢数俳諧」は、聴衆のいない場で行われたようだ。大衆の面前で行われる興行《イベント》は「噂」となって地方に伝播する。西鶴は、他の俳諧師と違って、当時の重要なメディアである「噂」を巧みに利用した。

延宝五年(一六七七)、五月二五日に大坂生玉本覚寺で興行された一日一六〇〇句独吟を出版した『俳諧大句数』の序文で、西鶴は次のように述べる。

天下の大矢数は、星野勘左衛門、其名万天にかくれなし。今又俳諧の大句数、初て我口拍子にまかせ、一夜一日の内、執筆《しゆひつ》に息をもつかせず（中略）其日数百人の連衆《れんじゆ》、耳をつぶして是をきき給へり。

京都東山三十三間堂で、毎年夏に行われた「通矢《とおしや》」に倣い、一昼夜に詠んだ百韻の数を競ったのが「矢数俳諧」である。尾張藩士星野勘左衛門が、寛文九年（一六六九）に樹立した、一万五四二筋放った矢のうち八〇〇〇筋が的を射たのが、当時の「通矢」のレコードだった。こうした世間のトピックを取り込みながら、「数百人の連衆」を前に、「執筆（筆記者）」二人と「指合見《さしあいみ》（審判）」二人を立てて、独吟興行が行われた。元来連句の作り手である「連衆」が、矢数俳諧では単なる聴衆になっていることに注意すべきであろう。

西鶴自序によれば、すでに日向で四〇〇句、南都で六〇〇句を試みた者がいた。また西鶴自身も「片吟（自ら句を筆記する吟詠）」でなら、三六〇〇句に成功したと述べる。西鶴の着眼点は、いわば密室の個人競技を、大衆の面前で行う興行にしたことにあった。そして「番付の懐紙・文台・目付木・左右の置物・掟書等、あと望の方へ是を譲るべし。」と、自分に続く挑戦者を募ってさえいる。まさにメディア・プロデューサーとしての面目躍如である。

延宝八年（一六八〇）五月七日、四〇〇〇句独吟の折、その成功を報じた、尾張鳴海の下里知足宛の西鶴書簡が残されている。

私大矢数の義、五月八日に一代の大願、所は生玉にて、数千人の聞に出、俳諧世にはじまつて、是より大きなる事有まじき仕合、一日の内一句もあやまりもなし。一句いやしき句もなし。又は天下にさはり申候句もなし。おもふままに出来、近々に板行出来申候。

文面の「数千人の聞に出」は誇張かもしれないが、多くの聴衆のまえで「矢数俳諧」が興行され、「板行（出版）」が準備されていたことがわかる。この時の興行には、「指合見《さしあいみ》」に五人、「脇座」に一二人、「執筆」に八人など、合計すると五五人の「大矢数役人《スタッフ》」がそろえられた。

この手紙の出されたのは六月二〇日だが、知足は、それより前に四〇〇〇句独吟成就の情報を得ている。熱田の桐葉という俳諧師から知足に宛てた六月一二日付返書に「大坂西鶴大矢数の巻頭第三迄《まで》書付被下《くだされ》、忝《かたじけなく》奉存候。四千句の本、御所持被成候はば、重而《かさねて》の便りに、御見せ可被下《くださるべく》候。」と書かれている。当時の矢数俳諧の流行と情報伝達の早さが窺われよう。

このように、西鶴の「矢数俳諧」には、興行《イベント》・噂・出版という異なるメディアの相乗効果が図られていた。私は、「矢数俳諧」の超人的記録はもちろんだが、メディア・ミックス的発想をいち早く西鶴が抱き、実践したことに、その抜きん出た才気を感じる。

俳諧メディア・プロデューサーとしての活躍は、西鶴を大坂談林の雄に押し上げたが、このころから悪口の度も増した。「大坂にて阿蘭陀西鶴」（『俳諧破邪顕正』延宝七年）、「おもてうらなきばされ句の大将」（『俳諧熊坂』延宝七年）、「邪流の張本ども」（『俳諧猿黐《さるとりもち》』延宝八年）などと貞門の俳諧師から罵詈《ばり》を浴びせられた。逆に言うと、この延宝七、八年ごろ、すなわち西鶴三八、九歳ごろが、談林俳諧師としての地位が揺るぎないものとなった時期と考えられる。これは『好色一代男』の執筆時期にあたる。

盗人と思ひながらもそら寝入
　親子の中へあしをさしこみ
胸の火やすこし心を置こたつ
　揚屋ながらにはじめての宿
なんと亭主替つた恋は御ざらぬか
　きのふもたはけが死んだと申

（『大句数』第八）

当座性・即興性を重んじた西鶴の「軽口」俳諧は、「速吟」を誇る「矢数俳諧」になると、右の例のように、さながら小説の場面が次々と転換していくような「心付け」の句作りが増える。『独吟一日千句』で述べた「あしらひ」による句作りも見られるが、スピード（句数）を競うからには「心付け」の遣り句が増えるのは、やむをえないことでもあった。

このような付合には、『冬の日』の「心付け」と異なって叙情性の展開する余地がなく、一種の写実性（representation）が追求されやすい。前述のように、スピーディな「心付け」が、当世風俗を画くデッサンのように機能したのだ。

「俳言（俗語・漢語・口語など）」を重視した貞門俳諧によって、「本意・本情」をもつ雅語を用いた和歌・連歌の伝統から俗語が解放され、表現世界の拡大がもたらされた。純正連歌への志向性をもたない談林俳諧は、雅語的世界を「軽口・大笑い」で蚕食しながら、貞門俳諧より徹底して表現対象を拡大した。大衆の面前で記録を競う「矢数俳諧」興行を実質的に創始した西鶴の俳諧にいたっては、「速吟」

のもたらした遺句の「心付け」が、現実の刹那《せつな》を切り取ったかのような写実的句作りに結実したのである。

ところで、西鶴の浮世草子の二作目『諸艶大鑑』の刊行された貞享元年(一六八四)に興行された一日二万三五〇〇句独吟は、執筆の筆が西鶴の「早口」に追いつかなかったからだろうが、「住吉奉納　弐万三千五百句　第一　神力誠を以《もつて》息の根とむる大矢数(西鶴真跡短冊)(8)」という巻頭発句以外の記録が残っていない。四〇〇〇句独吟のときのように、この超人的レコードが俳壇で話題になることもなかった。個人レコードを競う興行形態が、このころにはもう飽きられていたのだろうと、私は推測する。要は、矢数俳諧が「噂」を創造するインパクトを喪失したのである。

矢数俳諧がスピードを競うあまり「ただ指合(ルール違反)ばかりにて、みるめも恥ずかしく(中略)是を思ふに、よき句といふ物は、一句も大切なる物也と語られし。」(坂上松春『俳諧祇園拾遺物語』一六九一)といった批判が、俳壇の大勢となった。興行を見物する「連衆」ではなく、創作主体としての本来の「連衆」のありかたに俳諧師が回帰したともいえる。西鶴の四〇〇〇句独吟を周辺の俳諧師にいち早く伝えた、前述の知足の日記を見ても、この二万三五〇〇句興行に触れた記事はなく、彼の関心は、このころから芭蕉に移ってしまったようだ。

貞享五年(一六八八)三月ごろに、真野長澄宛てに出した西鶴書簡には、「此ころの俳諧の風勢、気に入不申候ゆへ、やめ申候」と書かれている。前に引用した四〇〇〇句独吟成功を誇らしげに伝えた、延宝八年(一六八〇)下里知足宛西鶴書簡の文面と比べると、悲痛でさえある。西鶴が談林俳諧師として名声を博したころから八年ほどで「独吟・速吟」俳諧は、すっかり流行遅れとなってしまった。

俳文としての『好色一代男』

西鶴が『好色一代男』を書いたのは、天和二年(一六八二)正月三日に下里勘兵衛に宛てた次の手紙からもわかるように、『西鶴大矢数』の興行に成功し、得意の絶頂にあった時期である。

爰元《ここもと》の発句帳壱冊進上申候。めづらしき事もあらず候。京も其通に御座候。私もやう〳〵古き浦嶋を、新しく仕《つかまつり》候。世間に沙汰仕《つかまつり》、少じまんに奉存候。一笑〳〵。いかが御聞可被下《くださるべく》候。武州心ざしの事、是非此《この》春に極申候。其時分緩々《ゆるゆる》と俳(俳諧)承《うけたまわり》可申上候。

「発句帳」とは、此の年の歳旦帳のことで、「古き浦嶋を、新しく仕候」と書かれているのは、天和二年(一六八二)の歳旦発句「皺箱や春しり顔にあけまい物(同年正月刊『犬の尾』)」を指している。もったいぶった文面の感もあるが、手紙の話題は俳諧に終始している。くり返すが、西鶴はこの時期に俳諧に行き詰って、小説に転向したわけではない。やはりこのころ執筆された役者評判記『難波の顔は伊勢の白粉』にも、談林俳書の序跋のような文体が採用された。

俳諧の影響は、文体にとどまらない。「矢数俳諧」は俳諧史からみるとあだ花だが、前節で述べたように、『好色一代男』が同時期の小説から屹立しているのは、複数のコンテクストを重ねる「あしらひ」的叙述や、「矢数俳諧」に多用された「心付け」の写実性(representation)を取り入れた「軽口・大笑ひ」の「俳文」的小説だったからだ。

元来は創作・享受の場《トポス》の重なるはずのない詩と小説とが、「歌物語」の例を引くまでもなく、我国の文芸では融合する場合があった。俳諧と「仮名草子(小説)」とが融合した『好色一代男』のような「大笑い」の「俳文」的小説が出現したのは、文学史的観点からみれば、さほど不自然な現象ではない。

　西鶴より前の散文文芸を、文学史では「仮名草子」と呼んでいる。小説概念の未確立な時期なので、その定義自体が曖昧であるが、『好色一代男』と「仮名草子」との相違は、作者・読者の位置関係から説明するとわかりやすい。

　図式的に言うと「仮名草子」の作者・読者は上・下の関係にあり、『好色一代男』の場合には、作者・読者が水平関係にある。つまり「仮名草子」の作者は、まだ教養に乏しい読者を啓蒙するというスタイルをとるのに対し、西鶴が想定しているのは自分と同じ教養をもった等身大の読者、いわば俳諧の「連衆」のような読者である。「仮名草子」作者とは異なる西鶴のこのような発想には、俳諧の創作・享受の関係、すなわち打越・前句を鑑賞しつつ前句に付句を付ける、享受と創作とが一体化した「座」の創作形態の影響があると思う。当時の読者は、『好色一代男』を、啓蒙・教訓性の強い「仮名草子」という様式《ジャンル》概念をくつがえす、インパクトをもった小説として享受したに違いない。

　前述のように、『好色一代男』は、読者が自らのコードから、コンテクストを再構成する構造をもつ。複綜するコンテクストを取捨選択しつつ、読者が自らのコンテクストを創っていくという西鶴小説の受容形態、すなわち、ある読者の読み取ったコンテクストが、別な読者の読み取ったコンテクストを相対化するというテキスト構造は、前句との付け筋(コンテクスト)を考えながら、付句を創作する俳諧と似た側面がある。

　私は今まで「『好色一代男』は俳文だ」という観点から、文化コードや叙述構造について発言してきたが、[9]西鶴小説がみな「俳文」だと考えているわけではない。『好色一代男』と晩年の『世間胸算用』と比べても、あるいは『本朝二十不孝』や武家物と比較しても、創作方法が異なっているのは明瞭である。西鶴が、意図的に俳諧を小説に取り込んだのは『好色一代男』一作だけだと思う。先例のないオリジナルな方法で創作された『世間胸算用』を除けば、西鶴の基本的創作方法は、先行の文芸様式と小説とを取り合わせることにあり、俳諧もそういう先行文芸のひとつだった。

しかし、『好色一代男』で俳諧と小説とを綯《な》い交ぜたことは、以降の西鶴作品のテキスト構造を決定づけることとなった。依拠した先行文芸様式に応じて、西鶴の文体は変化するが、複綜するコンテクストをもつテキスト構造は、各作品に通底するのである。森銑三[10]が、『好色一代男』以外は西鶴作ではないと考えたのは、作家には固有の文体があるという自然主義的文学観に基づいて、文体に対する森の直感のみを比較の根拠とした誤解であるが、「西鶴の書いた小説は一の俳諧文学であり、俳諧の延長ともいふべきものである」という見解は、西鶴小説の叙述構造をみる限りにおいては卓見だった。

さて、『好色一代男』の版下を書いた水田西吟は、跋文で本書の成立について次のように述べている。

或時、鶴翁（西鶴）の許《もと》に行て、秋の夜の楽寝、月にはきかしても、余所には漏ぬ、むかしの文枕と、かいやり捨られし中に、転合書《てんがうがき》のあるを取集て、荒猿《あらまし》にうつして、稲臼を挽《ひく》、藁口鼻《わらがか》に、読てきかせ侍るに、嫁謗田《よめそしりだ》より闕《かけ》あがり、大笑ひ止ず、鍬をかたげて、手放つぞかし。

文字通り解釈すれば、捨てられていた西鶴の「転合書（いたずら書き）」を西吟が編集したのが『好色一代男』で、西鶴自身は出版を意図しなかったということになる。『好色一代男』の版元は「大坂思案橋　荒砥屋《あらとや》孫兵衛可心」である。確認される刊行書は本書だけなので、荒砥屋が西鶴門人の出資者なのか、書肆なのか判明しない。しかしながら、前節で述べたように、西鶴の俳諧活動は、起業したばかりの大坂書肆を積極的に利用した。その西鶴が、出版を意識しないで『好色一代男』を執筆することなどありえるのだろうか。

一般に、跋文には謙辞のちりばめられることが多い。談林俳書の跋のような西吟の文章の「むかしの文枕」や「転合書」を文字通りとり、出版を意図していなかったと解釈すべきではない。「転合」は「軽口」の謂いであって、この跋文は、『好色一代男』は「転合(軽口)」「大笑い」の小説だと述べているにすぎないのだ。

『好色一代男』は、五章からなる巻八を除いた各巻を七章ずつ配分し、全八巻五四章から構成されるが、これは『源氏物語』五四帖に倣っている。版下は西吟、挿絵は西鶴が画き、各章が二丁半の本文と半丁の挿絵とからなる。当時の出版物にはよくみられる飛び丁(丁付けの誤り)もない。おそらく入念に推敲・浄書された版下が荒砥屋に提供されたのだろう。どこか素人っぽさを感じる『哥仙大坂俳諧師』や『生玉万句』に比べると、版面や装丁は格段に立派である。荒砥屋の住所は「大坂思案橋」だが、実際に本を作ったのは、出版技術の勝った京の本屋である可能性もある。

『好色一代男』の刊行された天和二年(一六八二)に、西鶴の絵俳書三部を刊行した「深江屋《ふかえや》太郎兵衛」という俳書出版に実績をもつ大坂書肆がいた。『好色一代男』もこの版元から出版してもよさそうなものだが、このころにはまだ現代俳句の同人誌出版に近い形態で出版されていた俳書と違い、商品として流通する小説（仮名草子）を出版するにあたって、仮名草子とは異なった『好色一代男』の斬新さを、「深江屋」が嫌ったのではないかと、私は想像する。

しかしその斬新さは、西鶴の俳諧的発想からもたらされていた。たとえば『好色一代男』という書名である。「好色」も「一代男（子孫を残さぬ男）」も、朱子学の道徳・倫理からすると悪徳になる。さらにその「好色」と、在原業平や光源氏に代表される古典世界の「色好み」とを重ねることによって、主人公「世之介」が造型された。「好色」という悪徳（俗）と「色好み」という雅とが、書名に複綜《ふくそう》しているのだ。

このアンビバレントな書名と、七歳の「世之介」が貴公子（光源氏のパロディ）として描かれた冒頭の章「けした所が恋のはじまり」とによって、この作品全体の枠組み（frame）が形成された。この枠組み（frame）が機能しているからこそ、遊里を舞台にした「世之介」の好色（俗）も、雅俗の落差のもたらす「大笑い」に収斂されるのである。

巻一の二「はづかしながら文言葉」では、八歳の「世之介」が、娘盛りの従姉《いとこ》に、手習いの師匠に代筆させた恋文をおくる。この章は『太平記』二一の、高師直が兼好法師に代筆させた艶書を塩冶判官の妻に渡したというエピソードのパロディである。「むかし宗鑑法師の一夜庵の跡とて、住みつづけたる人」と描写される手習いの師匠は、山崎宗鑑の住んだ一夜庵を万治元年（一六五八）に再興した梵益《ぼんえき》という実在の俳諧師である。西鶴は、兼好法師のおもかげを梵益に付し、あえて名前を伏せたわけだ。このような手法は「ぬけ」と呼ばれた談林俳諧の付合技巧を応用したものだろう。

巻一の三「人には見せぬ所」では、九歳の「世之介」が行水する女を「遠眼鏡（望遠鏡）」で覗く場面がある。

ながれはすねの、あとをもはぢぬ臍《へそ》のあたりの、垢かき流し、なをそれよりそこらも、糠《ぬか》袋にみだれて、かきわたる湯玉、油ぎりてなん。世之介四阿屋《あづまや》の棟にさし懸り、亭《ちん》の遠眼鏡を取持て、かの女を愉間《あからさま》に見やりて、わけなき事どもを、見とがめゐるこそをかし。

行水する女の描写といい、「世之介」の早熟でエキセントリックな行為といい、卑俗さの際立つ叙述だが、この覗きも、『伊勢物語』初段の「垣間見」や、高師直が塩冶判官の妻の湯浴みを覗く場面（『太平記』二一）をパロディにしているからこそ笑いが生じている。古典の「垣間《かいま》見《み》」に対して、「遠眼鏡」で「愉間《あからさま》に見」るというように、雅を俗に転じたところに西鶴の意図がある。

図4　世之介が遠眼鏡で湯浴の女をのぞく場面（『好色一代男』巻一の三、早稲田大学図書館蔵）

西鶴は、遊里と浮世とを対立する世界として描くが、それが、あたかも堂上《とうしょう》と地下《じげ》とが対立するような関係として、『好色一代男』に構造化された。「世之介」の好色遍歴は、俗世界を活動舞台にしていても、小説の枠組み(frame)によって、好色(俗)世界に堂上(雅)世界が重ね合わされているからこそ、俳諧的笑いが生じたのだ。

よく指摘されることだが、島原(京)・吉原(江戸)・新町(大坂)・丸山(長崎)等、大都市の廓で活躍した遊女の客となる巻五以降の「世之介」は、主人公としての統一性に乏しい。「世之介」の性格と行動の一貫性のなさは、現実の人間と同じように行為する近代小説の主人公概念からすると、リアリティを疎外することになるが、当時の読者には、御伽草子の主人公のように、対峙する人物に応じて行動が変化する主人公は、文芸様式の伝統の中では、むしろリアルではなかったか。

「世の介」の実在感は、業平や光源氏など物語主人公のパロディとして設定された「世之介」が、読者と等身大に肉体化しようとする志向をもった点に根拠がある。「世之介」と読者との関係は、「人心《ひとごころ》」を核にした同心円的関係にあるといえよう。

仮名草子や好色本、あるいは八文字屋本の主人公が、作者のイメージする人間像の枠内でしか描かれないのに対し、「世之介」は、読者の想像力によって自由自在に変貌する。言い換えれば、享受された時代がさまざまであっても、『好色一代男』の読者は、その時代の典型的人間像を、誇張された形ではあるが「世之介」に見いだすことができる。このような登場人物の写実性(representation)は、『好色一代男』に限らず、西鶴作品に共通する最大の特徴であった。

「好色物」のセクシュアリティ

これまで述べてきたように、一七世紀の散文文芸は、初期には、出版文化のもとで大衆化した古典をパロディとして再生しながら写実性（representation）を増し、俳諧理念を小説に取り込んだ『好色一代男』によって、仮名草子から浮世草子へと様式概念が転換した。『好色一代男』以前の仮名草子は当代風俗を叙述するが、その写実性（representation）には、セクシュアリティが稀薄である。しかし一七世紀末になると、『好色一代男』の影響下に成立したセクシュアリティの濃厚な小説（好色本）が量産されるようになった。

伊勢物語をパロディにした仮名草子・浮世草子を例に説明する。これらは、『仁勢物語』（寛永一六年ごろ成立、同末年ごろ刊）・『新町をかし男』（寛文二年刊）〈『吉原伊勢物語』と改竄、改題〉・『野郎仁勢物語』（寛文年ごろ刊）・『好色伊勢物語』（貞享三年刊）・『真実伊勢物語』（元禄三年刊）と、時代が下るにつれ、時事的話題や好色風俗を描いた叙述が増えていく傾向がみられる。(11)たとえば『伊勢物語』一二段をもじった『仁勢物語』では、島原のキリシタン一揆後の禁教政策が、次のように叙述された。

をかし男ありけり。きりしたんの御法度ありて、町奉行に搦められけり。女も男も、叢の中に置きて、火つけんとす。女侘びて、『武蔵野は今日はな焼きそ浅草や夫《つま》も転べり我も転べり』と詠みけるを聞きて、夫婦ながら助けて、放ちけり。

本文の「もじり」と同時に、時事性（現実性）を叙述に取り込んだのが、『仁勢物語』のパロディの特徴である。この方法は、頭書形式の『好色伊勢物語』にも踏襲された。

むかし好色男せんしやうぶりして、ならの京木辻のさとに、うるよししりてかいにゐにけり。そのさとに、いとぬれめいたるおんな、はうばい住みけり。

○好色　是色道の惣名、一代二代三代男のたぐい、うかれ人なり。○せんしょう　せんじゅといふぢよろうにあひけるからす丸の正といふおとこ、このみてぶんざいよりくわれいしけるゐめうとぞ。○木辻　ならの遊女丁。

『伊勢物語』初段冒頭を、木辻町の遊廓での出来事にとりなしたのだが、本文・頭注にセクシュアリティは感じられず、むしろ当時の好色風俗の叙述のみが目立っている。最初の頭注には「○好色　是色道の惣名、一代二代三代男のたぐい、うかれ人なり」とある。「一代二代三代男」というのは、西鶴の『好色一代男』と『好色二代男（諸艶大鑑）』、さらに、西村市郎右衛門が貞享三年正月に刊行した『好色三代男』のことである。『好色伊勢物語』の刊行されたのは、同年二月なので、『三代男』刊行前に、書名を書き込んだ版下が作成されたのだ。この例では、時事性どころか、新刊本の広告を兼ねた頭注が付けられたことになる。

むかし男有時、ならの京かすが御まつりに、ただひとりしのびてまいられける。此里のきたの町はづれに、百まんがづしとて、ことのほかにさびしき所にして、（中略）むくげのいけがき竹のあみ戸、すみなせるあるじは、ぼうずおちの宇右衛門とて、身はかくれても人のしる、いたづらの中やどして世をわたりぬ。

右は、序文に「西くはく」と記した西鶴偽作、元禄三年刊『真実伊勢物語』冒頭文である。奈良の出会い宿で、男が、当時「暗者《くらもの》」と呼ばれた私娼の姉妹に、五〇〇文ずつ払って閨《ねや》をともにするという内容。『伊勢物語』の文章を一部分もじるだけで、そのプロットを趣向として利用しているにすぎない。古典の文章をもじることよりも、『好色一代男』の風俗を紹介する叙述と同じく、当時の好色風俗を描出することに主眼がおかれている。が、やはりセクシュアリティは稀薄である。

狂歌のように本文をもじって俗に転じ、時事性(写実性)を導入するという『仁勢物語』の方法は、雅俗の均衡の上に成立していた。時代が下るにつれ、その均衡が破れ、右に例示したように「俗」が一方的に肥大していく。写実性(representation)を叙述に導入した『好色一代男』の方法は、このような同時代小説と同じ傾向をもったともいえる。しかしながら西鶴は、俳諧的発想をとることによって、『仁勢物語』とは違った方法ではあるが、雅俗の均衡を維持しようとしたのだ。したがって、後の好色本や春本に見られるような、セクシュアリティを叙述や挿絵に盛り込むことは意図されなかった。

西鶴の「好色物」は、次のように展開した。

諸艶大鑑——「悪書」の小説

『好色一代男』に次ぐ第二作『諸艶大鑑』は、貞享元年(一六八四)初夏(四月)に「大坂呉服町真斎橋角　池田屋三郎衛門」から刊行された。『好色一代男』の版元荒砥屋とは違って、池田屋は、『西鶴諸国ばなし』(貞享二年)・『好色一代女』(貞享三年)・『本朝二十不孝』(貞享三年)・『武道伝来記』(貞享四年)・『新可笑記』(元禄元年)など、西鶴浮世草子を多数刊行して文政年間(一九世紀初)まで続く大書肆に成長した。

『諸艶大鑑』再版本の奥付には「江戸本石町拾間店　参河屋久兵衛」という江戸売捌《さば》き元が加わっている。これは、江戸に上方書肆の利害を代弁する書肆を置いて、江戸の重版（海賊版）を牽制する意図があった。菱川師宣が挿絵を画いた『好色一代男』の江戸版は、「日本橋南弐町目川瀬石町　川崎七郎兵衛」から、貞享元年三月に刊行された。江戸では、もともと上方版を重版・類版する伝統があったのだが、『好色一代男』江戸版のような海賊版を勝手に作られては、上方版の江戸下し本（江戸に搬入された上方製の本）の売り上げに影響する。つまり、江戸売捌き元を置いたということは、大坂書肆を版元とした『好色一代男』『諸艶大鑑』が、大坂という地域性を越えて江戸でもベストセラーになった証左でもある。西鶴の浮世草子がきっかけとなって、重版・類版に関わる上方と江戸との商習慣さえ変わったことは、特筆すべきだろう。

『諸艶大鑑』八巻四〇章は、外題と目録題に「好色二代男」と副題を添えて、『好色一代男』続編の体裁がとられた。しかし、世之介一五歳のとき、好色後家（紫式部のパロディ）との間にできた子が長じて「世伝」と名乗り、そのもとに、「世之介」の住む「女護国」から飛来した「美面鳥」が色道秘伝書を渡すという冒頭の章と、三三歳で「世伝」が往生する最終章にしか、この「世伝」は登場しない。急遽、始章と終章とが書き加えられ、『好色一代男』の続編の体裁がとられたことは明らかである。

始章の「美面鳥」は、当時流布した『往生要集』絵入本や『極楽物語』の挿絵に画かれた迦陵頻伽《かりようびんが》という極楽鳥にそっくりである。また「世伝」の霊を遊女たちが迎える終章の挿絵は、菩薩たちが霊を迎える聖衆来迎図《しようじゆらいごう》をパロディにしている。

『好色一代男』が『源氏物語』を俳諧化したように、『諸艶大鑑』始章・終章は『往生要集』挿絵をパロディにしたが、それ以外の章には、古典(雅)的世界を俗に落とすような俳諧的発想がみられない。むしろ、遊里の内情や遊びの秘伝を解説した諸分書《しょわけしょ》が強く意識されている。

柳の九市が内証論、小堀法師がまさり草、よしなか染の宗吉が白烏《しろがらす》にも、書につきせず。其後、一条の甚入道が遊女割竹集にも、すいりやうの沙汰多し。伏見の浪人が作りし太夫前巾着といふ悪書も、見分計《ばかり》にておかしからず。

このあと、「くにといふやり手」の語る「諸国の諸分《しょわけ》」の聞書きに「世伝が二代男、近年の色人残らず是に加筆」したのが本書だと述べられる。

初章に書かれた右の文章には、「悪書(遊女評判記・諸分書類《しょわけしょ》)」を批判する姿勢が顕著である。「すいりやう(推量)」や「見分(見栄、外聞)」が多くて面白くないと批判された先行書はほとんど現存しないのだが、西鶴の執筆姿勢が、遊里の現実を面白く描くことにあったことが確認できる。このように『諸艶大鑑』は『好色一代男』と全く違って、作品の枠組み(frame)からの俳諧性の後退が著しい。おそらく当時の読者は、作品に盛り込まれた「悪書」としての情報量の多さと、従来の「悪書」に欠ける話の面白さとを兼ね備えた新しい短編小説集として、『諸艶大鑑』を読んだのだろう。

好色五人女――「芸能メディア・ミックス」の小説

貞享三年（一六八六）二月に刊行された『好色五人女』は、演劇の影響の強い作品のひとつである。西鶴は前年二月に、最期物語（追善小説）の体裁をとった半紙本二巻二冊『椀久一世《わんきゅういっせい》の物語』を、『好色五人女』と同じ大坂の版元「北御堂前安土町本屋　書林（森田）庄太郎」から出版した。この小説は、次の文章からわかるように、貞享元年一二月に、悪所通いのはてに、のたれ死んだ実在の商人椀屋久右衛門（菩提寺は大坂円徳寺）を登場させた大和屋甚兵衛座の際物《きわもの》狂言を当て込んだものだった。

　世の取沙汰を大和屋が狂言につくりて、甚兵衛が身ぶり、其まま椀久を生うつし、是を見し人、恋を知るも知らぬも、泪《なみだ》を求めける。

そもそも西鶴は、役者たちの俳諧撰集『句箱』（延宝七年）『道頓堀花みち』（同年）に入集したように、俳諧を介して梨園と親交があった。また天和三年（一六八三）には役者評判記『難波の顔は伊勢の白粉』を刊行するほど芝居通でもあった。歌舞伎だけではなく、浄瑠璃にも造詣が深かった。『好色五人女』出版の一ヶ月前には、西鶴作、宇治加賀掾正本『暦』が刊行され、同年三月には、大坂道頓堀で竹本義太夫座に対抗して興行をはじめた宇治加賀掾座のために『凱陣八嶋《かいじんやしま》』を書いている。

西鶴が『好色五人女』出版前後に、浄瑠璃二作を執筆していることは軽視できない。たとえば、会話文体である。

其後は、心まかせになりて、吉三郎寝姿に寄添て、何共《なにとも》言葉もなく、しどけなくもたれかかれば、吉三郎夢覚て、なを身をふるわし、小夜着の袂を引かぶりしを引のけ、「髪に用捨もなき事や」といへば、吉三郎せつなく「わたくしは十六になります」といへば、お七「わたくしも十六になります」といへば、吉三郎かさねて「長老さまがこはや」といふ。「をれも、長老さまはこはし」といふ。何とも此恋はじめもどかし。

この文章は、一六歳の八百屋お七が、同い年の寺小姓吉三郎の寝所にしのぶ場面である。『好色一代男』の文体と異なり、二人のリアルな会話によって初心な恋が描出されている。このような会話文体が成立したのは、「詞」と「地」とからなる浄瑠璃を書いた西鶴の体験に負うところが大きい。

図5　吉三郎の寝所をお七が訪れる場面（『好色五人女』巻四の二、早稲田大学図書館蔵）

『好色五人女』は、各巻五章、全五巻から成る。巻一「姿姫路清十郎物語」は、寛文二年（一六六二）に播州姫路で起きた但馬屋の娘お夏と手代清十郎との密通事件。巻二「情を入れし樽屋物語」は、貞享二年（一六八五）正月の、樽屋おせんと麹屋長左衛門との姦通。巻三「中段に見る暦屋物語」は、天和三年(一六八三)九月に刑死した、大経師おさんと手代茂右衛門との駆け落ち事件。巻四「恋草からげし八百屋物語」は、天和三年(一六八三)、放火罪で火刑に処せられた江戸本郷の八百屋お七と吉三郎との悲恋を描く。巻五「恋の山源五兵衛物語」は、最終巻のため二人の恋がかなうが、素材となったのは、寛文三年(一六六三)に薩摩で起こったおまんと源五兵衛との心中事件である。

このように、実際に起きた事件を素材にしたルポルタージュ小説のようにも思えるが、これらの事件は、歌祭文《うたざいもん》(流行歌謡)や歌舞伎狂言などで、巷間に流布していた。現存する歌祭文は「大経師おさん歌祭文」「八百屋お七歌祭文」「おなつ清十郎浮名の笠」の三種だが、この類の事件は、噂や芸能で世に広まるのが常である。たとえば『松平大和守日記』寛文四年四月一一日の項には「此比《このころ》江戸にはやりうたは清十郎ぶし也。勘三郎所にて狂言に仕出してからはやる也。」と記される。

また『好色五人女』刊行時の近い時期に起こった大経師おさん、樽屋おせんの姦通事件については、『好色五人女』出版の一ヶ月前に出た『好色三代男』に「当世のはやり歌、こよひ天満のはしはしきけば、なみだ樽やのなじみのと」(巻三の七)と書かれ、『好色五人女』と同じ二月に刊行された『好色伊勢物語』にも「みやこのおさんがいたづらの名をのこし、なにわのおせんがみづから心もとをさして、なさけと名とをあとにとどむ」(巻一)と、巷間に流布したことが叙述される。

読者周知の話柄を素材にしたことは『好色五人女』の構成や叙述に影響したと思われる。事件の概要を伝えるプロットより、場面の趣向を重視しなければ読者に飽きられただろう。巻五をのぞいた各巻は悲劇ではあるが、茶利場(芝居の滑稽な場面)のようなエピソードが挿入されるため、近松の世話物のような悲劇性が感じられない。また、主人公の「好色女」たちの潔い行為に比べて、総じて男がだらしない。浄瑠璃のようなカタストロフィに、ストーリーが収斂しない点に、小説と演劇とを綯《な》い交ぜた『好色五人女』の特徴があった。

『好色一代女』――「風俗ルポ」の小説

『好色五人女』の四ヶ月後、貞享三年(一六八六)六月に刊行された『好色一代女』は、名前のない「一代女」という主人公が「性」に関わるさまざまな職業を遍歴する。「一代女」が体験した、宮仕え・踊子・太夫・天神・鹿恋《かこい》・寺小姓・大黒・女祐筆・腰元・歌比丘尼・御髪上《おかんあ》げ・蓮葉・居者《すえもの》・暗女《くらもの》・惣嫁《そうか》などの好色風俗情報を読者に提供すること、さらに、入水して救われ尼となった「一代女」がその体験を告白するという、仮名草子「懺悔物」の枠組み(frame)が採用されたことに、『好色一代女』の特徴があった。

本書は、セックスに魅入られた女が身をもち崩した一代記として、自然主義文学者から高い評価を得てきた歴史がある。しかし各章の大部分は『色道大鏡』『都風俗鑑』等と同じ三人称的文体で、好色風俗が詳細に説明されている。また懺悔といっても、終結部の二章をのぞいては「一代女」が、好色生活に終始した人生を悔いているわけではない。

始章「老女のかくれ家」では、色欲に悩む二人の若者が「一代女」の隠れ住む「好色庵」を訪れる。彼女は「天色《そらいろ》のむかし小袖に八重菊の鹿子紋をちらし、大内菱《おほちびし》の中幅帯、前にむすびて」という、およそ尼らしからぬ派手な風俗で登場する。すでに指摘されているように、この章では「調謔《たはぶれ》」「邂逅《たまさか》」

「面子《かほばせ》」など、エロチックな中国小説として当時人気のあった『遊仙窟』の特殊な表記が用いられ、「一代女」が琴を弾き、若者が尺八を吹く始章の挿絵は、『遊仙窟』の「十娘《じゆうじよう》が曰く、五嫂《ごそう》は箏を詠ず、兒《わらは》(私)は尺八のふえを詠ぜん」に対応している。

つまり西鶴は、「一代女」に「神仙の窟宅《いわや》」で男を歓待した美女、十娘・五嫂の俤を付し、年老いた仙境の美女が彼女であるかのような印象を読者に与えた。そうすることによって、発心の経緯を語る「懺悔物」の主人公から、仏教臭を取り除いたのだ。物語が発心に収斂する「懺悔物」とは異なり、以降の章で「一代女」は悔悟とは無縁の変身を繰り返すこととなる。

『好色一代男』では、遊里を古典の貴族社会に重ね合わせることが作品の基調をなしたが、『好色一代女』の場合は、その貴族社会さえ「されば公家がたの御暮しは、歌のさま、鞠《まり》も色にちかく、枕隙《ひま》なきその事のみ」(巻一の一)と、ただセックスの一点から描かれている。都/鄙、今時/古代のような小説の時空さえもが「性」から把握され、『好色一代男』のように、対立的文化が作品に構造化されているわけではない。その意味では、自然主義文学者が考えたように「一代女」は現実社会を行為しているのではなく、「性」から再構成された虚構の時空を、変身を繰り返しながらさすらっているにすぎないのだ。

ところが、本書の終結部にいたって「懺悔物」の枠組み(frame)が強調される。

惜からぬは命、今といふ今、浮世にふつふつとあきぬ。ゆく年もはや六十五なるに、うち見には四十余りと、人のいふは、皮薄にして、小作りなる女の徳なり。それも嬉からず。

と述懐した「一代女」は、堕胎した数知れぬ胎児の霊に苛まれる（巻六「夜発の付声」）。最終章「皆思謂《おもはく》の五百羅漢」で、「一代女」は、自分のセックスに弄ばれた男達の顔を五百羅漢に見いだし「さても勤めの女程、我身ながらをそろしきものはなし」と悔悟する。このあたりの「一代女」には、『玉造小町壮衰書』や謡曲『卒塔婆小町』などに描かれた老醜した小町の俤が濃い。

このあと入水、蘇生、発心と「懺悔物」の定石が踏まれるわけだが、「性」の時空の中で、懺悔することなく変身を遂げてきた「一代女」が、終わりの二章で「懺悔する老女」に変貌してしまった。これは小説の破綻ではなく、読者は、ここにいたって「懺悔物」という伝統的文芸様式に回帰したはずである。終わりの二章の存在が自然主義文学者に「苦悩する一代女」というイメージをもたらしたように、当時の読者は、西鶴の意図が仏道の勧進にあると誤解したかもしれない。そのくらい有効に、この二章は機能している。蘇生、発心した「一代女」は、『遊仙窟』の仙女のように「好色庵」に隠棲し、小説の発端につながる。

私は、西鶴は「懺悔物」を歌舞伎の「世界」のように使い、その「世界」を変える「趣向」として始章に『遊仙窟』を用いたのだと思う。こうした枠組み(frame)が設定されたからこそ、風俗ルポルタージュが小説となったのだ。

「好色物」から好色本・春本へ

余が俳の師難波俳林西鶴法師は（中略）好色の品々を面白く可笑《おかしく》、哀に又殊勝に、千変万化の文を尽し、書に綴て其名高し。

（洛下舎衣軒『好色十二人男』元禄八年）

好色本世々にひろく、難波津にては西鶴一代男より書き初め(以下略)。

(西沢一風『風流御前義経記』元禄一三年)

西鶴なくなりて、ぬれの文とどまれり。さればなにはのよしあしにつけ、和文の発明におゐては、西鶴にまさる作者はあらじ。

(都の錦『元禄大平記』元禄一五年)

「俳諧メディア・プロデューサー」の節でも例示したが、『好色一代男』から「好色本」がはじまったと述べる用例は、枚挙にいとまない。前節で述べた『好色一代男』『諸艶大鑑』『好色五人女』『好色一代女』等西鶴の「好色物」が、半折した美濃紙を袋綴じにした大本で出版されたのに対し、貞享末ごろから大量に刊行された「好色本」は、それより一回り小さい半紙本で刊行された。

拙稿「西鶴と『好色本』―初期浮世草子の『江戸下し本』―」[12]で述べたように、西鶴本より一まわり小さい半紙本の書型が採用されたのは、小説類を半紙本で刊行する事の多かった江戸の出版慣行に倣ったからであろう。すなわち、上方書肆の出版した「好色本」は江戸での販売が意図されていた。

西鶴没後のことであるが、江戸に大量に供給された上方版半紙本型「好色本」に対して、元禄八年以降になると桃林堂蝶麿《とうりんどうちょうまろ》の著した江戸版好色本が相次いで出版されるが、それ以前に江戸で刊行された「好色本」の出版点数は極めて少ない。桃林堂の好色本も各冊一〇～一五丁の半紙本という上方版「好色本」と同じ書型をもつ。江戸作者を擁した江戸書肆の上方版下し本への巻き返しと考えていいだろう。上方・江戸双方の書肆にとって、西鶴本の流行した貞享期以降の江戸は、小説の巨大市場を形成していた。

これら「好色本」には、書名に「好色」を冠しただけの本も多いのだが、枕絵（春画）風挿絵と扇情的な描写をもつ春本が次第に増えていく。菱川師宣や杉村治兵衛の枕絵が、早くから江戸で流通していることを考えると、その類のものに対する需要が江戸では大きかったわけで、上方書肆は、セクシュアリティ濃厚な半紙本型の「好色本」を江戸に下して、そういう江戸の好みというか、需要に応じようとしたのではないか。

さて、貞享末から元禄六年にかけて、京の西村市郎右衛門と江戸の西村半兵衛両書肆が、春画を挿絵にした多くの「好色本」を出版した。『好色日用食性』（元禄二、三年ごろ）[13]、『浮世祝言揃』（元禄三年）、『好色ひゐながた』（元禄三年）、『好色邯鄲《かんたん》の枕』（元禄四年）、『好色春の明ぼの』（元禄六年）[14]などが挙げられるが、これらは挿絵に春画を載せた「好色本」の早い例となろう。

西村が刊行した好色本は、京・市郎右衛門を主版元、江戸・半兵衛を売り捌き元にして出版されるケースがほとんどである。しかしながら、二軒の本屋の関係が逆の場合が稀にある。早稲田大学図書館蔵『好色春の明ぼの』四巻四冊の奥付は、次のようなものである。

元禄第六暦　　江戸神田新革屋町
酉正月吉辰日　　西村半兵衛店
　　　　京六角通小川東へ入町
　　　　書林西村市郎右衛門新刊

この本は、『敵討』『近古小説解題』等の著者平出鏗二郎の平出文庫旧蔵で、昭和初めの売り立てのあと、所在がわからなくなっていた好色本である。この刊記を見ると、西村市郎右衛門の上に「書林」、下に「新／刊」、半兵衛の下には「店」と記されているので、市郎右衛門のほうが主版元だと判断できる。

次に、東京大学総合図書館蔵霞亭文庫『好色ひゐながた』と早稲田大学図書館蔵『好色日用食性』の奥付を挙げる。

『好色ひゐながた』
元禄参稔庚午
正月吉祥日
京三條通油小路東へ入　西村市郎右衛門店
江戸神田新革屋町　書林西村半兵衛
版行

『好色日用食性』
京三條通油小路東江入町
西村市郎右衛門店
江戸神田新革屋町
西村半兵衛板行之

『好色ひゐながた』の奥付には、「西村半兵衛」の上に「書林」、横に「版行」とあり、「西村市郎右衛門」に「店」と記される。また『好色日用食性』の奥付には、「西村半兵衛」の下に「板行之」、「西村市郎右衛門」の下に「店」とあるので、『好色春の明ぼの』の場合とは逆に、両書とも半兵衛が主版元だ、ということがわかる。

『好色日用食性』五巻五冊は、柳亭種彦編『好色本目録』に貞享年間の刊行として、書名が記載されていたが、これも所在のわからなかった本である。奥付には刊年が彫られていないが、市郎右衛門の店が「京三条通油小路東へ入」にあったのは、元禄五年までなので、それ以前の刊行であることは確実である。西村市郎右衛門が春本の刊行をはじめるのは、元禄二年ごろからであるから、おそらく本書も、元禄二、三年ごろに出版されたのではないかと推定する。

さて奥付(刊記)から判断すると、両書の版元は江戸書肆だが、本そのものは、いわゆる「江戸版」ではない。本文の版下筆跡も上方のもので、挿絵は、上方で刊行された「好色本」と同じ画風であり、紙も、腰のやや弱い「江戸版」の料紙ではなく、楮を主成分にした上方のものである。

したがって『好色ひゐながた』『好色日用食性』は、江戸の西村半兵衛が版元だといっても、半兵衛が版木を実際に所有して本を作ったわけではなく、京の西村市郎右衛門のもとで製作された本が、江戸に搬送され、販売された利益を半兵衛が得るという流通形態がとられたのではないかと推測する。つまり、上方で製作された本が、江戸に下されたわけである。

京と江戸との出版流通形態を考える上では、おそらく親族と考えられる西村市郎右衛門と半兵衛との関係は、やや特殊な例かと思うが、このような例は、上方で作られた半紙本型「好色本」が江戸に下された証左となるのではないか。

そして、これはあくまで推測にすぎないが、西村半兵衛が江戸での枕絵(春画)の流行に目をつけ、京の西村市郎右衛門のもとで製作される「好色本」の挿絵に、江戸の枕絵のような挿絵を添えるというアイデアを考えだしたのではないだろうか。

以上のように、「好色本」が、『好色一代男』とは異質な小説に変貌していったにもかかわらず、「好色本・春本」の祖という西鶴像が定着していった。都の錦・西沢一風・江島《えじま》其磧《きせき》ら次世代の作者が、西鶴作品の趣向や文章の剽窃・模倣を公然と告白したのは、カリスマとなった西鶴の盛名を利用した側面があったのかもしれない。

彼等が西鶴の文章を頻繁に剽窃しているにもかかわらず、西鶴作品のように複綜するコンテクストが内在しないという点で、作品のテキスト構造が大きく相違する。その原因を考察するには、文化の変化を視野に入れなければならない。谷脇理史[15]は、西鶴が「世の人心」を描いている点をしばしば指摘しているが、享保前後になると、人間が「心」からではなく、類型的に捉えられるようになる。いわば「型」の文化が発生し、固定した枠組みを穿《うが》ち、趣向を面白がる発想が、都市文化の主流となる。

したがって、テキストにコンテクストが複綜するのではなく、気質物《かたぎもの》のように、対立するコンテクスト(型)の衝突がもたらす笑いが追求されるようになる。このころから、セクシュアリティが美意識に結びついた日本文化独特の様相がはっきりしてくるようだ。後世にまで春本の代表格として喧伝された西川祐信画の横本三巻本には、元禄期の「好色本」にはない美意識が看取される。

「好色本」は、西鶴「好色物」の語り口(文体)とセクシュアリティとを普遍化(大衆化)し、戯作類につなげていく役割を果たした。が、西鶴作品のように、複綜するコンテクストをもったわけではなく、読者が、自らの読解を創造する余地がない。八文字屋本以降、小説が「趣向を読む」ものに変質していったのは、演劇的手法の影響もあろうが、俳諧との綯《な》い交ぜによるテキスト構造を喪失したところにあり、そこにヨーロッパのリアリズムとは異なる「現実再現」の文芸が出来《しゆったい》した原因があるのではないか。

■注

(1) 今栄蔵「パロディの世紀」(『初期俳諧から芭蕉時代へ』笠間書院、平成一〇年)。
(2) 加藤定彦「俳諧師西鶴の実像」(『俳諧の近世史』若草書房、平成一〇年)。
(3) 牛見正和「新収俳書『清水千句』—解題と翻刻」(天理図書館編『ビブリア』117、平成一四年五月)。
(4) 中嶋隆「西鶴『独吟一日千句』—追善十百韻の試み—」(『西鶴と元禄文芸』若草書房、平成一五年)。
(5) 中嶋隆「西鶴俳諧の「小説」的趣向—『冬の日』から照射する『俳諧独吟一日千句』」(奈良女子大学『叙説』33、平成一八年三月)。
(6) 乾裕幸「「あしらひ」考」(『初期俳諧の展開』桜楓社、昭和五七年)。
(7) 中嶋隆「西鶴・読者・想像力—コンテクストの複綜をめぐって」(『西鶴と元禄文芸』若草書房、平成一五年)。
(8) 「俳人真蹟短冊屏風」(『中尾堅一郎氏追悼　古典籍善本展観図録』大阪古典会、平成二二年六月)。
(9) 中嶋隆「『好色一代男』の「はなし」—「リアリズム」のテキスト分析—」(『西鶴と元禄文芸』若草書房、平成一五年)。
同「「俳諧的」の小説—『好色一代男』における俳諧性と小説—」(『国文学』50・6、学燈社、平成一七年六月)。

同「西鶴作品の叙述構造―作者・はなし・聞き手をめぐって―」(中村明編『表現と文体』明治書院、平成一七年)。

(10) 森銑三『西鶴と西鶴本』(民族教養新書、元々社、昭和三〇年)。

(11) 中嶋隆「パロディと出版文化―十七世紀日本文学を中心として―」(『中世文学』53、中世文学会、平成二〇年六月)。

(12) 中嶋隆「西鶴と「好色本」―初期浮世草子の「江戸下し本」―」(堀切実編『江戸時代文学研究の新展開』ぺりかん社、平成一六年)。

(13) 中嶋隆「新収 浮世草子『好色日用食性』―解題と翻刻」(『早稲田大学図書館紀要』50、平成一五年三月)。

(14) 中嶋隆「新収 浮世草子『好色春の明ぼの』―解題と翻刻」(『早稲田大学図書館紀要』51、平成一六年三月)。

(15) 谷脇理史『西鶴研究序説』(新典社、昭和五六年)。

第一部　西鶴の多様な世界

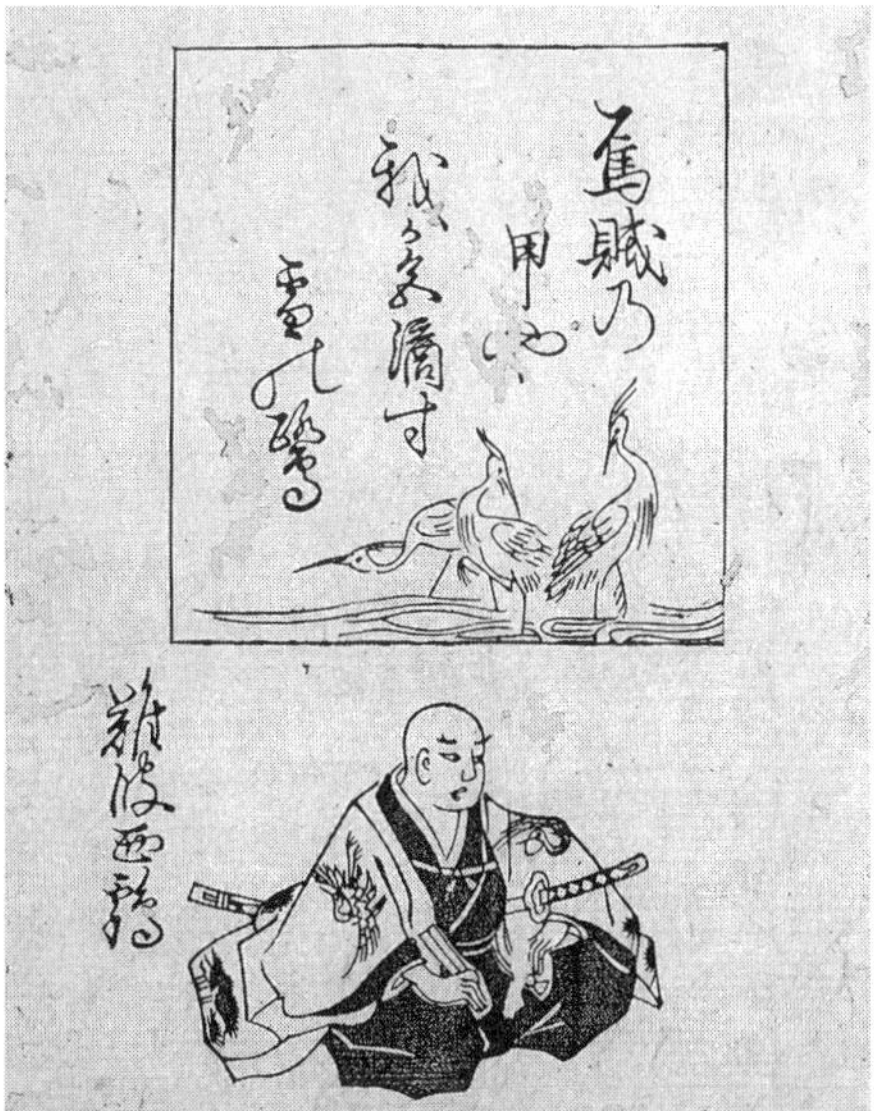

西鶴と東アジアの海洋冒険小説
――宋江・李俊の梁山泊、洪吉童の律島、世之介・世伝の女護島

染谷智幸

世伝はなぜ世之介の女護島渡りを否定したのか

一六八二（天和二）年に出版された、井原西鶴の浮世草子第一作『好色一代男』（以下『一代男』と略記）は主人公世之介の七歳から六〇歳までの恋愛遍歴の物語である。この作品は日本文学史上、庶民の恋愛世界を正面から取り上げた点、その性愛を中心とした社会風俗をリアルに描き出した点において画期的なものであったが、当時の東アジアの小説群の中に置いてみる時、そうしたリアルさに加えて、冒険小説としても特異な性格をもっていたことが浮かび上がってくる。本章では、その『一代男』の末尾で、世之介が伝説の島、女護島へ渡ること、そして世之介の忘れ形見である世伝が、その父親の女護島渡りを否定したことに焦点を絞って、この世之介の「島渡り」がどのような意味をもっていたのかを、同じく東アジアの小説と比較することから考えてみたい。

『好色一代男』における世之介の女護島渡りの解釈については、従来からさまざまに言及されてきた。ここでそれらの説を整理・紹介することは紙幅の関係で割愛せざるをえないが、[1] 続く二作目『諸艶大鑑』（『好色二代男』以下『二代男』と略記）の冒頭に、その後日談があることはあまり知られていない。

そこでは、世之介が遠い女護島から、忘れ形見である世伝に夢を通して「色道の秘伝」を伝授する。ところが、世伝は父親の女護島渡りを「なんぞあぶなき海上を越、無景の女嶋にわたり給へり。目前の喜見城とは、よし原・嶋原・新町、此三ケ津にます女色のあるべきや」と否定し、その三ケ津へと向かうのであった。

西鶴が世伝にこうした振舞いをさせたのは、好評だった『一代男』に話を繋げつつ、かつ父親を否定してみせることで「息子物語」としてのインパクトを読者に与えたかったからであろう。『男色大鑑』の序章でも同じように『一代男』の女色を否定して男色を称揚する言辞がある。ただ、そうした宣伝のためだけに父親を否定したのかと言えばそうではなさそうだ。西鶴が『一代男』の中で割いた「此三ケ津」への大幅な紙幅とそこで行われた精緻な描写に、結末の一章、しかも船出の描写しかない女護島の描写を比べ合わせればよい。西鶴自身も「目前の喜見城とは、よし原・嶋原・新町、此三ケ津」であると思っていたのである。即ち、『一代男』も『二代男』も基本的には「目前の喜見城とは、よし原・嶋原・新町、此三ケ津」という志向で貫かれており、女護島渡りは噺のオチ、即ち俳諧的な哄笑の中に物語を終らせ

図1　世之介が女護島に船出する場面
（『好色一代男』早稲田大学図書館蔵）

る趣向以上のものではなかったのである。とすれば、世伝は世之介を否定したのではなく、一端女護島にずれてしまった話の筋を元の「三ケ津」の話に戻したと言うべきなのである。

こうしてみれば、世之介の女護島渡りに従来さまざまな意味をもたせてきたこと自体が問題と言っても良いが、そう結論づけてしまう前に、世之介の女護島渡りを息子の世伝が否定した、あるいは世之介本来の世界を世伝が取り戻した、という筋立ての意味をもう少し吟味してみる必要がある。というのは、この、主人公が渡った理想郷よりも渡る前の世界が理想的であったという筋立ては、『一代男』を冒険小説や英雄小説として見た場合、極めて奇異だからである。それは冒険しない方が良かった、または英雄は無謀であったという、冒険や英雄への根底的な否定に繋がってしまうからである。

後述するように、一六・一七世紀は、中世から近代への転換期であり、かつ海洋における大交流時代の影響もあって、古今東西で多くの冒険小説・英雄小説が書かれたが、こうしたスタイルで理想郷を否定してみせた物語・小説は他にはまず見られない。

そこで、日本という枠を少し踏み越えて、東アジアやさらには一六・一七世紀の世界を覗くことによって、この不思議な世界を現出するに至った西鶴の『一代男』『二代男』とは、小説史から見てどんな意味があったのか、いささか考えを廻らせてみたい。

東アジアにおける海洋小説の発生と展開

日本の国文学界では、あまり注意されないのだが、フェルナン・ブローデル（フランスの歴史学者、地中海を中心に世界的な交易・資本制を研究）や、イマニュエル・ウォーラスティン（アメリカの歴史学者、世界システム論を提唱)、アンドレ・クンダー・フランク(アメリカの経済史学者、『リオリエント』によって西洋中心主義批判)などの登場によって、世界史、特に中世末〜近代史は大きく塗り替えられてしまった感がある。彼らが提唱した脱ヨーロッパ、脱地域、脱陸地史観は、私が中学・高校の時代に教わった世界史、特に新大陸の発見から劇的に展開するヨーロッパの近代文明史を一地方の神話にしてしまったようだ。たとえば、ブローデルやウォーラスティンに影響を受けた評論、小林多加士氏の『海のアジア史』[2]や山下範久氏の『世界システム論で読む日本』[3]などを一読するならば、従前の近代史とはあまりに違う歴史が詳述されていて驚かされる。

特に従来、大陸を中心に歴史が組み立てられてきたことへの反省として、海の交易から歴史を見直す作業は極めて魅力的である。日本でも近年、網野善彦氏を中心に、そうした作業が盛んに行われているのだが、これが世界史的レベルになると、その劇的な転換もまたスケールが大きい。たとえば、これを象徴するのが、中国は明の時代の鄭和(馬和、一三七一〜一四三三?)による東南アジア・中東・アフリカ方面への数度に亘る大遠征であろう。明の永楽帝の命を受けたこの大航海は、総勢二万数千人、数百の艦船に及んだと言う[4]。その総司令官が鄭和であり、宝船という旗艦に乗り三万人近くの艦隊を統括したらしい。この宝船は一説に全長一二〇メートルで、約一〇〇年後(一四九二年)のコロンブスが大陸発見のために乗り込んだサンタマリア号が全長二六メートルであったことを考えると、まさに巨艦であり、鄭和の船団はさながら動く帝国の様相を呈していた。

こうした史実が、新大陸の発見とか、ヨーロッパによる大航海時代の到来という歴史的テーゼを色あせたものにしてしまったことは言うまでもないが、それは世界史におけるヨーロッパの優位がごく最近のものであったこともまた明らかにしたのである。玉木俊明氏によればヨーロッパとアジアの優位が逆転したのは一八世紀も後半に入ってからとのことである(『近代ヨーロッパの誕生』)。とすれば、小説の発生をヨーロッパの文化史文学史の中から説き起こしてきた従来の小説史は、再検討せざるをえないだろう。何故ならば、ヨーロッパの小説の嚆矢となる、『ドン・キホーテ』『ガリバー旅行記』『ロビンソン・クルーソーの冒険』などは、一七・一八世紀のものであり、それ以前に既に東アジアでは小説隆盛の時代を迎えていたからである。また、これら小説の嚆矢と言われる作品が全て見知らぬ世界への冒険・航海というテーマをもって登場していたことも注意される[5]。これらは普通、新大陸の発見などが契機になったと説明されるが、後述するように、東アジアの一五～一七世紀の小説には、未知の世界への冒険、孤島への航海がテーマとなっていた。東アジアの小説が、大航海時代とかつて言われた航路を通して、ヨーロッパに流れ込んだ可能性も考えてみる必要があることは強調しておきたい。

さて、先の鄭和に話を戻す。この大遠征の目的が何であったのかは判然としないが、中国にキリンやラクダ、ライオンなどの動物がこの遠征を通してもたらされたことは、明の人々の海外への興味をいやがうえにも刺激することになった。その好奇心に応えたのが、この鄭和自身を主人公にし、鄭和の大遠征そのものを取り上げた通俗小説『三宝太監西洋記通俗演義』(羅懋登編、二〇巻二〇冊、一五九七年序刊)であった。この『西洋記通俗演義』は文学作品としての完成度は低いと言われる。確かに内容は荒唐無稽で、後述する四大奇書には作品の質として遠く及ばないが(本作は既に多くの指摘があるように『西遊記』の影響を強く受けている[6])、清の学者銭曾が著述した『読書敏求記』などによれば、甚だ人気があり流通したとのことであり、また上田信氏も述べるように[7]中国の土地そのものからは得られないような外国の情報がさまざまに盛られており、読者の好奇心を大いに刺激したであろうことは間違いない。

この『西洋記通俗演義』が出版されたのは、中国は江南の都市、南京・寧波・杭州などであったが、ここはまた、大交流時代に、東アジアでもっとも栄えた場所であり、かつ出版文化が大きく花開いた土地でもあった。周知のように、ここで多くの白話通俗小説が生まれたが、その代表作が後に四大奇書と呼ばれた、『三国志演義』『水滸伝』『西遊記』『金瓶梅』である。

この四作品は有名であり説明の必要もなさそうだが、本章で問題にしている東アジアの大交流時代という観点から見ても興味深い点が多々ある。それは、どの作品もがスケールの大きい長編小説で、中国大陸全土、あるいはそれを飛び越えた世界を主人公たちが縦横無尽に駆け巡り、最終的にはそれぞれ独自のユートピアを作り上げようとしているところであろう。たとえば『三国志演義』は劉備・関羽・張飛という魅力的な主従と天才軍師諸葛亮による蜀の立国譚である。正史の狭間に虚実綯交ぜにした物語を盛り込んで、あるべき歴史の姿を作り上げている。『水滸伝』は一〇八人の盗賊たちが中国全土を暴れ回る痛快な社会裏面史で、アウトロー達のユートピアを作り上げている。『西遊記』は三蔵法師と悟空ら弟子たちの取経物語で、陸版『西洋記通俗演義』である。また『金瓶梅』は三作とは違って表向きにはほとんど動きのない物語だが、個人の性の世界を余す所なく描き出した、一種のインナートリップである。前の三作がマクロの冒険小説、ユートピア物語であるなら、『金瓶梅』はミクロの冒険小説、ユートピア物語である。

本章では、この四つの中から『水滸伝』を特に取り上げてみたい。というのは、この『水滸伝』は東アジアの海洋小説を考える上で極めて重要な問題を胚胎しているからである。

『水滸伝』のユートピアと島

『水滸伝』は周知のように宋江を筆頭とする一〇八人の盗賊の物語だが、この題名が示すように（水の滸《ほとり》）、山東省西部にある大沼沢に浮かぶ梁山泊という島（半島）に、アウトローの理想的世界を作り上げた。最終的にはこの盗賊軍は滅びるが、この梁山泊を基点にして、盗賊たちは中国大陸を縦横無尽に駆け抜けることになる。

この『水滸伝』の、広大な大陸の中に大沼沢があり、そこに浮かぶ島に、世に不満を抱く盗賊たちが集って別天地を築く…。これは如何にも大陸国家中国の面目躍如たるところである。そのスケールの大きさは驚くべきで、半島国家の朝鮮や島国の日本では望むべくもない物語と言って良いだろう。後述するように、日本にはこの『水滸伝』を基にした曲亭馬琴の『南総里見八犬伝』があり、これも極めて面白い物語だが、スケールの大きさという点では『水滸伝』に適わないと言う他ない。

中国は今述べたように大陸国家であることは間違いないが、また長い海岸線をもつ海洋国家でもあった。先に述べた鄭和の大遠征がそれを証している。ではなぜ『水滸伝』は水の滸《ほとり》と言いながら海岸線を使わずに、内陸の沼沢を舞台にしたのだろうか。これにはさまざまな答えが可能だろうが、やはり中国の海岸線を舞台にした盗賊と言えば、倭寇を中心にした海賊が連想されてしまうからだろう。明の時代、北虜南倭と言い、北はモンゴル、南は倭寇が異民族からの侵犯として恐れられていた。それは荷見守義氏も指摘するように元や清の時代とは違う明の時代の特徴であった(8)。よって、海賊を題材にしてしまえば、特に倭寇の被害が酷かった海岸部の南京・寧波・杭州などの市民には、恐怖の念を与えこそすれ、『水滸伝』の目指す義賊としての盗賊物語には到底なりえなかったからであろう。

とすれば、『水滸伝』の大沼沢に浮かぶ梁山泊というユートピアは、海洋の冒険譚を内陸側に織り込んでみせた物語と言ってもよいように思われる。[9] 実際、『水滸伝』では水軍が多く活躍する。[10] しかもその水軍の総帥を務めていた李俊は、九三回～九九回において盗賊魂を失った頭領宋江に愛想をつかし、病気の振りをして童威・童猛らと梁山泊軍を離脱、そのまま南海に出帆し、暹羅（シャム、但し現タイのシャムではなく、台湾付近の諸島とされる）で王になった。この李俊の話を膨らませたのが『水滸後伝』（一六六四年刊。作者陳忱〔一六一三～一六七〇年ごろか[11]〕）である。ここで李俊はシャムの財宝に目が眩んだ倭寇（倭）の関白（豊臣秀吉のこと）と戦い、倭を殲滅するのである。すなわち、『水滸伝』の世界には、海洋冒険譚が内包されていて、それを解き放ったのが『水滸後伝』であったと言ってよいのである。このような『水滸伝』のあり方から見れば、梁山泊とは大陸の大沼沢に浮かぶ島であると同時に、また大海原に浮かぶ島でもあったのである。

『洪吉童伝』のユートピアと島

『水滸伝』の梁山泊という島を意識して、同じく一六・一七世紀の東アジアを見渡す時、二つの作品が浮上してくる。一つは、朝鮮の『洪吉童伝』であり、もう一つは日本の『好色一代男』である。

『洪吉童伝』は、主人公の洪吉童が自身に向けられた庶子（妾の子）への差別に憤慨し、義賊となってあらゆる権威に反抗し、貧しい庶民のために戦った末に、朝鮮半島を飛び出して孤島の王になるという話である。前半は義賊小説、後半は海洋冒険小説と言ってよい。現在の韓国では知らぬ人がないほど有名な小説であるが、日本ではほとんど知られることがないので、以下、梗概をやや詳しく記しておきたい。――

吉童の不遇な出生と旅立ち

世宗《セジョン》の時代に洪の姓をもつ宰相が居た。吏曹判書《イジョパンソ》にまで登りつめた彼には本妻柳氏が生んだ嫡子仁衡《インヒョン》と待婢春維《チュンソム》が生んだ庶子吉童《ギルトン》がいた。吉童は英雄豪傑の気風があり、小さい時から聡明であったが、妾腹ゆえに父を父とも、兄を兄とも呼べずに、一族の中ではぞんざいに扱われていた。自らの不遇な運命に心を痛めた彼は、ある日父親に日ごろの思いを語ったが、父は心を動かされながらも、慰労すれば本人のためにならずと叱りつけたのであった。折りしも、父洪判書のもう一人の妾であった谷山は自らに子のないことから、春維・吉童母子に嫉妬し、隙あらば吉童を亡き者にしようと計画を立てていた。谷山は刺客を使って吉童を殺そうとしたが、それを察知した吉童は人相見共々返り討ちにした。このまま此処に居てはさまざまな人間に危害が及ぶと考えた吉童は父母に別れを告げて、一人当てもなく旅立った。

吉童、盗賊となって海印寺を襲う

吉童はある景勝の地に大きな石門があるのを不思議に思い、中に入ると、そこは盗賊たちの住処であった。吉童の底知れぬ力を知った盗賊たちは、吉童を統領に押し立てると海印寺《ヘインサ》を攻撃することを進言した。海印寺は名刹であったが住持たちの奢りによって腐りきっていた。快諾した吉童は、事前に偵察し、巧妙な罠をしかけ、海印寺の財物をすべて掠め取ってしまった。さらに自らの集団を活貧党と名乗って、朝鮮全土の不義の財物を奪って貧しい者たちを救済した。見過ごせない事態と判断した世宗王は兵士たちを派遣して吉童一派を捕らえようとした。しかし右捕将の李洽をはじめとして、吉童の幻術に翻弄されて失敗した。

吉童、兵曹判書に登りつめる

吉童が洪判書の次男であることを知った王は、兄の仁衡に弟の捕縛を命じた。兄は監営へ赴任するとすぐに触れを出して吉童に自首を勧めた。それに応じた吉童は獄車に乗せられソウルへ護送された。ところが同時刻に朝鮮全土から吉童が連行され、八人の吉童は自分が本物であると言い争った。王の命を受けた洪判書は八人の吉童を叱りつけると、吉童は王への不忠、父への不孝を詫びながら、民の財物は盗らず、不義の財物だけを盗ったこと、一〇年後朝鮮国を出てゆくことなどを述べると、全て藁人形に変わってしまった。一方、本物の吉童は自分を兵曹判書《ピョンジョパンソ》(国防大臣)にするなら自ら縛につくとの文書を街中に貼り付けた。王は吉童の変幻自在な行動に、ついに吉童が兵曹判書の任につくことを認めた。その報を聞いた吉童は官服を着て威風堂々と宮中へ参上した。王に謁見し日ごろの不忠を詫びた吉童は、そのまま空中に消えてしまった。**吉童と部下三〇〇〇人、海外へ移住す** 庶子の身で兵曹判書の地位に登りつめるという快挙を成した吉童は、本拠地へ戻ると、部下たちに新天地を求めて朝鮮国を去ることを伝え、その地を探すべく飛び去った。吉童は南京に飛ぶと、その近くにある景色の優れた猪島を目的地に定めた。朝鮮に帰った吉童は世宗王から穀物を賜り、船を作ると三〇〇〇人の部下とともに猪島へ渡った。数年後、吉童は鏃用の薬草を取りに中国へ渡った折、洛川で愛する娘が行方不明になった富豪の白竜の話を聞いた。芒碭山に入った吉童は妖怪を退治し、白竜の娘とともに曹哲の娘を助け出し、家に戻すと、喜んだ父親二人は吉童を婿にした。吉童は二人の妻を連れて猪島へ渡った。ある日占いによって父の死期が近いことを知った吉童は、ひそかに朝鮮へ渡り、僧侶の姿になって上陸した。死期を悟った父は嫡庶の差別を取り払うことを遺言にして亡くなった。生母と兄に再会した吉童は、父の棺とともに、吉童の住む猪島へ旅立ち、父の亡骸をそこに葬った。**律島での国家建設** その後、吉童は、山河の美しい律島《ユルト》に渡り、そこで新しい国を作ることを部下たちに告げた。難なく島の征服に成功した吉童は、この島の王となると、この地をよく統治し、国は太平で住民たちは幸せであった。吉童は三人の王子と二人の王女に恵まれ、三〇年の間この国に平和をもたらした。そして齢七〇になり、雅楽を楽しみ、詩を朗詠した折、雲から一人の翁が降りてきて、吉童と王妃に声をかけると忽然と四人は姿を消してしまった。子供たちの嘆きは深かったが、東宮が王となって吉童の志を継いだのであった。――

梗概を一読すればわかるように、この物語は『水滸伝』を強く意識している。もとより、『水滸伝』に比べれば、スケールの小ささは否めないが、苛政への怒りや、その反転としての「島」や理想郷への願望という点では、『水滸伝』以上に強いものがある。

まず、主人公の洪吉童が、前半で見せる怒りは半端なものではない。ハングルを作り善政を布いた名君として、朝鮮でも名高い世宗王もこの物語では洪吉童に散々にやっつけられるし、現在、世界遺産の一つとして登録されている海印寺(八万大蔵経の版木があることで有名)も、僧侶が庶民を苦しめているという理由で、洪吉童に宝物類を略奪されるなど、散々な目に遭わされる。こんな怒りに満ちた革命的な物語を、日本に見つけることはついぞ出来ないのである。

この社会的強者への厳しい態度を取る洪吉童は、逆に弱者への極めて優しいまなざしをもつ男でもある。たとえば、殺し屋に狙われた洪吉童は家を出て放浪するが、その折に盗賊どもの住処に迷い込んでしまう。その盗賊たちに不思議と暖かさを感じた洪吉童は次のような感想をもらす。

人里離れた奥に住みついたために、どれもこれも形相は凄まじいが、この人たちの奥底には暖かい人情が流れているのだ。だからこそ、不意の闖入者であるわしでさえ、もてなしてくれるのではないか、この人たちは人の情が恋しいのだ。おこる者に蔑ろにされ、貧しいためにその志を伸べられず、あたら、この山賊になりさがったのだ。しかしだ。この善良な人たちを盗賊の群に投ぜしめた奴らは京にいる。大官大爵を誇っている者、富豪に奢っている奴こそ、この世の盗人なのだ。その盗人どもに、じりじりと追われて、この人たちは父祖伝来の土地を捨て、妻子さえ奪われた果てに、ここまで追われてきたのだ。思えばかわいそうな人たちなのだ。

（洪相圭訳『韓国古典文学選集3』、高麗書林、一九七五年刊）

はじめてこの箇所を読んだ時、私はこの文章の中に極めて新しいものを感じた。それは、単なる苛政とか悪政とかではなく、ここには明確に上位による下位の搾取、つまり階級意識があり、そこに貧富の差を絡めて意識されていることである。洪吉童の口ぶりは、人々の不幸の大本には、階級の差、貧富の差があるからだとでも言いたげである。そして、この洪吉童の言葉は、庶民の平和を築くには王政や官僚政治の打倒しかないという所、即ち階級闘争まで、あと一歩なのである。

こうした貧富の差への認識を、作者許筠《ホギュン》がどのようにして獲得していったのか、極めて興味深い問題である。『洪吉童伝』の成立を通説のように、一七世紀初頭だとすると[12]、日本で言えば江戸時代極初期、極めて早い時期だと言って良い。もしこれが正しいとすれば、一七世紀初期、東アジアの朝鮮半島では極めて早く近代的な物語が生まれていたということになる。

さらに、この『洪吉童伝』で重要なのは、この物語が、前半の権威への反抗というモチーフを発展させて、後半において海洋の孤島に理想的世界を造り上げたことである。『水滸伝』は義賊たちに、中国全土を暴れ回らせようという意識が強かったからだろう。梁山泊自体は義賊の陣地といった趣で、そこに別天地としての理想郷を作るという意識はそれほど強くなかったと思われるが、洪吉童の渡った律島では国家建設が行われ、洪吉童は王になり善政が布かれる。ここには、狭い半島で身動きが取れず、周辺国家の侵略や苛政に苦しんだ朝鮮の人々の、極めて強い外部・外海そしてユートピアへの願望が顕現されているといってよいのである。

『一代男』のユートピアと女護島

『水滸伝』『水滸後伝』や『洪吉童伝』といった中朝を代表するユートピア小説を踏まえて、日本に目を転じるとき不思議な感慨を抱かざるをえない。それは、侵略や苛政に苦しむ人々が求めたユートピアという物語・小説が日本にはほとんどないことである。元々、他国から侵略されたことがほとんどない日本であってみれば、侵略に抗する形から生まれたユートピアがないのは当たり前だが、苛政への憎しみというものもほとんど見あたらない。勿論、悪政が行われ、それを倒そうとする勢力の活躍が描かれることは多い。しかし、それらのほとんどは、個人的な復讐の念であるとか、家族内や豪族・氏族・大名などの「家」の中での争いであるとか、極めてスケールが小さいのである。『水滸伝』や『洪吉童伝』のような、天下国家への反逆というような壮大さに欠けるものばかりなのである。ここから、日本に苛政そのものがなかったと結論づけることはできないが(恐らくは天皇制という特異な政治形態への考察も必要だろう)、不思議なことには、『水滸伝』や『洪吉童伝』にあった善政への希求とは逆のベクトルが働いているかに見えることである。

たとえば、『水滸伝』の影響を強く受けた日本の文学作品と言えば、曲亭馬琴の『南総里見八犬伝』がある。この物語は伏姫と八房から生まれた八犬士たちが、関八州を舞台に活躍し里見家を復興する物語としてあまりに有名だが、既に指摘されるように、この物語は主人公の八犬士よりも八犬士を苦しめる悪の勢力の方が魅力的に描かれている。こうした魅力的な悪への考察は従来からさまざまに行われてきたが[13]、東アジアの海洋小説とユートピアという観点からすれば、『八犬伝』の悪には「苛政そのものへの憧れ」が見て取れるのである。もちろん、この「憧れ」とは馬琴の純粋な希求と言うよりは、優れた善を描くためには強大な悪の力が必要であるという創作上の必然から生まれてきたものに違いない。しかしそうではあっても、馬琴のように悪の形象に人一倍の創作努力が傾けられてしまうという日本の磁場には十分注意を払う必要がある。それは、日本で善、あるいは真・善・美を描くのは極めて難しいと言い換えてもよい。

こうして見てくると、『一代男』の主人公世之介の息子世伝が、父親の女護島渡りを否定したり、『一代男』の女護島渡りが物語の付けたりのようにして描かれたりしていた理由についても、僅かながらではあるが明らかになる部分が出てくる。すなわち、結論的に言ってしまえば、西鶴やその読者たちにとっては、目の前にある日本や遊廓そのものが理想郷であったのであり、わざわざ他の土地や島へ行く必然性がなかったということである。

先にも述べたように、西鶴が、世之介を女護島に行かせたのは、物語のエピローグを飾るための装飾のようなものであろう。また、従来から何度も指摘されているように、その装飾は俳諧的な哄笑を伴ったものであった。とすれば、重要なのは、世之介が女護島へ行ったことではない。世之介が美面鳥を飛ばして息子世伝に色道の秘伝を渡し、世伝も父の所業を否定して、女護島渡りをせずに「三ケ津」の遊里通いに専念したこと、つまり、世之介・世伝という〈好色男〉の系譜からすれば、その〈好色男〉が女護島から帰ってきたことが重要なのである。

こうした理想郷の否定—自らの肯定という物語は、中国や朝鮮ではなかなかに望みがたいものであったろう。官僚の腐敗と他民族の乱入・侵略という内憂外患によって苦しめられていた中朝の庶民たちからすれば、自らの立ち位置そのものを肯定することなど到底できるものではなかったろう。その不満は物語・小説の形を取って理想的な「島」への憧憬となって虚構化された。

とすれば、大陸国家の明では外洋の理想郷への希求を、内陸の大沼沢の「島」として織り込むことで虚構化したのが『水滸伝』であり、半島という国土の小さな朝鮮では、外洋の「島」そのものに理想郷を見いだしたのが『洪吉童伝』であった。そして島国であった日本では、自らそのものに「島」としての理想郷を見るに至った。これが『一代男』『二代男』の遊廓と女護島渡りであったとまとめることが出来よう。この『一代男』『二代男』以後、日本のみならず中国・朝鮮も長く海禁の時代を迎え、19世紀の西欧列強の到来まで大交流時代のような開かれた交易は行えなくなる。とすれば、この、『一代男』『二代男』の出現とは、元朝の南海交易に端を発した、東アジアの大交流・大航海時代への人々の夢と、それを虚構化・具現化した物語・小説が、その最後の場面を描ききった瞬間だったと言って良いかも知れない。

■注

(1) 暉峻康隆の近世前期町人の青春の賛歌(『西鶴評論と研究』)、野間光辰の将軍綱吉の政治に対する絶望(『西鶴と西鶴以後』)を両極としてさまざまに論じられている。

(2) 小林多加士『海のアジア史─諸文明の「世界＝経済《エコノミー・モンド》」』(藤原書店、平成九年)。

(3) 山下範久『世界システム論で読む日本』(講談社選書メチエ266、平成一五年)。

(4) 上田信『海と帝国 明清時代』(中国の歴史09、講談社、平成一七年)。なお、韓国・木浦の国立海洋遺物館の新安船展示室に横たわる引き揚げ船(新安船)は、全長34m、幅11m、重さ約200トンに及ぶ。この沈没船は、元亨三年(一三二三)、寧波から博多に向かった貿易船と見られ、宝船より百年近く前の船と見てよい。筆者も当地で実見したが、こうした巨大な船が宝船より百年も前に東アジアを跋扈していたとすると、宝船の巨大な容貌もリアリティをもってくる。

(5) フランスでは、新大陸発見の報告を享けたとされる『ポレクサンドル』が海洋冒険小説ではもっとも早い時期のものだが、これが一六二九～一六三二年の出版とされ、一七世紀である。また、『ロビンソン・クルーソー』の出版は周知のように一七一九年イギリスにおいてであるが、翌年の一七二〇年にはドイツにおいて翻訳が出て、「以後一七六〇年頃までに五十篇ものドイツのロビンソン小説が書かれ」(藤本淳雄他編『ドイツ文学史 第2版』〈六九頁、東京大学出版局、平成七年〉)たとされる。ヨーロッパ全土を見ても、海洋冒険小説の隆盛はやはり一七・八世紀と見てよいだろう。ただし、一七世紀半ばにシラノ・ド・ベルジュラックの『日月両世界旅行記』がフランスで出る。この小説の視野は新大陸・新世界を飛び越えて、既に宇宙にまで広がっていた。ここには地動説の影響があると言われる。ヨーロッパの小説にはこの地動説の影響を勘案する必要がある。

(6) 古くは魯迅『中国小説史略』(一九二四年)から論じられているが、近くは二階堂善弘氏「《三寶太監西洋記》所受的其他小説的影響」『古典文學』18(学生書局、平成七年九月)が詳しい。

(7) (4)の前掲書。

(8) 荷見守義「郡司と巡按─永楽年間の遼東鎮守」(『档案の世界』〈中央大学人文科学研究所叢書46、平成二一年〉)「前代のモンゴルとも後代の満族とも違い、明朝は北辺を守る塞防網と倭寇に対する海防網の構築と維持に国力を傾けざるをえなかった。このことは明朝の著しい特徴といわざるをえず…」。

(9)『水滸伝』の多くの解説書によれば、編著者に擬せられる施耐庵・羅貫中は元末に朱元璋と覇を争った張士誠の一派に加わっていたという。張士誠は水運・海運業で財をなし義賊として庶民に人気のあった人物である。朱元璋に敗れた後の明初、彼の一派は倭寇と手を組み怖れられたという(『明史』)。とすれば、施耐庵・羅貫中の周辺には海運・水運・海賊・倭寇についての情報が多く集ったことが推測される。

(10)『水滸伝』は数多の湖沼に囲まれた梁山泊を中心舞台とし、東京などの水路が発達した都市を舞台にしたために水上戦の描写が多い。その圧巻は第七六回～第八一回までの、梁山泊軍が官軍を完膚なきまでに打ち破った水上水路戦であろう。なお梁山泊に集った盗賊は天罡星三六人と地煞星七二人に区分けされるが(第七一回)、その上位三六人中、水軍として活躍したのは李俊・張横・張順など六人である。

(11)鳥居久靖「「水滸後伝」覚書」(天理大学学報48、昭和四一年)によれば、『水滸後伝』には作者陳忱の明朝遺臣としての心情が込められており、鄭成功が台湾を占拠したことが物語の筋に影響を与えているとのことである。とすれば、『水滸後伝』の海洋冒険世界は、そうした明朝遺臣たちの想像力(ユートピア)のスタイルの一つと考えることができる。この視点は、明朝遺臣たちが多く渡来した一七世紀後半の日本の文化状況を考えるにおいて、極めて重要な問題を提起する可能性がある。ちなみにこの一七世紀後半は西鶴が活躍した時期である。また、本物語に登場する「関白」(秀吉のこと)が人間離れした姿で登場することは、同時期の成立と推測される朝鮮の『壬辰録』も同様である。一七世紀中後半、中国・朝鮮において共通する秀吉像が作られつつあったか。

(12)この『洪吉童伝』は成立に関してさまざまな問題がある。一応通説では一七世紀初頭だが、論者によっては現『洪吉童伝』は許筠の書いた元『洪吉童伝』ではなく、一八世紀後半～一九世紀のものであると指摘される。よって、今述べた『洪吉童伝』の画期性は、当然、そうした成立の問題と絡めて論じなければならない。この点の詳しい問題については、『韓国の古典小説』(ぺりかん社、平成二〇年)の座談会や解説その他を参照のこと。なお平成二二年六月、野崎充彦訳・解説の『洪吉童伝』

（東洋文庫七九六）が出版された。該書の解説は『洪吉童伝』の研究史・問題点について詳細に検討を加えており、極めて有益である。現在における『洪吉童伝』研究状況を知るためにも重要な著作である。その中で野崎氏は、現存する『洪吉童伝』の諸本を精査された李胤錫《イユンソク》氏が『洪吉童伝研究』（平成九年、啓明大学校出版部）が『洪吉童伝』の成立を一九世紀半ばとしたことを紹介し、ご自身も李胤錫説を襲っておられる。この点に関してここで詳しい批評を加えることはできないが、野崎氏も解説で触れられているように、許筠と師弟関係にあった李植（一五八四〜一六四七）が、許筠が『水滸伝』に擬した『洪吉同伝』を書いたと記しており（李植の詩文集『澤堂集』）、黄胤錫（一七二九〜一七九一）の『増補海東異蹟』にも許筠が洪吉童に関する物語を書き、それは庶子待遇に反旗を翻し海中の王になったというものであったと書かれていることからすれば、現存する諸本そのものを許筠が書いたとすることは出来ないにしても、少なくとも、現存する『洪吉童伝』の大筋（庶子待遇への不満から朝鮮全土で反乱を起こした洪吉童が、海中に出、或る島の王になった）をもった『洪吉童伝』（もしくは『洪吉同伝』）を許筠が書いたことだけは間違いないと見るべきである。よって本章の主旨は今のところ変更する必要がないものと思う。

（13）『シンポジウム日本文学11 幕末の文学』（学生社、昭和五二年）における前田愛氏や松田修氏の発言・報告がこの種の見解を纏めており参考になる。

西鶴の描いた説話の世界

森田雅也

ここでは、西鶴文学において新たな一面をみせる説話の世界について考えたい。そもそも、その説話の世界とは何かということから述べるべきであるが、多岐にわたるこのジャンルを一言でまとめるのは大変困難である。しかし、あえて定義を下すために、わかりやすい解説を探し出した。

中古から中世に入り、多くの説話集が生まれた。説話は一般生活に題材を求めた世俗説話と、仏教思想普及のための仏教説話の二つに大別される。貴族・武士・僧侶・農民などあらゆる階層の人物のほか、盗賊や妖怪変化も登場する。教訓的な要素を含みながらも、人の弱さや欲望、滑稽さを表した話も多く、人間の真実の姿を描く点や素材の豊富さから、芥川龍之介・太宰治など近代の文学にも影響を与えた。

（明治書院版『新精選古典』平成二〇年刊）

つまり、西鶴が登場する以前に庶民の世態人情を描いたジャンルとは、説話文学に他ならないのである。西鶴がその浮世草子に説話を多く利用したのも、この庶民の世態人情を描くという説話文学の姿勢に共鳴したためであろう。言い換えれば、説話文学に強く影響を受けたといっても過言ではない。以下に述べるのも、いかに西鶴の浮世草子の作品群が説話文学の世界に重なるかということなのである。

右の解説に芥川龍之介・太宰治が挙がっている。両者と説話集と西鶴文学の影響関係は面白い。芥川龍之介の『鼻』(大正五年)は『今昔物語集』や『宇治拾遺物語』を典拠とし、『今昔物語集』の利用という点では『芋粥』(大正五年)、『偸盗』(大正六年)、『藪の中』(大正一一年)、『宇治拾遺物語』の利用という点では『地獄変』(大正七年)なども同様であることなどはよく知られている。その芥川龍之介は、西鶴の『好色一代男』に刺激を受け、『一代男』の主役世之介を用いて『世之介の話』を書いているのである。太宰治も説話集の影響を受けている。西鶴との関係は、『西鶴諸国ばなし』に対し、短編集『新釈諸国噺』(昭和二〇年)を書いている。太宰治は、この作品の冒頭で「わたくしのさいかく、とでも振り仮名を附けたい気持ちで新釈諸国噺という題にした」と書いているが、その書き出しは単なる傾倒ではない。続く冒頭部で「西鶴は、世界で一ばん偉い作家である。メリメ、モオパッサンの諸秀才も遠く及ばぬ。私のこのような仕事によって、西鶴のその偉さが、さらに深く皆に信用されるようになったら、私のまずしい仕事も無意義ではないと思われる。」と絶賛している。これを戦時下の国粋主義を踏まえた世辞や単なる謙辞と判断すればそれは大間違いである。これこそ太宰が、素直に西鶴文学を理解し、心より評価した敬愛の心の表れであることを意味しているのである。

結論を急ぐようであるが、西鶴文学に芥川龍之介・太宰治が影響を受けたのも、二人は西鶴文学の本質に「説話」の底流を見いだしたからであろう。

しかし、日本近世文学における説話文学自体は、それ以前の説話文学の系譜から少し様相を違えてきたといえるであろう。

仏教説話という系譜について、『日本霊異記』以来の説話文学史を紐解くことは他に譲りたいが、近世前夜の中世において、仏教説話が多く成立したことはいうまでもない。その狙いは文学の普及というよりも、あくまで教化が眼目であったといえる。もちろん、近世に入っても仏教説話は文学者に限らず、多くの人に盛んに読まれていた。仮名草子などにも多く利用され、文学の一分野として庶民に親しまれるようになったことはいうまでもないことである。ところが徐々に教化するというだけの護教小説だけでは読者は満足しなくなってくる。そのためか、近世に名高い仏教説話集は成立していない。もちろん、一休や西行、高僧などが諸国行脚する話は好評であったようだが、その場合の僧は単なる物語の「視点人物」にしかすぎない。それは仏教による奇跡譚が、現世主義の現実的になった近世の庶民に信じられなくなってきたといえるかもしれない。

一方で説経などの演劇において、非現実的な奇跡譚が好評を博していたが、これもまた、演劇の約束事としての大団円の趣向として、観客も楽しんでいるわけであり、仏教奇跡譚を信じていたとはいいがたい。

本来、説話文学といえば、神話、伝説、昔話など口頭で伝承された説話が文字によって文学化されたものを指すが、読者にとってその話がフィクションであるかどうかはあまり問題化されなかった。むしろ、奇跡譚も含め、自分が信じるかどうかであったろう。

もちろん、近世になっても説話文学の本質は変わっていないであろう。しかし、その背景が変化してくる。全国的に安定した泰平の世と水陸の交通の利便性の向上が、人と人の交流を高め、庶民の情報量も格段に多くなってくる。しだいに巷間の世間話の広がりも大きくなってくるが、そうなるとパターンが決まった寺社神仏の奇跡譚より、日常茶飯事に起こる奇跡話、不思議話、怪異話など世俗的な話題の方がよほど面白くなってくる。

このような一般生活に材を得た世俗説話が庶民の求めるところとなるのであるが、そのような世俗説話だけが世に無秩序に出回っても人々の教養ともならないし、文学とも呼べない低俗な作品に庶民が染まるだけである。もちろん、江戸初期において、そのような憂える現象にはならなかった。

そこには徳川幕府の庶民教育という政策面からの介入があった。幕府は、その初期において人々に寺請け制度を設けた。これは仏寺への帰属性を求めたものの、仏教の普及を政策の前面に掲げたわけではない。むしろ、儒教による倫理教育を行おうとしたのである。だからといって、文学面において儒教をふりかざしたものを求めたものでもない。そこにはまず、婦女子も含めた人々への教訓による訓育という目的があったのである。その中で生まれたのが啓蒙、教訓を目的とする仮名草子であった。擬古文体の平易な仮名文で書かれたためこのように呼ぶが、それとて形式的なものとなっていき、一般生活にますます興味をもつようになった読者たちに向け、評判記、恋愛物、地誌など実用的、娯楽的な内容の物が多くなる。西鶴の浮世草子についても、浮世草子とは後の時代の呼称で、西鶴の浮世草子の嚆矢、『好色一代男』(天和二年〈一六八二〉刊)もはじめは仮名草子として出版されたのである。しかし、『好色一代男』は同時に教訓性など少しも感じられない新しい現代小説、という面もあった。ここには読者の期待にそった、庶民の世態人情を描くという創作姿勢、創作視点があったことは否めないであろう。そうなると、ある意味、説話の系譜の上にものった創作方法ともいえ、ここに新しい説話の世界が誕生したともいえる。

西鶴は『好色一代男』に続いて『諸艶大鑑(『好色二代男』)』(貞享元年〈一六八四〉刊)を創作しているが、このことはその序に代わる巻一の一でも確認できる。一代男の息子二代男は、この書を記すにあたり、遣り手の古狸のような「くに」から「諸国の諸分」を聞き書きして取材した、というのである。この方法が『宇治拾遺物語』の方法と相通じるとしたのは、古くは山口剛氏であるが納得できるところである。『宇治拾遺物語』の創作方法もその序が、今はなく散逸した書『宇治大納言物語』(宇治大納言源隆国が編纂したとされる説話集)から漏れた話題を拾い集めたものとしているのであるから、話の種を取材したという点で同様である。ちなみに当時、もっぱら読まれていた説話集が『今昔物語集』ではなく、『宇治拾遺物語』であったことは知られていることである。

そして、この『諸艶大鑑』に続く、西鶴第三作目の作品が『西鶴諸国ばなし』(貞享二年〈一六八五〉刊)という西鶴浮世草子の中では雑話物として分類されている短編集がある。この序には、

世間の広き事、国々を見めぐりて、はなしの種をもとめぬ。


とある。西鶴はこの作品執筆に際し、全国約三〇〇藩(もちろん、その一部であるが)西鶴自ら見聞して話の素材を収集した諸国説話集だと宣言しているのである。

『西鶴諸国ばなし』は書誌的に面白い。外題は題簽で『西鶴諸国ばなし』とされているのに、内題は「大下馬」、副題は「近年諸国咄」となっている。「大下馬」とは下馬所である。これを大坂城の下馬所

という説もあるが、江戸城大手門外の「大下馬」と考えれば、大名の登城の間、家臣が主君を待つ場所ということになる。それこそ全国諸藩の家臣が主君をとりとめなく待つ時間であるから、自然と会話もあり、そこで交わされる情報は全国の「はなしの種」なのである。「見めぐりて」収集できない話を拾い集めたという意味の「内題」なら、まさに序文と相通じると考えられるのである。

ところで、それでは、この作品に書かれていることは事実なのだろうか。それは、序文の次の一文がまず答えている。

熊野の奥には、湯の中にひれふる魚あり。筑前の国には、ひとつをさし荷なひの大蕪《かぶら》あり。豊後の大竹手桶となり、……

これらは、実際に存在したもので、知る人ぞ知るものである。それを知らない人には奇異な虚実と受け止められてしまう、というのが西鶴の言い分なのである。もっとも、この後、序文には信じがたい諸国の珍物が羅列されているが、それはひとつの遊びであり、この一文に西鶴流の説話文学の方法を標榜しているのである。

この書の巻一の七に「狐四天王」という話がある。この話は於佐賀部狐という姫路に伝わる民間伝承を利用している。姫路の米屋が子狐の群れに向かって、つい投げた石が一匹の子狐の命を奪った。この子狐の親が於佐賀部狐であったために、復讐として於佐賀部狐の部下の四天王などに家が襲われ、家族が次々と頭を剃られていくという話である。現姫路城が建つ以前から刑部神社はあり、妖狐伝承は伝え

図1　狐の子の葬儀の場面（『西鶴諸國はなし』巻一の七「狐四天王」、東洋大学附属図書館蔵）

られていたようである。つまり姫路の人が皆知っている伝承を使って作品化し、西鶴は全国の読者に於佐賀部狐を知らしめたわけである。

巻四の五「夢に京より戻る」も同様である。堺の大道筋の柳の町あたりを、藤の花の枝をかざした美女が徘徊するのを咎めると、その花枝を皆が折ってもち帰るので、それを恨んで藤の霊が美女に姿を変えて、その一枝一枝を取り返すために家々を回っているといって消えたという話である。これも藤の花の精霊の逸話について、堺の金光寺の伝承（地誌『堺鑑』に載る）を挙げているので、これに近い伝承があったと考えるべきである。これも地元密着型の話であるが、西鶴によって新しい説話が形成された例であろう。

同じように、巻四の七「鯉のちらし紋」は、河内の国、今の大東市の内助が渕が舞台となっている。漁師である人間と鯉の恋物語ながら、漁師が嫁を迎えると鯉は姿を美女に変えて復讐する。漁師のいないときに嫁に会いに行き、急いで里に帰らないと三日の内に大波を起こして家ごと池に沈めてやると脅しに行ったのである。説話としての話型は典型的な異類婚姻譚であるが、これも上方で活躍した西鶴が河内の話として挙げるわけであるから、まったくの伝承がなくては、読者が許さないところである。

三話はともに大坂近郊の説話であり、おそらく地域限定型ながら、よく知られていた民間伝承を利用した話なのであろう。おそらく、三話とも異類の物の復讐が描かれているが、そのあたりに西鶴の脚色が加えられているのであろう。そう考えれば、地元の人にも新鮮な、新たに生まれ変わった説話なのであろう。地元の読者は、これは新しい説話だと喜んで読むであろうし、全国の読者は、たとえば河内の鯉の恋物語として、面白い説話として認定していくのである。

西鶴は巻五の六にも河内の国、平岡の姥が火伝説を利用した話を挙げるが、姥が火は枚岡神社のご神灯の油を盗んだ犯人を神官たちが殺害した恨みから生まれている。実名の神社がある以上、話の種にかなりの信憑性があっての「姥が火説話」であろう。ちなみに枚岡は河内国一の宮の大社であった。

『西鶴諸国ばなし』は後の西鶴作品のような三都版ではなく、大坂心斎橋の池田屋から出版されていることを考えれば、西鶴の読者想定はその多くを上方周辺としているであろう。にもかかわらず、各話では場所、名前など、できるだけ固有名詞を用いている。その場合、一般的昔話のように話の信憑性に関する責任を回避することは難しかったのではなかろうか。新たな伝説、新しい説話にしても題材となる元の話に、ある程度、信憑性の裏づけがなければ、読者が離れてしまう危険性があるのである。

ところが、西鶴はさらに大胆にも、版元心斎橋から目と鼻の先の道頓堀の話を挙げている。巻四の一「形は昼のまね」などは、大坂道頓堀の芝居小屋で井上播磨掾が人形浄瑠璃上演期間中の誰もいない深夜に、人形が勝手に動き出したという話である。まるで『おもちゃのチャチャチャ』のような、このような話を作品化するというのは、まったくの根も葉もない話とすれば大変、井上播磨掾に失礼な話となるであろう。ただ、逆に宣伝効果があったとも考えられるが、そのようなオカルト指向を廃すため、この話は古狸の仕業としている。

また、巻二の一「十二人の俄坊主」は、紀州の淡島神社の水域で御座船での話である。登場する「関口」という関口八郎右衛門柔心から御座船の殿は紀州藩初代徳川頼宣公と目される。話の後半は、その徳川頼宣公が大蛇と遭遇し、自ら長刀で退治されたというのである。ここまで挙げた民間説話と違い、昔話の典型である英雄譚となっているが、徳川頼宣公が病没したのは寛文一一年(一六七一)のことである。『西鶴諸国ばなし』の出版年より一四年前まで生きていた、徳川御三家の大藩紀州藩の殿様を主役とする以上、よほど口碑でも伝わっている話でなければ、いくら英雄譚と言っても西鶴は罪人になりかねないところである。事実、水練に長けた殿様であったことは『翁草』が伝えるが、この書は一七〇〇年代後半の成立である。西鶴当時の逸話を知ることは難しい。

しかし、西鶴が巷間、あるいは紀州藩にのみ伝わるこの徳川頼宣公の英雄譚を作品に盛り込む方法は『今昔物語集』や『宇治拾遺物語』などの説話に、実名の貴族の逸話が載せられていることと相通じる説話の方法といえよう。

巻一の一「公事は破らずに勝つ」にも問題がある。話は奈良の興福寺と東大寺の「唐太鼓」の所有権をめぐる争いと、「知恵」を用いたその公事の結果にその面白みがある。

ところが、南都に実在する大寺院興福寺と東大寺の争い、特に聖職者にもかかわらず、「知恵」とはいえ、詐欺まがいの方法で太鼓の所有権を得たとされる興福寺側は西鶴に異議を申し立てたいであろう。また、知恵者がなかったように描かれた東大寺側も道化を演じ、許しがたいところであろう。やはり巷間に知られる元話があったはずである。

もっとも、実名を出して、寺への供物を私物としている強欲の僧の実態を挙げた、『今昔物語集』巻一九の二〇「大安寺別当娘許蔵人通語」などがあり、説話の常套的手法ともいえるであろう。

このような権威ある、実名を書かずとも、モデルがそれとわかる説話をちりばめるのは西鶴説話集の特色といえるであろう。これを方法と考えれば、西鶴はこれを『好色五人女』や『椀久一世の物語』、『武家義理物語』、『日本永代蔵』などにも適用したといえるのではなかろうか。

巻三の六「八畳敷の蓮の葉」にいたっては、策彦和尚と織田信長のやりとりを挙げているが、これは右の説話の信憑性にひかれて、事実のように思える。しかし、『信長記』やその他の書物にも紹介されていない、この逸話を誰が語り継いできたのであろうか。もしかすると、この話こそ西鶴の創作であり、西鶴説話集の編集の術かも知れない。

ここまで述べてきた話以外にも『西鶴諸国ばなし』には上方あるいは周辺の話はある。それは版元が大坂であることから、信憑性のある「はなしの種」であることを一因に挙げたが、やはり、「はなしの種」の全国からの採集に限界があるからかも知れない。それでは採取しやすい都市部はどうなのであろうか。

大坂の話として、巻三の三「お霜月の作り髭」がある。大酒飲みの隠居仲間四人が酒に酔って、婿入り前の花婿の寝顔にいたずら書きをするという話である。そのことを婚礼の場で知った被害者の婿の舅が猛烈に怒り、四人を斬って死のうと駆けつけるのを町内の者がなんとか収め、四人に作り髭を顔に書くなどして、恥ずかしい出で立ちで詫びさせたという話である。このような道化話は説話の典型である。そのためもあってか、地域を特定しない場合も多々ある。しかし、ここまで挙げてきた話と違い、目次目録の副題に「大坂玉造にありし事」としておきながら、話の中には大坂の地名は一切出てこない。どこの話でもよかったのである。

江戸の話として、巻五の二「恋の出見世」がある。茶問屋で働く真面目な手代が暖簾分けをしてもらい、独身の身で店を独立した。ある日、そこに見知らぬみすぼらしい浪人がやってきて、自分の美しい娘をつれてきて、娘を嫁にしてくれと乞い、持参金として五〇〇両と、さらに自らの刀・脇差しを引き出物としてくれと、すべてを押しつけて目の前で髪を切って、他の法師たちと去っていったという話である。この話も同様に、目次目録の副題に「江戸の麹町にありし事」とありながら、麹町にあったのは茶問屋の主人の店で、主人公の手代の店は「下町」にあったとする。下町とは、山の手に対する浅草、神田、深川等あたりのいわゆる下町を漠然と指している。話としては、事件でもないし、有名なモデルがあるわけではないし、単なる不思議話なのである。

仮に大坂と江戸の話が入れ替わっていたらどうであろうか。おそらく、少しの細工で違和感のない話になるであろう。話全体も話の信憑性に関する責任を回避しており、これは昔話の典型である。たとえば、日本各地に残る、人身御供を求めるヒヒを退治する岩見重太郎の話や、類話で霊犬の化け物退治の

『しっぺい太郎』などの場合、場所の違いだけでほぼ同じ話の筋である。西鶴はそのことを熟知していて、わざと二都の都市伝説にこのような特徴のない題材を選んだのではなかろうか。

とはいうものの、この方法は都市伝説だけに用いられたものではない。

巻一の四「傘のご託宣」は紀州掛作の観音の貸し傘が、風に吹かれて肥後の山奥まで飛んで行き、傘を見知らぬこの村でご神体とまでなり、一騒動になったという話である。その地は「肥後の国の奥山、穴里」とされているが管見では、そのような地名を見いだせない。おそらく、このような土地は大分でも佐賀でも徳島でもよいのであろう。右の都市伝説同様、交換可能な地方の物語である。そこにあるのは傘を何か知らず慌てる村、いわば昔話の「おろか村話」の典型的な村であればよいからである。

巻二の五「夢路の風車」は「飛騨の国の奥山」の隠れ里で行われた殺人話である。話の中心は、こちらの国から行った奉行が、あちらの国で起こった遺産狙いの後家殺しの事件を解決するところにあるが、これも昔話の異郷訪問譚の典型に他ならない。飛騨でなくても、草深い人跡未踏のような山奥であればどこでもいいのである。

巻四の四「驚くは三十七度」は常陸国の鹿島の話であるが、ある日、目玉の林内が生業とて、大小三七羽の鳥を捕獲し、絞めて殺した。帰宅すると妻から我が子も狩りと同時刻に三七度発作を起こし苦しんだというのである。驚いた林内は猟する生活をやめ、鳥塚を立てて供養した、というものである。これも昔話に多い、動物に対する殺生を後悔する話の典型である。場所として選ばれた「鹿島の片里」もまた交換可能な地なのである。

巻四の六「力なしの大仏」は京都下鳥羽の体は大きいが力なしで笑われた孫七が、我が子を力の強い子に育てるため、八歳の時、生まれたての子牛を担ぎ上げさせ、それを毎日続けていると、九歳の時、牛は田を耕すほど大きくなったが、楽々ともち上げることができた、という話である。これも昔話の金太郎のような怪力少年誕生話の典型である。「下鳥羽」は今まで同様に交換可能な地なのである。

これらのような昔話の方法を用いた説話の形成こそ、西鶴の『諸艶大鑑（好色二代男）』などに登場する太夫たちの逸話に用いられている方法なのである。たとえば、巻一の四「心を入て釘付の枕」吉原の「薄雲」に回想として挙がる島原の「高橋」の挿話型や巻八の一「流れは何の因果経」に新町の「紅井」以下が挙がる列挙型などであるが、三都の太夫の話は、誰であっても交換が可能である。このような交換可能の説話の方法が『武道伝来記』の場合は諸国の敵討ちに、『本朝桜陰比事』の場合は比事物に、『本朝二十不孝』の場合は諸国の不孝者に応用化されて用いられているといえよう。

さて、都市伝説にもされた地、大坂と江戸とを結ぶ話が最終章巻五の七「銀が落としてある」である。大坂に住む愚直な正直者が江戸へ行って稼ぎたいと、大坂人で江戸で成功をおさめて再び大坂に帰って来た楽隠居に商売成功の伝授を願い出る。隠居は、その愚直さにからかい半分、「今はひろふ事がまだもよい」と江戸で金を拾って金持ちになれと指南してしまう。この男は、その教えを完全に信じ込み、早速、江戸へ下るというので、隠居は可笑しくなり、小遣い銭までやり、江戸の奉公人紹介所まで世話してやる。紹介所の亭主はこの男を泊めながら、仕事の紹介も頼まず、毎日どこかへ出かけることを不思議に思い、わけを尋ねると毎日金を拾ってきて稼いでいるのだという。聞けば、結構いい物を拾ってきて生活しているので、これを仲間に話すと「咄しの種」に拾わせてやれと、小判五両をわざと拾わせてやった。すると男はそれから順調に稼ぎ出し、江戸の通町で大きな店を構えるようになったという話である。

この場合は、冗談によって「金を拾って生活できる」場所となった大都市江戸であったが、そこには本当に拾い金で生活できるほどのものが落ちていたという、まんざら嘘ともいい切れない都市伝説が描かれているといってよい。

この都市伝説は『日本永代蔵』巻三の一「煎じやう常とはかはる問薬」でも使われている。それは江戸日本橋で木切れを拾って大金持ちになる話であるが、相通じるところがある。同様に『日本永代蔵』巻一の三「浪風静かに神通丸」には、大坂北浜の米市でこぼれた米を掃きためて小金を稼ぎ、徐々に大金持ちになったという話も挙がる。ところが『日本永代蔵』巻三の一にはこのように書かれている。


されど共、人の大事にかくる物はおとさず、銭を壱文いかないかな、目に角立ても拾ひがたし。


右のように今の世は銭一文を落とさない世の中だというと、『西鶴諸国ばなし』の全否定になってしまう。この言い方は『諸艶大鑑』巻四の四「忍び川は手洗《たらい》が越《こす》」冒頭でも、江戸じやとても、落してある銀はなし。これらは作品のテーマの違いともいえるが、この同じ江戸という都市での矛盾がすでに都市伝説ではなかろうか。

『西鶴諸国ばなし』には大都市である京の都の都市伝説も入っている。巻二の六「楽しみの男地蔵」であるが、この話は年端も行かぬ少女と遊ぶのが趣味の北野の片脇に住む男が、昂じて京の市中の美しい少女を頻繁に誘拐するようになった。訴える者があって捕まったものの、誘拐しても数日遊んで帰すだけであるから、奉行も問題なしとして男は釈放された、というものである。驚くべきは男の自白によれば、訴えがあるまでに誘拐した洛中の少女の数は数百人に及ぶというのである。

かかる事のありしに、今まで世間に知れぬ、都の大やうなる事、思ひ知られる。

とあるように、西鶴は、野放しの犯罪に対する恐怖は、「都」の無関心さにあると指摘するのである。これこそ、新たな都市伝説説話の誕生なのである。

実は、この都市伝説問題には、もうひとつの大きな問題が隠されている。この男が白昼堂々と菊屋の娘を乳母・腰元から奪って誘拐する現場を見た人々の証言である。

その面影を見し人のいふは、「先づ菅笠を着て、耳の長き女」と見るもあり。「いや顔の黒き、目の一つあるもの」と、とりどりに姿を見替へぬ。

目撃証言がここまで異なるのは、現在でも犯罪時に往々にしてあることらしく、なまじ多数の目撃証言があるために捜索を困難にしたり、犯人像が一人歩きすることになる、現在にもつながる新たな都市伝説の創造なのである。

目撃証言という点では『西鶴諸国ばなし』巻二の一「姿の飛び乗物」がある。摂津池田の呉服神社に高級な乗物（女性用駕籠）に乗った、都の御所勤でもしているような高貴な女性が発見された。ところが担ぎ手がいない。女性も何も喋ってくれない。どうこうするうちに夜中になり、地元の荒くれ男たちが女性を襲ったところ、逆に乗物の中から蛇が現れて、さんざんな目にあわされた。この乗物は大坂の芥川、京の松尾神社、丹波の山など次々と飛び回った。伝わるところの京の「飛び乗物」とはこれだ、という話である。問題になるのは乗物の女性の目撃証言である。

後には美しきに替はり、または八十余歳の翁となり、或いは顔二つになし、目鼻のない姥ともなり、見る人毎に同じ形にはあらず。

「飛び乗物」自体は怪異伝承であり、この話でも狐による怪異現象であることを匂わせているので、ある意味、すべて化け物が、妖力で変異したさまざまな姿といえるかも知れないが、これとて、上方の人々の目撃証言の混乱ともいえる。これも人が多いゆえに噂が一人歩きする都市伝説の説話といえるのではあるまいか。

先述した『西鶴諸国ばなし』の序文の最後には、

これをおもふに、人はばけもの、世にない物はなし。

とあるが、都市伝説を生み出す人間こそ恐ろしい、という西鶴の警句ではなかろうか。

以上のように、西鶴の描いた説話を『西鶴諸国ばなし』を中心に述べてきたが、西鶴には諸国説話物として、後に『懐硯』（貞享四年〈一六八七〉序）を出版する。伴山という視点人物を置いた諸国咄であることは共通しているが、『西鶴諸国ばなし』に比べて、圧倒的に奇談が減っている。このころ、西鶴は驚異的な多作期を迎えるが、量産された西鶴説話は多種多様となり、その系譜を整理するには、かなりの手続きが必要となる。これを私の課題としてこの項を終えたい。

■参考文献

小峯和明『説話の声』（新曜社、平成一二年）
長野嘗一著作集2『説話文学論考』（笠間書院、昭和四五年）
西尾光一『中世説話文学論』（塙書房、昭和三八年）
益田勝実『説話文学と絵巻』（三一書房、昭和五五年）
宮田登『都市空間の怪異』（角川選書、平成一三年）
宮田登『日本を語る〈9〉都市の民俗学』（吉川弘文館、平成一八年）

西鶴の描いた武家世界
——其磧を通してみる『武家義理物語』の二章

井上和人

はじめに

江島其磧《きせき》は、その浮世草子に西鶴作品を多く利用する。周知のことだろう。たとえば、『風流曲三味線』(宝永三年七月刊)の場合、武家物についていえば、『武家義理物語』(貞享五年二月刊)から巻四の一「なるほど軽い縁組」を使う。ただし、『風流曲三味線』の『武家義理物語』利用は本章のみ。だが、『風流曲三味線』の複数の章にわたって使われ、作品展開上、核のひとつとなる重要な扱いである。其磧は「なるほど軽い縁組」が気に入ったか、後に『世間娘気質《かたぎ》』(享保二年八月刊)でも使っている。『世間娘気質』での『武家義理物語』の利用は、あと二章、巻一の二「黒子《ほくろ》は昔の面影」と巻六の三「後にぞ知るる恋の闇討」。『世間娘気質』に使われた他の西鶴作品に比べ、利用頻度は低い。だからこそ、かえって注意をひかれる。其磧は『武家義理物語』のどこをどのように使ったのか、と。『風流曲三味線』と『世間娘気質』における其磧の『武家義理物語』利用。これを手がかりに、西鶴と同じ時代を生きた其磧が、『武家義理物語』をどう読んだのか、耳を傾けてみたい。われわれが見すごしている面白味を、其磧が教えてくれるかもしれない——そう期待しつつ。

なお、其磧の西鶴利用については、長谷川強氏・篠原進氏・佐伯孝弘氏の研究成果に基づいている。その都度注記するとともに、はじめに明記しておく次第である。

『風流曲三味線』の『武家義理物語』利用

『風流曲三味線』で『武家義理物語』巻四の一「なるほど軽い縁組」を使うのは、長谷川強氏(1)によると巻二の一「長老様の聟《むこ》引出物」と巻二の二「中《(ママ)》のよい貧家のならべ枕」である。表現の襲用があるのはこの二章だが、音羽峰右衛門の敵討ちが成就する巻二の三「花に嵐前髪に疱瘡」まで、あらましを示してみよう。

音羽峰右衛門は生国備前岡山の武士。父の敵を捜して国元を出、京に住む。ある日、旦那寺で、住職の姪おぎんに引き合わされる。おぎんは堺の薬屋の娘。父母を亡くした孤児だが、器量に優れ、多くの良縁があったのも断り、貧しくとも侍の妻になりたいと望む。峰右衛門はおぎんと祝言をあげる(以上、巻二の一)。夫婦になっても、敵をもつことを隠す峰右衛門。干鱈の頭を打ち割るとき、峰右衛門、「かく人もきらるゝ時節あれかし」とつぶやく。これを耳にしたおぎん、自分が敵をもつ身であり、その敵を討ってもらいたいがための結婚とうち明ける。ねらうは母の敵、名は城兵衛と西心坊といい、大津辺に隠れ住む由。峰右衛門に加勢を頼む。が、峰右衛門は断る。峰右衛門をなじるおぎん。下人甚八がとりなすも、おぎん得心せず。やむなく峰右衛門、自分も敵をもつ身であると告げる。すると、おぎん、峰右衛門の捜す敵は江州に住むことを知らす。主従三人、敵討ちに出立。まずは、大津で、おぎん母の敵を討ちとった(以上、巻二の二)。持丸長入の次男半内は野々川小源次と衆道の契約を結ぶ。小源次、

『武家義理物語』	『風流曲三味線』
●巻四の一「なるほど軽い縁組」 先様に御合点あらば、身を任せ、お茶の通ひ、仕り申べしと（中略）貧家を好み参るべしとは縁なり … この女、男の気を取りて、何事も背かざれば、今の身にしてうれしさ限りなく、小枡・横槌並べ枕の契り、錦のしとねに勝りたのしみ … 折節春雨静かに降りて、外より尋ぬる人もなく、寝酒飲み交はして、詰まり肴に、塩鯛の頭を鉈振り上げて打ち割り、潔き顔つきして、「このごとくいつぞ見付け出だして」と、つぶやかるるを聞きとがめ （『新編日本古典文学全集69　井原西鶴集④』、但し振り仮名省略）	●巻二の一「長老様の聟引出物」 あなたさへ御がてんならば、御牢人にていかやうな不自由なる暮しなり共、参りてお茶のかよひなりとつかふまつるべし（中略）侍ときいて貧家のこなたをこのむも縁なるべし … 分て女は夫の気をとり、何事もそむかざれば、今の身にしてうれしさかぎりなく、小升横槌ならべ枕のちぎり、いにしへの錦のしとねに増り、此たのしみ今迄しらず ●巻二の二「中のよい貧家のならべ枕」 五月雨ふりつゞく夜はしつほりとして、ことさらぬれ心萠、外より尋ね来る人もなく（中略）夫婦寝酒呑かはして、つまり肴に干鱈の頭、あるにまかせて「それよ」と、なたふりあげてふたつに打割、「扨もきみよう切レたり。かく人もきらるゝ、時節あれかし」とつぶやくを、女「さいはひ」とさし出 （『八文字屋本全集』1、但し振り仮名省略、カッコを付加、句読点をあらたむ）

疱瘡にかかり、容貌醜くなったのを恥じ、半内と会わない。疱瘡、実は大海武入の呪いによる。小源次を慕うおらんの思いを断つため、彼女の親である真野長五左衛門に依頼されてのこと。武入、呪いをかける現場を、半内が取り押さえる。峰右衛門主従駆けつけ名乗る。武入は峰右衛門の父の敵。疱瘡の治療法を教え、武入は峰右衛門に討たれた（以上、巻二の三。なお、本章、疱瘡の件は『懐硯』巻一の五による）[2]。

峰右衛門の敵討ちは「なるほど軽い縁組」を核として展開する。このことは、篠原進氏[3]が指摘する。

念のため、表現の襲用を示せば、より確実だろう。（前ページ表参照）
其磧が『風流曲三味線』巻二の一と巻二の二で利用する西鶴作品は、『武家義理物語』だけではない。他の西鶴作品も利用する。しかしながら、『風流曲三味線』での『武家義理物語』利用は、右に示した巻二の一と巻二の二における「なるほど軽い縁組」があるのみ[4]。それにしても、其磧は、なぜ「なるほど軽い縁組」を選んだのだろうか。

思うに、それは趣向への興味ではなかったか。利用の仕方が——表現の襲用だけではないことが、興味の在処を示していよう。敵をもつ男女が夫婦になる。妻の方は夫の加勢を期待して。だが、互いに敵の存在を隠していた——こうした設定の妙。そして、夫婦の秘密が、塩鯛の頭を打ち割る夫のつぶやきで露顕する。「いつか敵もこのように」と。夫のつぶやきというきっかけ。ここも、其磧の気に入ったはずだ。塩鯛を干鱈にあらためて、ほぼそのまま採用している。これも右の表に明らかである。

なるほど、其磧は、敵をもつ身であると告白する順序を、夫婦逆転させている。「なるほど軽い縁組」は〈夫→妻〉の順であるのに対し、『風流曲三味線』は〈妻→夫〉の順である。また、「なるほど軽い縁組」では、妻に問われて夫は即座に真実を明かし、妻にも敵がいることが知れると、これまた即座に討ちに飛び出す。対して、『風流曲三味線』では、夫はなかなか真実を明かさず、はじめは加勢を拒んでもいる。

たしかに、西鶴を逆転させるのは其磧の常套。にもかかわらず、逆転させる際、要《かなめ》のようになってぶれない部分。それは、互いに敵の存在を隠した夫婦、夫のつぶやきによる露顕——つまり、「なるほど軽い縁組」の趣向である。其磧が注目したのは——いい方を変えれば、其磧が「面白い」と思ったのは――、ここではなかったか。

『世間娘気質』の『武家義理物語』利用

「なるほど軽い縁組」は、よほど其磧の気に入ったらしい。後に、『世間娘気質』で、また利用しているからである。

そもそも、『世間娘気質』における『武家義理物語』の利用頻度は低い。佐伯孝弘氏[5]によれば、大略、『世間娘気質』全一六章中、『武家義理物語』を利用するのは二章。利用された『武家義理物語』も三章のみ。より詳細な数字を佐伯氏前掲論文から引くと、『武家義理物語』は利用個所数(章の数ではない)で三個所。この数は、『世間娘気質』に利用された西鶴の浮世草子一九作品中八位。とはいえ、利用された字数で順位を数えれば、この順位は大きく後退する。利用字数は合計一八六文字にすぎないからである。

低い『武家義理物語』の利用頻度。そうした中で、其磧が白羽の矢を立てた三章は、巻一の二「黒子は昔の面影」、巻六の三「後にぞ知るる恋の闇討」、そして巻四の一「なるほど軽い縁組」である(佐伯氏)。ただし、巻六の三「後にぞ知るる恋の闇討」からとったのは、人名とその生国(伝七・播州)。長谷川強氏[6]は、巻六の一の当該個所(伝七・生国播州)に、『武家義理物語』の利用を指摘しない。よって、今は、巻一の二「黒子は昔の面影」と巻四の一「なるほど軽い縁組」、二章のみの利用と見ておこう。

さて、それでは、「なるほど軽い縁組」を、今度はどのように使ったのだろうか。「なるほど軽い縁組」を使うのは、巻六の一「心底は操的《からくりまと》段々に替る仕掛娘」。「なるほど軽い縁組」によっているのは次の部分。双方対応させて、あらましを示そう。

『武家義理物語』巻四の一「なるほど軽い縁組」

　ある武士が、生国備中松山をはなれ、大和郡山へ。昔召し使った小者を訪ねる。やむを得ぬ事情で暇を出され、妻にも先立たれた、と。小者は快く仮住まいを用意し、男は奈良団扇の細工をして細々と暮らす。実は、親の敵を討つためやって来たのを、小者にも隠していた。

図１「なるほど軽い縁組」(『武家義理物語』巻四の一、東京大学総合図書館蔵霞亭文庫本)

『世間娘気質』巻六の一「心底は操的段々に替る仕掛娘」

　生国播州で武家奉公を勤めた伝七、今は大坂谷町に住む。そこへ、かつての主人の娘が、中間《ちゅうげん》を一人つれ訪ねて来る。父の敵を討つためだ、と。伝七は快く仮住まいを用意し、暮らしの面倒もみる。実は、娘は中間と駆け落ちしたのを、敵討ちと偽っていた。

「なるほど軽い縁組」から使ったのは、一章の前段。主人公の武士が結婚する前。つまり、『風流曲三味線』で使った部分の前までにあたる。例によって、其磧が「心底は操的段々に替る仕掛娘」で使った素材とその利用法は複雑で、「なるほど軽い縁組」だけを用いたわけではない。(7) その中で、「なるほど軽い縁組」の利用についていえば、敵を討つと見せかけて、駆け落ちの男女に転じた。佐伯氏は、「西鶴の字句を取りつつ構想の面で原拠を逆転させている例」のひとつに数える。ただ、思うに、逆転が活きるのは、敵をもつ身であるのを隠していたという、「なるほど軽い縁組」の設定があればこそ。同じ設定を、『風流曲三味線』では「順」のまま使い、『世間娘気質』では「逆」にして使った。結局、其磧の「なるほど軽い縁組」に対する興味の在処は、変わっていない――そう見てよいのではないだろうか。

『世間娘気質』で『武家義理物語』を利用したのは、もう一章、巻二の一「世帯持ても銭銀より命を惜まぬ侍の娘」である。『武家義理物語』の巻一の二「黒子は昔の面影」を使う。『武家義理物語』巻一の二は、明智光秀の話。美しい妹ではなく、疱瘡で醜くなった姉の方を、光秀は約束をまもって妻にした。『武家義理物語』でも言及されることの多い章である。

ところが、やや意外なことに、其磧が目をつけたのは、約束通り光秀が醜い妻をめとる個所ではない。その醜い妻が女丈夫の軍術家で、夫光秀を指南し出世させたという、一章の後段。具体的に示せば、ここである。

『武家義理物語』巻一の二「黒子は昔の面影」

この女、形に引き替へて心たけく、理《わり》なき仲にも外《ほか》を語らず、明け暮れ軍《いくさ》の沙汰《さた》して、広庭《ひろには》に真砂《まさご》を集め城取《しろど》りせしが、自然と理にかなひて、十兵衛が心の外なる事もありて、そもそもこの女、武道の油断をさせずして、世にその名を上げしとなり。

（『新編日本古典文学全集69　井原西鶴集④』、但し振り仮名一部省略）

それを、其磧はこう使った。

『世間娘気質』巻二の一「世帯持ても銭銀より命を惜まぬ侍の娘」

すべて女のするわざはせずして、平生軍《いくさ》の沙汰《さた》して大裏《おほうら》の庭に真砂《まさご》を聚《あつめ》、城取《しろどり》して軍のかけひき、魚鱗《ぎよりん》鶴翼《くはくよく》のそなへ。

（『八文字屋本全集』6、但し振り仮名一部省略、句読点をあらたむ）

図2　「黒子は昔の面影」（『武家義理物語』巻一の二、東京大学総合図書館蔵霞亭文庫本）

利用した個所は短い。本章でも、其磧は、他の西鶴作品と組み合わせて用いている。佐伯氏の調査によれば、他に『好色五人女』巻一の三（七七文字）・『本朝二十不孝』巻四の四（四二文字）・『諸艶大鑑』巻七の一（二個所、二四文字＋三文字）・『世間胸算用』巻一の二（一七文字）を使うという。それらに比べても、やはり「黒子は昔の面影」からの利用文字数は少ない。佐伯氏のカウントで一五文字。最少である。

しかしながら、利用された文字数に反して、「黒子は昔の面影」は、其磧が「世帯持ても銭銀より命を惜まぬ侍の娘」を書く上で、着想を得た重要な一章だったのではないか――と考えるが、いかがだろう。あらためて、「世帯持ても銭銀より命を惜まぬ侍の娘」全体のあらましを記そう。江戸呉服町の反物屋の息子半四郎は、おいくの美しさに心ひかれ、嫁にむかえる。おいくは、貧しいながらも浪人の娘。その器量とはうってかわった女丈夫で、何かといえば刀をふりまわす。恐れをなした半四郎、離縁したいが、恐ろしくてそれもできぬ有様。そんなところへ、店に押し込みが入る。おいく、見事に退治。よろこぶ半四郎に、おいくは「男の一分すたった」と切腹を迫る。情けなくも半四郎、おいくに切腹の名代を頼む。しかしながら、この一件、幸いなことに夢であった――。醜いが勇猛な妻をむかえ、そのおかげで出世した明智光秀。それに対し、美しいが勇猛な妻をむかえ、そのおかげで苦労した反物屋の半四郎。本章も、西鶴を逆転させて構想を立てた例と考える。そして、「黒子は昔の面影」からの引用は、短いながらも、佐伯氏(8)いうところの「シグナル・センテンス」ではなかったか(なお、本章は、むしろ演劇からの影響が大ともいう(9))。

光秀の妻と無塩君《ぶえんくん》

『武家義理物語』巻一の二「黒子は昔の面影」、その最後の個所、其磧が『世間娘気質』に使ったところに、もう少しこだわってみよう。

『世間娘気質』巻二の一「世帯持ても銭銀より命を惜まぬ侍の娘」の前の章は、巻一の三「百の銭よみ兼る哥好《うたずき》の娘」。その冒頭を、其磧はこうはじめる。

「関々たる雎鳩君子《しよきうくんし》の徳を助く」といへり。唐土の宣帝《せんてい》は無塩君といへる醜き女を后と定られ、此智を借つて政道をとりおこなひたまふに、斉の国大きに治れり。是を今時は爺嗅《とゝかゝ》とて笑ふ事にしてたま〳〵女房がよい事いふても、女の鼻の先智恵とあたまから打こみ、妻女のいふ事をもちゆるは恥辱のやうに思へるは大なるあやまりぞかし。

（『八文字屋本全集』6、但し振り仮名一部省略、カッコを付加、句読点をあらたむ）

無塩君の故事を引く冒頭部分、そして本章全体を書くにあたり、其磧が『保元物語』によったこと、神谷勝広氏⑽が指摘する。「関々たる雎鳩……」は『詩経』にあり、無塩君の故事は『列女伝』などにあるが、『保元物語』を見れば、両者を一度に参照できる。巻下「新院讃州《しんいんさんしゅう》に御遷幸の事并びに重仁親王の御事」に「関々たる雎鳩……」の引用があり、続く「無塩君の事」は無塩君の故事を載せる。そして、「百の銭よみ兼る哥好の娘」全体についても、「中国故事〈本章では無塩君〉を一章全体の構想に取り入れつつ、そのまま利用するのではなく逆転させて落ちを付けている」という。

神谷氏に導かれて、『保元物語』巻下「無塩君の事」（『日本古典文学大系31 保元物語・平治物語』付録古活字本）に載せる無塩君の故事を引く。「斉の国に婦人有り。無塩と名づく。かたちみにく〻して色くろし」。そのために、無塩君は婚期を過ぎても独り身。ある時、自ら宣王の宮殿を訪れ、后妃になりたいと願う。側の者は大笑い。すると、無塩君は「危ういかな、危ういかな」と四度いう。宣王は、その意味するところを問い、無塩君のいう所を容れ、身の過ちを正した。そして、「此の無塩君を拝して后とさだめしかば、斉の国大きにやすし。是れ醜女の功なりとへり」。

この無塩君の故事、『古列女伝』(以下、承応二年刊和刻本による)巻六の十、北村季吟『仮名列女伝』(明暦元年十一月跋)巻六の十、ともに「斉鐘離春《せいのしょうりしゅん》」と題して載る。『蒙求《もうぎゅう》』「無塩如漆《ぶえんじょしつ》」、また無塩君の故事である。『保元物語』との異同にふれると、『古列女伝』『仮名列女伝』では、「危ういかな、危ういかな」という前に、宣王に特技を問われた無塩君が「竊《ひそか》に嘗て隠を喜ぶ」(『古列女伝』)と答え、忽然と姿を消すくだりが入る。『蒙求』の記述は簡略。宣王が特技を問う節はなく、また無塩君による「危ういかな」の謎解きもない。ただ、今、異同を追究するのは、この程度でよしとしよう。気になるのは、『保元物語』に「醜女の功」といい、『古列女伝』に「醜女の力」(『仮名列女伝』にこの語句見えず)という、故事の要点である。

ここで、『武家義理物語』の「黒子は昔の面影」に戻ってほしい。其磧が『世間娘気質』「世帯持ても銭銀より命を惜まぬ侍の娘」で使った個所。明智光秀は醜い妻の功績で出世する。無塩君は宣王に諫言し、光秀の妻は軍術を指南した。その違いはある。が、「醜女の功」「醜女の力」は重なる。無塩君の故事を逆転させた『世間娘気質』巻一の三、無塩君さながらの光秀の妻が出る『武家義理物語』「黒子は昔の面影」、さらに、その「黒子は昔の面影」を逆転させ『世間娘気質』巻二の一へ、と。このように其磧の思考の跡をたどれるならば——長谷川強氏[11]は『世間娘気質』巻一の三と巻二の一を「対蹠的な性格・行為を組合わせる」例とする。この二章の配列は偶然ではない——、光秀を出世させた妻は、その原型を無塩君に求めてもよいかもしれない。

もちろん、典拠の探索が行き届いている『武家義理物語』のこと、明智光秀の妻にも複数の出典が指摘されている。一に、劉廷式《りゅうていしょく》の盲目の妻。出典は『古今事類全書』後集巻一三「不背前約」所引の『夢渓記』とも、[12]これを翻訳した『見ぬ世の友』女部上の五「盲目になりたる娘をむかゆる事」とも。[13]劉廷式の場合、盲目となった許嫁を約束どおり妻に迎えるまではよいとして、その後はどうか。『見ぬ世の友』によると、劉廷式の妻は、二人の才智に優れた子をもうけたという。だが、「黒子は昔の面影」が描く光秀妻の智恵者ぶりとは、異質なように思える。二には、「明智が妻」（『一話一言』巻一五「光秀ノ事」）と養女盛姫（『龍渓小説』上「明智日向守光秀養女報父之讐志之事」）の合成。[14]西鶴の時代、「明智が妻」は賢女として知られていた。そこに、女丈夫であったと伝える光秀の養女盛姫の逸話を合成した、と。ただ、気になるのは、光秀の妻が醜女であったか分からぬこと。盛姫についていえば、篠原進氏所引『龍渓小説』には、「容儀もよく」という記述さえ見える。西鶴の描く光秀の妻は、盛姫の「容儀」を逆設定したと読めばよいのか。

そこで、原型のひとつに無塩君を加えたらどうだろう。劉廷式の妻や「明智が妻」・盛姫を排除するのではない。「醜女の功」「醜女の力」——従来、原型とされてきた女性たちに欠けていたものがあるとすれば、この要素だと考えるからである。もっとも、南方熊楠は、光秀の妻が智略を発揮した点に、諸葛孔明の妻を重ねた。智略をもって孔明をたすけた妻、たしかに醜女とある。ただ、出典は『天中記』巻一八所引「襄陽伝《じょうようでん》」。この書が、西鶴にどれだけ親しいものであったか。疑問が残る。

ならば、『列女伝』はどうか。『武家義理物語』と『列女伝』、その交渉の深さは、すでに麻生磯次氏・冨士昭雄氏[15]がいうところ。『武家義理物語』のうち、麻生氏・冨士氏が『列女伝』——『新続列女伝』（承応三年刊和刻本あり)を含む——によるとする章を列挙してみよう。①巻一の五「死なば同じ波枕とや」……『古列女伝』巻五の一二「梁節姑姉《りょうのせつこし》」・『仮名列女伝』巻五の一二「梁節姑娣《りょうのせつこてい》」。②巻四の四「丸綿かづきて偽りの世渡り」……『古列女伝』等に伝える中国古代の義婦・節婦《せっぷ》等の面影を移す。③巻五の一「大工が拾ふ曙のかね」……『新続列女伝』上巻の一〇「楽羊子妻《らくようしがさい》」。④巻五の二「同じ子ながら捨てたり抱いたり」……『古列女伝』巻五の六「魯義姑姉《ろのぎこし》」・『仮名列女伝』巻五の六「魯義姑娣《ろのぎこてい》」。⑤巻五の三「人の言葉の末見たがよい」……『古列女伝』巻五の五「蓋将之妻《がいしょうのつま》」・『仮名列女伝』巻五の五「蓋将之妻」。⑥巻五の五「身がな二つ二人の男に」……『古列女伝』巻五の一四「郃陽友姉《たいようのゆうし》」・『仮名列女伝』巻五の一四「郃陽友娣《たいようのゆうてい》」。以上、合計六章にのぼる。

さらに、ここに『新可笑記《しんかしょうき》』(元禄元年一一月刊)も加わる。麻生氏・冨士氏[16]によれば、『新可笑記』巻五の三「乞食も米になる男」の典拠は、『古列女伝』巻六の一一、『仮名列女伝』巻六の一一「斉宿瘤女《せいのしゅくりゅうじょ》」であるという。無塩君の故事「斉鐘離春」は『古列女伝』『仮名列女伝』巻六の一〇。「斉宿瘤女」の前の章である。よって、西鶴は無塩君の故事を知っていた、と考える。

『武家義理物語』二章の見所

ここまで、其磧の『武家義理物語』利用に記述を費しすぎたろうか。あらためて、『武家義理物語』の側から、ながめ直してみよう。

まず、巻四の一「なるほど軽い縁組」。其磧は本章に注目、重ねて利用した。しかし、今日、本章は、『武家義理物語』を論じる上で、あまり注目されていない。便宜的に、『西鶴事典』「出典一覧[17]」を見ても、典拠については『武者物語』から一話を挙げる中村幸彦氏「西鶴と説話」[18]の指摘あるのみ。もちろん、典拠研究がすべてではない。とはいえ、関心の強弱を示すバロメーターにはなる。ならば、研究者の「なるほど軽い縁組」に対する関心は、強くないということだろう。

それでも、たとえば、源了圓氏[19]は、本章を取り上げ、「哀れに、そして美しい」と評した。浪人の女房を、「親の仇討ちをしてもらいたさに、金持たちとの縁談をことわりつづけ、貧しい浪人との結婚によろこび応ずる美女」と要約。「不遇の中に、昔ながらの義理に生き、当世武士のもたない精神の美しさをもちつづけている人びと」の一人に数えた。また、篠原進氏は、女が、あえて「落ち目なる侍」を夫に選んだことに注目。「〈今〉に厳しく、〈むかし〉に甘いこと。〈勝者〉に冷たく、〈敗者〉に優しいこと。それが、『武家義理物語』における西鶴の基本的な姿勢」とし、その姿勢は本章の女の中に形象化されていると見た。

ところが、其磧の興味の在処はといえば、こうした今日の評者とは違う。男女が敵をもつことをお互い隠して結婚するという設定。その秘密が露顕する夫のつぶやき。要は、趣向の妙に着目していた――筆者はそのように受けとった。

次に、もう一章、巻一の二「黒子は昔の面影」。本章は、「なるほど軽い縁組」とは違い、言及されることの多い章である。それらに逐一ふれることはできない。今、最新の注釈書、『新編日本古典文学全集69 井原西鶴集④』所収の広嶋進氏注[20]を見る。本章の鑑賞注にいう。「本章も前章と同様、町人の価値観とは異なる武士の行為を描く。（中略）光秀は約束を守り、「形おもはしからぬ娘」（『世間胸算用』巻三の四の引用）をそのまま受け入れた。光秀は「形・敷銀」（『世間胸算用』同前）（美醜や経済性）を越える価値観に基づいて行動したのである」、と。同書解説、広嶋氏は本章を「契約・約束」の小見出しの下で言及。光秀が妻をめとるまでの経緯――これを仮に本章の前段とよべば――前段の読みに力点を置く。一方、後段――光秀が妻をめとった後日談に力点を置いた読みもある。たとえば、谷脇理史氏「『武家義理物語』論序説」[21]。「西鶴は、このような後日談を付加することで何を云いたかったのか。これは、「義理ばかり」にこだわって生きた武家の一人光秀のあり方を、一見美談風の奇談として仕立てながら逆転――、その生を揶揄し諷していると見る以外にはないのではなかろうか」。後日談にこめられた諷刺にこそ、本章の見所がある、とする立場である。

　では、其磧はどうか。「黒子は昔の面影」、光秀の妻の女丈夫ぶりに注目したのだった。「女丈夫も武家だからよいのだ。もしも、これが町人だったら……」。美しい妻、実は女丈夫――この意外性が『世間娘気質』巻二の一の生命線であろう。

　意外性――それなら、素材の「黒子は昔の面影」にも備わっていた。西鶴は光秀の妻をこう描いた。「この女、形に引き替へて心たけく」（傍点は井上）と。この個所、〈美しい「形に引き替へて」〉なのか。それとも、〈美しくない（＝醜い）「形に引き替へて」〉なのか。明解な現代語訳は少ない。そのうち、たとえば、丹羽文雄[22]――現代語訳というより自由な書き換えに近いが――の場合。この部分、「此の妻は美女ではなかったが気品があり女ながらも武芸にはげみ」とした。「気品があり女ながらも」と補う辺り、かなり苦しい。だが、そうした理由は推察できる。〈美しい「形に引き替へて」〉と読みたくなるところだから。たしかに、光秀の妻は、疱瘡にかかる前は美しかった。暉峻康隆氏[23]の訳、「この妻はもと美しかったにもかかわらず、心は雄々しく」。ただ、ここで問題になるのは、もとの美しさではなく、光秀に嫁いだときの「形」ではないのか。右に引用した直前、西鶴はこう書いた。「この妻、美女ならば、心の引かるるところもあるに、義理ばかりの女房なれば、ただ武を励む一つに身を固めぬ」。この部分、長谷川強氏(24)は「もとのように美女であったら心ひかれ、さすがの十兵衛も妻に溺れることもあったろうが、美色にひかれず義理を守って結婚した女房であったので、その過ちはなかった」〔傍点長谷川氏、傍線は井上〕と解する。「美色にひかれず」を補う――すでに光秀の妻は美しくない。とすれば、〈美しくない（＝醜い）「形に引き替へて」〉と訳すのが妥当。光秀の女房、見た目は醜かったが、その器量とはうってかわった女丈夫――ややくだくだしく現代語訳すれば、こうなるだろうか。思いもよらぬ「醜女の力」。「黒子は昔の面影」に、無塩君の介在を示唆してくれたのは其磧だった。そして、本章に備わる意外性をも。「黒子は昔の面影」の見所のひとつは、意外な「醜女の力」にあると考える。

趣向の妙、そして意外性。「黒子は昔の面影」「なるほど軽い縁組」の二章を通じて、其磧が示してみせた『武家義理物語』の面白味であった。たった二章ではある。が、それらは、われわれが『武家義理物語』を読むとき――往々にして「義理」という観点から裁断しがちであるが、そうした読み方をしたとき――、見すごしてしまう面白味ではなかったか。

おわりに

「『武家義理物語』を見る場合には、もはや「義理」に縛られる必要はなく、武家をめぐる奇談・珍談として見れば十分なのではないか」。こう問題提起したのは、谷脇理史氏(25)であった。ただ、何をもって「奇談・珍談」とすればよいのか。容易ではない。なぜなら、極言すれば、われわれにとって、武士という存在自体、すでに珍奇なのだから。そこで、西鶴と同じ時代を生きた其磧の力を借りた。もちろん、西鶴と同じ時代を生きた人物とはいえ、皆が其磧と同じ読み方をし、同じ面白味を感じたとはいわない。しかし、おそらくは西鶴をすみずみまで読みつくした其磧のこと。同時代の読者の一人として、其磧は西鶴を――西鶴の武家物をどのように読んだのか。参考に足ることは多い。

■注

(1) 長谷川強『浮世草子の研究』。
(2) 注(1)に同じ。
(3) 篠原進『叢書江戸文庫⑧ 八文字屋集』。
(4) 注(1)に同じ。
(5) 佐伯孝弘「其磧気質物の方法―西鶴利用の意図」以下、佐伯説で断りのないものは同論文による。
(6) 長谷川強『新日本古典文学大系78 けいせい色三味線・けいせい伝受紙子・世間娘気質』。
(7) 注(5)佐伯論文および注(6)長谷川注を参照。
(8) 注(5)佐伯論文の【補論】。
(9) 佐伯孝弘「『世間娘気質』の演劇的要素」。
(10) 神谷勝広「其磧の知識源」。
(11) 注(6)長谷川強解説。
(12) 南方熊楠「『武家義理物語』私註」。以下、南方説は同論文による。
(13) 横山重・前田金五郎『岩波文庫 武家義理物語』「解説」。

(14) 篠原進「落日の美学―『武家義理物語』の時間」。以下、篠原説は同論文による。
(15) 麻生磯次・冨士昭雄『対訳西鶴全集8 武家義理物語』「解説」。
(16) 麻生磯次・冨士昭雄『対訳西鶴全集9 新可笑記』「解説」。
(17) 川元ひとみ「出典一覧」江本裕・谷脇理史共編『西鶴事典』。
(18) 中村幸彦「西鶴と説話」。
(19) 源了圓『中公新書 義理と人情』。
(20) 冨士昭雄・広嶋進『新編日本古典文学全集69 井原西鶴集④』。
(21) 谷脇理史「『武家義理物語』論序説―武家の「義理」への揶揄と諷刺」。
(22) 丹羽文雄・井上友一郎『世界名作全集40 西鶴名作集・近松名作集』。
(23) 暉峻康隆『現代語訳西鶴全集6 武家義理物語』。
(24) 宗政五十緒・長谷川強『鑑賞日本の古典15 西鶴集』。
(25) 注(21)に同じ。

■参考文献
麻生磯次・冨士昭雄『対訳西鶴全集8 武家義理物語』(明治書院、平成四年(決定版))
麻生磯次・冨士昭雄『対訳西鶴全集9 新可笑記』(明治書院、平成四年(決定版))
江本裕・谷脇理史編『西鶴事典』(おうふう、平成八年)
神谷勝広「其磧の知識源」『近世文学と和製類書』(若草書房、平成一一年)
佐伯孝弘「其磧気質物の方法―西鶴利用の意図」「『世間娘気質』の演劇的要素」『江島其磧と気質物』(若草書房、平成一六年)
篠原進『叢書江戸文庫⑧ 八文字屋集』(国書刊行会、昭和六三年)
篠原進「落日の美学―『武家義理物語』の時間」『江戸文学』(ぺりかん社、平成三年三月)
谷脇理史「『武家義理物語』論序説―武家の「義理」への揶揄と諷刺」堀切実編『近世文学研究の新展開―俳諧と小説』(ぺりかん社、平成一六年)

暉峻康隆『現代語訳西鶴全集6　武家義理物語』(小学館、昭和五一年)
中嶋隆『現代教養文庫　世間子息気質・世間娘容気—江戸の風俗小説』(社会思想社、平成二年)
中村幸彦「西鶴と説話」『日本文学』(日本文学協会、昭和三一年二月)
丹羽文雄・井上友一郎『世界名作全集40　西鶴名作集・近松名作集』(平凡社、昭和三四年)
長谷川強『浮世草子の研究』(桜楓社、昭和四四年)
長谷川強『新日本古典文学大系78　けいせい色三味線・けいせい伝受紙子・世間娘気質』(岩波書店、平成元年)
冨士昭雄・広嶋進『新編日本古典文学全集69　井原西鶴集④』(小学館、平成一二年)
南方熊楠「『武家義理物語』私註」『南方熊楠全集5　雑誌論考Ⅲ』(平凡社、昭和四七年)
源了圓『中公新書　義理と人情』(中央公論社、昭和四四年)
宗政五十緒・長谷川強『鑑賞日本の古典15　西鶴集』(尚学図書、昭和五五年)
横山重・前田金五郎『岩波文庫　武家義理物語』(岩波書店、昭和四一年)

西鶴の描いた町人世界

森　耕一

はじめに

西鶴が描き出した町人世界は、基本的には、『好色一代男』（天和二年〈一六八二〉一〇月刊）や『諸艶大鑑』（貞享元年〈一六八四〉四月刊）・『好色盛衰記』（元禄元年〈一六八八〉九月ごろ刊）などに描かれた遊廓を中心にした好色の世界と、金が支配する経済社会によって構成されている。しかも、西鶴最晩年の作品で死後に出版された『西鶴置土産《おきみやげ》』（元禄六年〈一六九三〉冬刊）は、遊女あそびで財産を蕩尽して零落した、かつての金持ち町人たちの末路を描いた作品であり、同じ遺稿の『西鶴織留《おりどめ》』（元禄七年〈一六九四〉三月刊）では、「近年町人身体《しんだい》たゝみ分散《ぶんさん》にあへるは、色好《こうしょく》・買置《かいおき》（高値の時に売るための商品の買い込み）此《この》二つなり」（巻一の一「津の国のかくれ里」）と、放蕩と投機の欲望が町人の破滅の原因であると喝破している。町人世界の好色と金は離れがたい関係にあるのである。

しかし、ここでは紙幅の関係もあり、好色の世界については他の章を参照していただくことにして、取り上げる作品は、出来るだけ西鶴浮世草子の中・後期の町人と金をめぐる問題をテーマにした作品に限定、本章で検討する範囲を、そこに描き出された町人世界のイメージと、その中で生きる人間の問題に絞って行くことにする。その際、一見テーマは異なるが、そのじつ町人の金との格闘を描いた話を含む作品や、経済活動が盛んに行われた京や大坂など、もっぱら上方の大都市を舞台にした作品も加えて、それらの問題を考えていくことにする。具体的には、『椀久一世《わんきゅういっせい》の物語』(貞享二年〈一六八五〉二月刊)・『本朝二十不孝』(貞享三年〈一六八六〉一一月刊)・『懐硯《ふところすずり》』(貞享四年〈一六八七〉三月刊)・『日本永代蔵《えいたいぐら》』(貞享五年〈一六八八〉正月刊)・『嵐は無常物語』(同年三月刊)・『本朝桜陰比事《おういんひじ》』(元禄二年〈一六八九〉正月刊)・『世間胸算用《むねざんよう》』(元禄五年〈一六九二〉正月刊)、『西鶴織留』・『万《よろず》の文反古《ふみほうぐ》』(元禄九年〈一六九六〉正月刊)などを分析することによって、西鶴作品から読み取れる世界観や人間観を浮かび上がらせていきたい。

図1 『日本永代蔵』巻五の二(早稲田大学図書館蔵)

町人世界のイメージ

町人の経済生活を正面から描いた『日本永代蔵』(以下『永代蔵』と略称)の終章巻六の五「智恵をはかる八十八升掻《ますかき》」は、次のように展開していく。まず冒頭で、「世界のひろき事、今思ひ当たれり。万《よろづ》の商事《あきなひごと》がないとて、我人《われひと》年々くやむ事、およそ四十五年なり」、「世のつまりたる」、つまり不景気だといわれる中でも、丸裸で商いに取り付いて成功した人がいるかと思えば逆に乞食もいると、語り手の多様な人間に対する相対的な認識が示される。次に、拡大する京・江戸・大坂などの大都市の中で人々がそれなりに生活していること、「金銀が町人の氏《うぢ》系図」になること、そして、人が住むべきところは三大都市(三都)に限るが、そのうち大坂にはにわか成金が多く、途方もない金持ちがいる京の「繁昌は次第まさりなり」と、上方の大都市の繁栄が謳歌される。さらにその京の郊外北山で、三代にわたって健康で仲良く、豊かに暮らす三夫婦《みみようと》の長寿と血縁(=家)の持続が、「大福長者にもなほまさりぬ」(『永代蔵』の副題は「大福新長者教」)と賛美されたのちに、「金銀ある所にはある物がたり」を書いたのが本書であると述べて、作品が閉じられている。

　全国各地を舞台に、いわゆる諸国話形式で「遠国《をんごく》」(巻六の五、三都以外の地方、田舎)にまで世界を拡大して町人の経済的盛衰を描いてきた『永代蔵』の世界を、結局は三都、特に京坂に収斂させる終章「智恵をはかる八十八の升掻」と、その話の多くが京坂とその周辺部が舞台で、当時の収支決算日である大晦日の借金取りと借銭負いとの駆け引きを描いた『世間胸算用』(以下『胸算用』と略称)の終章、三都のひとつ江戸を舞台にした巻五の四「長久の江戸棚《だな》」は、主人公が不在でストーリーらしいストーリーがないなど、多くの共通点をもっている。まず後者の話は、冒頭部の江戸での商いをめざして、諸国から大量の商品が問屋に到着する光景からはじまり、「世界は金銀(が)たくさん」あるという認識が語られる。つづいて、神田須田町から芝金杉に到る、江戸経済の中心部を貫く通り町の「宝の市」とでもいうべき「はんじやう」、そして「商ひにいとまなく、銭は水のごとくながれ、白銀《しろがね》は雪のごとし」と、多くの商品が売買され、大量の金がやり取りされる様子が描かれ、その後もやはり、船町《ふなちよう》の魚市以下、江戸の町々の市場で行われるさまざまな商品の盛大な「大商ひ《おほあきな》」がレトリカルな文体で活写されていく。

『胸算用』の序文には、正月に福神を印刷した紙を若えびす売りから買い求め、「買《か》うての幸ひ《さいは》売っての仕合せ《しあは》」と、商売にいとまない商家の正月風景が象徴的に描かれているが、『胸算用』に登場する町人たちは、みな貨幣経済・市場経済が全般化した世界を生きる、金の論理を内面化した人物たちである。その金についてては、終章の前の部分につづいて、削り取られたり擦り切れたりして軽くなった小判を、「又そのままにさきへわたし、世は回り持ちのたから」で、立派に流通している状況が語られ、次に、上方との間を輸送される「大分《だいぶん》の金銀、色もかはらず上りては下り、一《ひと》とせに道中を幾度《いくたび》か、金銀ほど世に辛労《しんらう》いたすものは外になし」と、あたかも金が人間であるかのように表現されている。不完全な貨幣、さらに言えばニセの貨幣の話は、序章の巻一の一「問屋《とひや》の寛闊女《くわんくわつ》」にすでに出てくる。「長久の江戸棚」の江戸の市場と結び付いた大坂の問屋の主人が、借金取りの催促から逃れるために、両替屋に預けてある金の何倍もの手形を振り出して大晦日を乗り切ろうとするが、その何の価値もない振り手形が、次々に「銀《かね》の替りに」人々の間をあたかもホンモノの金のように流通しているエピソードは、終章の小判の通用の話と首尾呼応しているといえる。

従来、西鶴浮世草子中期の『永代蔵』と晩年のこの『胸算用』は、成立の時期が異なり、したがってテーマも異なり作風も大きく展開・深化しているとして、両者の差異が強調される傾向があった。しかし、大量の金が大都市の空間を、そして三都を中心にした全国的な物や人のネットワークを流動して、商業活動が活発に行われているという市場経済の世界の根底に対する両作品の認識は、ほとんど変化していない。「長久の江戸棚」の「日本第一人のあつまり所」である江戸の大晦日の、正月用の雪駄を「買ふ人ばかりにして、売るものなし」という「一夜千金、家々の大商《あきな》ひ」の盛況の描写は、そうした西鶴の経済社会に対する肯定感を象徴している。『胸算用』巻四の二「奈良の庭竈《かまど》」は、奈良を中心にした奈良から京への特産のさらし布、逆に京から奈良へのその代金、堺から奈良への蛸の行商人、大坂から奈良への数の子の行商人といった物・金・人のネットワークの話であるが、ここに登場する蛸の足の数をごまかして売る行商人や、強盗の加害者になるが金は手に入らない片田舎に住む浪人たちと、被害者の数の子売りの卑小さに比較して、金や物の流れはより大きく、またダイナミックに描き出されている。

西鶴の浮世草子は、最終章が俳諧の最後の句、挙句《あげく》に倣って祝言で終わるパターンが多いが、売買の盛況と、世界には金がたくさんありそれが流動しているイメージは、『永代蔵』の場合、終章「智恵をはかる八十八の升掻」に限らず他の章にもみられるものである。大坂経済の中枢、北浜の米市とその周辺部を描いた巻一の三「浪風静かに神通丸《じんづうまる》」では、まず米を積んだ大船が大坂港に入港、北浜の米市での大商人たちによるその米の大商い、難波橋から西を見渡した時に見える無数の問屋群、中の島の大商人たちの蔵屋敷の景観へと話は展開、さらに、北浜の後家親子の成功譚が簡略に語られたのちに、「諸国をめぐりけるに、今もまだかかせいで見るべき所は大坂北浜《きたばま》、流れありく銀《かね》もありといへり」(傍点筆者、以下の傍点も同じ)と、北浜に流動する金のイメージで話が結ばれている。この話の主人公は、もちろん大坂中心部の大きな風景の中に点景として登場するにすぎない無数の小人物たちではない。章の後半になってようやく登場する、かつては米市の底辺にいて、米を拾ってかろうじて生命をつないでい

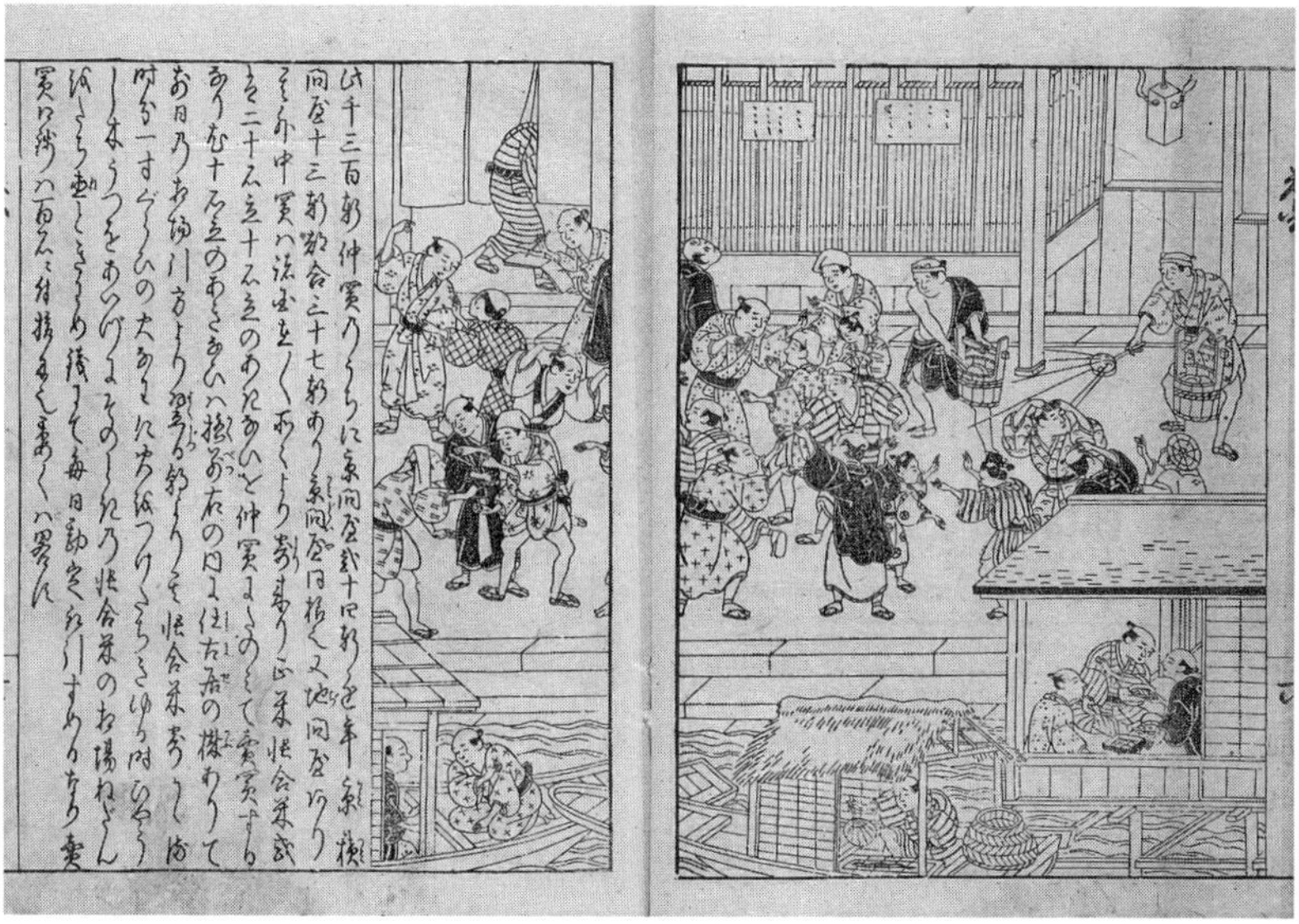

図2　大坂の堂島米市の挿絵（『賣買出世車』、早稲田大学図書館蔵）

たのに、「金銀の威勢」で大坂の経済を支配する大商人にまで成り上がっていくサクセスストーリーの小さな時間の主役である後家親子でもない。むしろ、大坂の大きな空間と、そこであたかも人間から自律して勝手に流動しているようにみえる金や、盛んに売買される物たちであるというべきであろう。

人間と等身大で活躍する金や物、動物や神仏までもが登場する『胸算用』の、たとえば、やはり終章ではない巻五の一「つまりての夜市」でも、話の冒頭に「万事の商ひなうて、世間がつまつたといふは、毎年の事なり。（中略、しかし）売るも買ふも、みな人々の胸算用《むねざんよう》ぞかし。世になきものは銀《かね》といふは、よき所を見ぬゆゑなり。世にあるものは銀《かね》なり。その子細は、諸国ともに三十年このかた、世界のはんじやう目に見えてしれたり」と、不景気、にもかかわらず売買（商い）と金はある、その結果として世界は繁栄していると、今までみてきたような西鶴の世界認識がくりかえされた後に、その繁栄する大都市の片隅で生きる「貧者の大節季《おほぜつき》」の話――大晦日、京の貧しい釘鍛冶が古道具の夜市に編み笠を売りに行くエピソードに急速に転じていく。その展開は、ちょうど江戸の町の繁栄を描いて世間には金が多いといいながら、突然「小判一両もたずに、江戸にも年をとるもの有り」と話を転じ、その後すぐに「くもらぬ春にあへり」と、江戸の繁栄を寿いで終わる「長久の江戸棚」に似ている。つまり西鶴の話は、富む者の話と貧しい者の話の間を自在に行き来しながら展開できるようになっていて、取り上げたさまざまな階層の人物を次々に相対化する運動をくりかえしながら、町人世界の全体像を浮かび上がらせるような仕組みになっている。そこに至る過程で、ときには貧者の哀れな生活や富の偏在が強調されたり、「菟角《とかく》銀《かね》がかねをもふくる世なれば、せつかくかせぎて皆人のためぞかし」（『西鶴織留』巻一の二「品玉《しなだま》とる種の松茸《だけ》」）といった、金持の資本が自己増殖するだけで、貧富が固定化しがちな経済社会の矛盾とでもいうべき現象が語られることもあるが、基本的には、盛んな経済活動（物の売買）によって金が流動する町人世界に対する信頼感・肯定感に大きな変化は認められない。したがって、西鶴は金銭に対して潔癖な拒否感をもっていたとか、商品貨幣経済に批判的だったというような見方は、西鶴のテキストを虚心に読む限り成り立たないのである。

また、このさまざまな階層、多様な人間の網羅という特質は、たとえば『永代蔵』巻一の四「昔は掛算今は当座銀《たうざぎん》」で、江戸駿河町の三井呉服店にはあらゆる商品があることを強調して、「唐国《からくに》・和朝の絹布」以下、虚実入り混ぜた衣類・布を列挙、「何によらずないといふ物なし。万有帳《よろづありちやう》めでたし」と話を締めくくったり、初期の『西鶴諸国ばなし』(貞享二月〈一六八五〉正月刊)の序文で、湯の中を泳ぐ魚以下、やはり虚実入り混ぜた諸国の物と人を列挙、「これをおもふに、人はばけもの、世にない物はなし」と結んで、ありとあらゆる物や人を並べて世界の全体に到達しようと志向する部分にもみられるものである。

『胸算用』の前にも触れた「つまりての夜市」に描き出された夜市では、会場の亭主が、女の子の正月の晴れ着・鰤の片身、小さな蚊帳から煙草の入った箱に至るまで、さまざまな物を次々に競《せ》りにかける。金の前にはすべての物が平等で、その物がもっていた人間的価値や文化的・宗教的価値等が引き剥がされて、その場にいる人々の笑いのうちに貨幣の価値に換算され、貨幣と交換されていく。ここでも、物や金が話の中心＝主役であり、物や金の所有者である人間は、むしろ周辺的な存在でしかない。そのことは、従来ヒューマンな(人間中心の)話として論じられることが多かった、巻三の三「小判は寝姿の夢」についてもいえることである。伏見に住むある貧者が、昔住んでいた江戸の両替屋で見た金銀の塊を「ほしや〱と思ひ込みし一念」から、夢の中で小判の塊に変身、その亭主の欲望が具体的に可視化された姿を見た女房は、このままでは家族がみな飢えて死んでしまうと、人材斡旋業の女の仲介で京の金持ちの家へ乳母奉公に出る。この話は、亭主が欲望の対象である貨幣に変身、女房は家族のために貨幣と交換される話である。章の後半に入ると、乳母を必要とする家と、生活に窮して自分の子を置いてでも乳母奉公を希望する女との間を媒介する、貨幣そのものの機能を象徴するような人材斡旋業の女が登場、「世界がこの通りの御定め」と夫婦の目の前で一割の手数料を取り、あとに残される女の乳児は「銀《かね》がかたき、あの娘は死に次第」と言い残して女房を連れ去る。この金の論理を語る女は、話の見どころを示すことが多い本章の副題に「大つごもりの人置《ひとおき》の嚊《かか》」とあることからしても、話の中で夫婦と対等の、あるいはそれ以上の重要な役割を演じている。一方、金と人間の境界を越えて貨幣化した亭主は、二度目の夢の中では、その「悪心」＝過剰な欲望ゆえに「魂入れ替り」「あの世この世の堺」＝生死の境界を越え地獄にまで越境して、獄卒の鬼に遭遇している。

「小判は寝姿の夢」と同様に伏見を舞台にした、しかもクライマックスがやはり大晦日に設定された話に、『本朝二十不孝』（以下、『二十不孝』と略称）巻一の二「大節季にない袖の雨」がある。この章の話は、当時は衰微した伏見とは別の町だった繁栄する大都市京を舞台にしたその前章、金はもちろん、なんでも借りて暮らしている京の人々の経済生活の虚構性をそのまま題名にした、序章巻一の一「今の都も世は借物《かりもの》」とはワンセットの話である。「今の都も」は、大金持ちの放蕩息子が親の命をかたにして遊興費を借り、さらに親の殺人未遂に至る犯罪の話、「大節季に」は、逆に伏見の極貧の家庭の息子が、上の妹を投げ殺し、母親を蹴って歩けなくし、下の妹が親のために身売りした金を盗んで遊廓で豪遊と、主人公の家族に対する暴力が反復され、金が遊廓―両親―主人公―遊廓と循環するうちに、追い詰められ絶望した両親が心中し、本人も狼に食われて死ぬ話である。両話は、豪富と極貧、話の背景の繁栄する京と衰微した伏見が対比的に描かれ、しかも一対の話になっている。京がオモテの都市とすれば、伏見はウラ側の都市であり、相互に補完し合いながらひとつの世界を構成しており、その結果、全二〇章の作品のはじめの二章で、象徴的に町人世界の全体像を描き出したことになる。もともと西鶴の話は、ひとつの土地で話が完結せずに、その土地と金・物・人のネットワーク関係をもつ他の土地をも話の舞台に加えることが多く、その傾向は全国を舞台にした『永代蔵』では特に顕著である。

ところで、『二十不孝』の序文の冒頭は、「雪中の笋《たかんな》、八百屋にあり、鯉魚《りぎよ》は魚屋《うをや》の生船《いけぶね》にあり。世に天性の外、祈らずともそれ〳〵の家業をなし、禄を以て万物を調《ととの》へ、孝を尽くせる人常なり」とあり、不孝話を集めた作品の序文が、八百屋や魚屋の商品を買う話からはじまっているのは奇妙といえば奇妙である。読みようによれば、家業で稼いだ金で孝行でさえ買うことができる、金さえあれば何でも買えるし、また逆に、売買が一体である以上、何でも売れるということになろう。『二十不孝』の序章の京の話は、男色・女色の遊興のために、いわば父親の命を売って、父親が死んだら二倍にして返すという死一倍《しにいちばい》の借金をした男の話だが、この話が成り立つためには、他方に「欲に目の見えぬ、金の借手《かして》」が存在しなければならない。つづく伏見の話は、妹が遊廓に身を売った金で遊女を買った男の話である。つまり、二つの話はすべて売り買いと金の貸し借りを軸にした、金に対する激しい欲望に起因する暴力と犯罪の話である。巻一の一の副題は、主人公が金を借りるときの仲介者を指す「京に悪所銀《あくしよがね》の借次《かりつぎ》屋」、巻一の二の副題は、主人公の父親の家業を示す「伏見に内証掃きちぎる竹箒《たけほはき》屋」であり、以下すべての章の副題は「――屋」の形式で統一されていて、『二十不孝』の世界の人物が総商人化しているような印象を与えるようになっている。

西鶴の人間観

『世間胸算用』(以下『胸算用』と略称)や『本朝二十不孝』(以下、『二十不孝』と略称)の登場人物たちを駆り立てる過剰な欲望の話の原型のような小話が、『日本永代蔵』(以下、『永代蔵』と略称)巻三の四「高野山借銭塚の施主」にある。「始末からの食養生《しよくやうじやう》」をする禁欲的な大坂の男が、男盛りに何の楽しみも知らずに死に、男が蓄積した金は相続者がいないので寺に納められる。やがて住職の手を経て、「内蔵に隠れ、世間見なんだ銀《かね》」が、遊廓や芝居の世界に流れて、すっかり「世のすれ者」になってしまった。この男の前世は、頼朝が西行に与えた「その身は金ながらつかふ事」の出来ない金の猫だった、というのがこの話の落ちである。その話の場に居合わせた「欲をまろめて今の世の人間」になったような人々の、「その猫ほしや」の欲望が高じて、しかも金の猫の男と同じように、金を所有しようとして所有できず、ついに夢の中で自身が欲望の対象である金そのものに変身してしまったのが、前の「小判は寝姿の夢」の男であるといえよう。同様に欲望の極限を描き切った話が、『永代蔵』巻四の四「茶の十徳も一度に皆」である。町外れに住むその日暮らしの男が商才を発揮して大問屋に出世、一万両ためるまではと、結婚もせずに金をためることだけを生きがいに暮らすうち、茶に煮殻をまぜて売る不正に手を染め、やがて良心の呵責から金にしがみついて狂死、男の欲望はついに満たされずに終わり、その死体は雷に打たれて消滅してしまう。そして「高野山借銭塚」のエピソードと同じく、気味が悪いので引き取り手のない男の遺した金は、寺の住職が京で役者相手の男色遊びや茶屋女との遊びに使ってしまい、それまで使われずに退蔵されていた金は、主人公の手を離れて意外な形で世間に流通することになる。

以上の話で明らかなように、町人世界は過剰な欲望の世界であるが、その欲望が幻想の金を生み出すことを描いた典型的な話が、『懐硯』巻五の二「明《あけ》て悔しき養子が銀筥《かねばこ》」である。大津の「見え渡りたる所は棟《むね》たか」い家に住んでいるので一見金持ちに見えるが、「内證」(内情)は一文無しの男が、一人娘に婿を取ってその持参金で家を存続させることをたくらみ、婿に蔵の一〇〇貫目入りの金箱を見せておいて姿を消す。一方やはり「表向《むき》の虚《から》大名」の婿は、欲から人に借りた「当分の見せ銀《ぎん》」三〇貫目の持参金をもって入り婿する。ここに合計一三〇貫目の幻想の金が発生、この家の信用が膨張して問屋たちが次々に商品をもち込んだので、婿は多くの船を北国に回して盛大に商売をして遊興にふけるが、船が難破してしまう。そこで借金を返そうと蔵の金箱を開いてみれば、章題に示された通りで、中にあったのは石瓦と、「世は張《はり》もの」だからあとは婿の持参金で家と娘をよろしく頼む、という内容の舅の書き置き、年末に借金取りに追い詰められた婿は、乞食に自分の衣装を着せておいて殺し、自分の身代わりにして逃亡した。この話の核心は、見せかけの箱に隠されたニセの金と見せ金、やはり見せかけの衣装に隠されたニセの死体であり、箱や衣装のトリックを使って内証＝中身が隠されたことによって、実体を欠いた金が機能したり、登場人物が犯罪（詐欺と殺人）の現場から逃亡したりするモチーフが反復されていることになる。

『胸算用』巻二の一「銀一匁《もんめ》の講中《こうぢゅう》」と『二十不孝』巻二の四「親子五人仍《よつて》書置如《ごとし》レ件《くだんの》」は、この衣装や箱に隠されていたものが表面に顕われるモチーフの話であり、それぞれ金をめぐる登場人物たちの欲望と幻想のドラマが演じられている。前者では、大坂のある商人が、石瓦の入った金箱を娘の持参金として婚礼の行列に加えて信用させた金貸しから金を借り込む。一方、同業者からそのトリックを知らされた金貸しは、天満祭りの船渡御《ふなとぎょ》（船の行列）を見物しながら、持参金・屋敷付きの自分たちの一人娘と、借り手の次男のウソの結婚話を餌にして金を取り戻す。貸し手と借り手は、いずれも、婚礼と祭りの行列をトリックやその背景に用い、互いの「欲」を操作し合っているわけだが、みようによれば、ただ金が貸し手と借り手の間を行き来しているだけといえないこともない。『二十不孝』の話は、箱と同じ働きをする紙＝死者の書き置きの話である。本当は二〇〇〇両しかないのに「世の聞《きこ》えばかりに、ない金子《きんす》」八〇〇〇両を書き置きに記して死んだ父親、その証文に書かれた幻の金が独り歩きして、「欲に目の見えぬ」三人の弟たちが、長男が八〇〇〇両の金を独り占めにしたのではないかと疑い出し、世間への「外聞」と、金を要求する弟たちとの間に挟まれ進退きわまった長男の自殺、そして、夢で夫の死の真相を知った長男の妻が、蔵の中で弟たちを殺して自害という悲劇的な結末に至る。

以上の話に共通するのは、ひとつには人間の欲望が金の幻想を生み出し、それが逆に人間を支配してさまざまな悲喜劇を引き起こす、虚構が現実を動かすという転倒である。「欲の世の中」に住む「銀一匁の講中」の金貸したちが仲間と講を結ぶ目的は、貸金の回収が出来ずに損をするのを避けるための「見せかけのよき内証の不埒《ふらち》なる商人《あきんど》」の発見であったが、そのためには、時には箱の中身を透視することが必要だった。もうひとつの共通点は、その「見せかけ」と「内證」が乖離する構造こそ人間の本質だという人間観であろう。そうした人間を透視する視線が、「小判は寝姿の夢」のような、欲望の主体である人間と対象の金の関係を転倒させた欲望譚や、「明て悔しき養子が銀筥」・「銀一匁の講中」などの話から読み取れる。さらにその人間観が、「明て悔しき」と同じ大津の話で、主人の死後に遺されたものは、手形箱の中の金にならない大名貸しの手形と、後家のへそくりが詰まった雑《ぞう》長持ち（副題に「女の欲の入物《いれもの》重たし〳〵」）だけだったという、二つの箱の話でもある『万の文反古』巻三の二「明けて驚く書置箱」、同じく『文反古』（略称）の大坂商人と問屋の嫁入り衣装をめぐる見せかけと内証の話である巻二の一「縁付《えんづき》まへの娘自慢」など、多くの衣装と箱の話を生み出しているのである。

そして、それらの話の根底にあるのは、『永代蔵』序章冒頭部の「人は実あつて偽りおほし。その心《しん》は本虚《もときよ》にして、物に応じて跡なし」という、人の心はからっぽで外物に左右されるものであり、人間の実体といわれるものも不確かなものでしかないという洞察であり、しかしだからこそ、確かなものにするために「金銀を溜むべし」と、序章の話の導入部と、作品全体の序文を兼ねたこの冒頭部分の論理は展開しているように思われる。もし主題が町人の生き方ではなく武士の生き方であれば、義理を守り武士らしく生きよ(『武家義理物語』序文、『永代蔵』と同年の貞享五年〈一六八八〉二月刊)ということになろう。

なお、『永代蔵』序章の「物」、人の心を支配する外物は、『永代蔵』が金銭と人間の関係をテーマにしている以上、主に金銭をさしていると考えられるが、他の章には、「世に銭程面白き物はなし」(巻四の三「仕合《しあわ》せの種を蒔銭《まきせん》」)と金銀に対する生き生きとした好奇心が率直に吐露されており、その金と商品の交換に、そして欲望と幻想が生み出す虚構に生きる町人という人間に対するリアルな関心は、基本的には肯定的なものであり、貨幣経済から疎外された町人、あるいは疎外感を抱く作家西鶴といった見方は当たらない。

都市小説・時空意識

町人世界を描いた作品のうち、『日本永代蔵』(以下、『永代蔵』と略称)は全国各地に舞台を設定した諸国話の形式で書かれてはいるが、物・金・人の流通ネットワークの中心三都が作品の中で重要な意味をもっており、地方を話の舞台にする場合でも西鶴のホームグラウンド京坂と関わる場合も多い。序章巻一の一「初午《はつうま》は乗つて来る仕合《しあは》せ」の話の舞台が江戸で、終章巻六の五「智恵をはかる八十八の升掻」が三都、そして京坂に収斂されていて、特に京坂の求心力が強いことはさきにみた通りである。最晩年の『西鶴置土産』の舞台は三都の遊廓と市井、晩年の『世間胸算用』、遺稿の『西鶴織留』の話の舞台も多くは京坂とその周辺である。西鶴作品の中でしばしば便宜的に好色物に分類される、女色と男色の色道二つに財産を蕩尽して発狂、大坂の町を放浪したあげくに死んだ大坂町人の話『椀久一世の物語』と、借金に追い詰められ女色・男色の恨みを受けて切腹死した京の役者の話『嵐は無常物語』の舞台もまたおおむね京坂であり、西鶴作品の特に町人世界を描いた作品の多くは、都市小説、さらにいえば京坂小説である。

『椀久一世の物語』には、主人公椀久が「何とぞ六十年を三十年にたゝみて、死ぬるが本分別なり」(上の六「袖乞《そでご》ひなれど義理の姿」)と遊び仲間に語る場面があるが、そもそも椀久は、作品の冒頭で大坂郊外の箕面《みのお》弁財天の富突《とみつき》の行事に加わろうと、「欲に目の見えぬよるの道」を猛烈な速さで疾走する駕籠《かご》に乗って登場する(上の一「夢中の鎰《かぎ》」)。富突で大福を得るお守りが当たるか否かは偶然性によるが、さきの「袖乞ひなれど」の冒頭にも、その偶然性に賭けるギャンブルの読みガルタに興じる椀久の姿が描かれていて、その椀久が一晩かけて得た三〇〇文の銭を、気まぐれから女乞食に与えようとする場面がそれに続く。この部分は、刹那的に生きる椀久のギャンブラー的、投機的性格を象徴している。椀久は、全財産を蕩尽して、遊廓の快楽と幻想を買おうとする、いわば人生のギャンブラーであるといえる。その点では、やはり遊廓と同じ悪所である芝居の世界で生きる、『嵐は無常物語』の人気役者嵐三郎四郎も同様である。終章下の四「浮世としらぬ酒を呑《のむ》かな」に、三郎四郎の死を弔う役者仲間が、「はやり狂言に出て、人の芸をおしむとき死《しん》だがましぞ。惣《そふ》じて役者の暮しは、あるにまかせて栄花《えいぐわ》をするを徳なり。おもへば〳〵夢の世」と語り合う場面があるが、そうした生の意識は、生前の三郎四郎も同様であったはずである。

椀久にしろ三郎四郎にしろ、生の時間を短く限定して生を凝縮させ、充実した生を生きようとする志向は共通している。これを投機型の時間意識、長い時間をかけて金を蓄積し、その金の力を資本として活用して、子孫にまで連続する家の時間を生きようとする時間意識を投資型の時間意識とすれば、その二つの時間意識を対比的に物語っているのが、『永代蔵』巻四の三「仕合《しあは》せの種を蒔銭《まきせん》」である。「空大《から》名の見せかけ商売」の商人が多い中で、江戸堺町の商人は芝居町の小さな銭店から出発、少しずつもうけてしっかりした両替屋に成長したが、隣の利発な見世物小屋の主人は、一時は珍しい見世物でもうけても、「水の泡の世をわたり、消ゆる事安」く、さらに役者となると、「当座の化花《あだばな》」で「その時の栄花を楽しめる外な」いのである。ここでは、金を溜める商人の生き方と、金を浪費してその時々を生きる興業師や役者の生き方が対比されているが、「その道々を知る事、人の肝心《かんじん》なり」と、人の家業はそれぞれであって、どちらが肯定すべき生なのかという価値判断は一切下されていない。ただ、世間の多様な生き方が並列されているだけである。また、これらの時間意識に対応する空間意識は、「世界は広し」(『永代蔵』「浪風静かに神通丸」)の「世界」、大量の金が流動したり、偏在したりする三都を結節点とした巨大なネットワーク空間の中を生きる意識であろう。

都市を舞台にした西鶴のさまざまな作品の中で、現代のミステリーにも通じる作品が『本朝桜陰比事』(以下『桜陰比事』と略称)である。前代に比べれば拡大し巨大化した一七世紀後半の京には、『本朝二十不孝』(以下『二十不孝』と略称)序章「今の都も世は借物《かりもの》」の冒頭に「世に、見過《みすぎ》は様々なり」とあるように、多様な職業の人間が、多様な欲望を抱えて、また一面関係を希薄化させて、さまざまなトラブルや犯罪を発生させながら生活している。巻一の五「人の名をよぶ妙薬」の「無用の欲心」から毒殺（あるいは毒殺未遂とも考えられる）事件の加害者になる男は、「都なればこそ、人も是を見ゆる」す、都会だからこそ存在を許されるような「何商売とも定めなく（中略）世界の図はづれなる者」で、アウトローの遊廓の太鼓持ち、被害者は、副題に「身にあまつて金持有《あり》／それゆへ命を捨《すつ》る事」とあるように、地方から必要以上の大金をもって上京、身寄りのない「かるひうき世の楽人《らくじん》」、気楽な身分の五〇過ぎの男である。この男の一人で地方から都市に流入した、生活の根拠をもたない孤独で不安定な立場は、ただ一点金の有無を除いては、都市を浮遊して暮らすやはり一人暮しの加害者とも共通しており、また、犯罪の格好の標的になりそうな人物でもある。

　やはり都市にしかありえないような人物たちが引き起こす都市固有の犯罪を描いた、巻二の一「十夜の半弓」は、通りがかりの人を半弓で射殺す、いわゆる動機なき殺人、快楽殺人の話である。殺された男は、蹴鞠のライバルが自分より上の免許を受けたのをねたみ、遊廓で他の客と遊女を争い、流行の信仰の集まりである「無用のねんぶつ講」に参加した翌朝殺された、読者の立場からするとあまり共感できない人物である。町人でありながら「無用の武道具」をもてあそんで、ただ「人間を射て見中度《みもうしたく》」なって出来心で人を殺した加害者と、殺された被害者は、それぞれの身分・立場を越えた、「人の名をよぶ」の加害者と同様の「無用の」過剰な欲望に取り憑かれている点では相似形の人物であり、話の中で加害者だけが一方的に批判されているわけではない。この同質的な人物とその逆に対比的な人物が頻出して、両者の絡み合いから話が展開していくのが、人物関係からみた場合の西鶴中期の作品の大きな特徴である。

以上の『桜陰比事』の二話が殺人事件なのに対して、巻五の八「名は聞《きこ》えて見ぬ人の皃《かほ》」は、都市型の詐欺事件の話である。まず冒頭部で「人生れながらにしてかしこからず、又悪人もなし」と、人の賢愚と善悪は生まれではないと、境遇による可変性を述べたのちに、親の遺産を遊廓で使い果たしたかつての金持の息子が、仲間と共謀、色里で有名な大金持ちの息子を名乗って豪遊し、まず色里の人々を信用させておいて、それから金貸しを欺して大金を借り出す。返済を迫られると、「広き都なれば、同じ家名に、同じ名のある事、さのみ不思義《ふしぎ》にもあらず」と開き直るので、貸し手が町奉行に訴えるが、奉行は欲張って法定金利をはるかに超える高利をむさぼろうとするからこんな目にあうのだと、金貸したちの訴えに取り合おうともしない。この話ではさきの二話と同様に、加害者と被害者の善悪の境界があいまいである。さらにいえば善と悪は相対的であり、倫理的な相対性はさきの『二十不孝』の話にもみられたものである。その序文では、世の中には不孝な「悪人多し。生きとしいける輩《ともがら》、孝なる道をしらずんば、天の咎めを遁《の》がるべからず」と話の倫理的枠組みが一応設定され、作品の随所でその枠組みが強調されるが、金や暴力が猛威をふるうことによって、結果的に、孝／不孝、善／悪の対立の構造が話の内部から解体され、また脱構築されている場合が多い。これもまた、西鶴の人間観の重要な一側面であり、町人の世界の金銭と人間の関係をリアルに透視する西鶴の眼と関連があろう。

おわりに

西鶴作品には、町人たちのさまざまな欲望や幻想が描かれている。その最大の欲望の対象である金については、「世に銭程面白き物はなし」（『日本永代蔵』「仕合せの種を蒔銭」）とその深い関心が簡潔に述べられていた。一七世紀末の市場経済の最大の結節点である大坂で生きた、オプティミスティックな町人出身の都市の作家西鶴にとって、都市社会で生きる多様な町人たちの見せかけと内証の生態は面白い、格好の話の題材であった。また、その町人が生きる市場のネットワークを流動する金と商いの世界は、限りなく魅力的で肯定すべき世界であり、それこそが西鶴の描き出した町人の世界であった。

■参考文献

『日本永代蔵』・『万の文反古』・『世間胸算用』の本文からの引用は、「新編日本古典文学全集3」により、『西鶴諸国ばなし』・『本朝二十不孝』は同全集2、『西鶴織留』は決定版対訳西鶴全集14、『懐硯』は同全集5、『椀久一世の物語』・『嵐は無常物語』は同全集4、『本朝桜陰比事』は同全集11による。

岩井克人「西鶴の大晦日―貨幣の論理と終わらぬ時間―」（『現代思想』青土社、昭和六一年九月）
浮橋康彦「『胸算用』」表現学大系各論篇第7巻『小説と脚本の表現』（冬至書房、昭和六一年）
大藪虎亮『日本永代蔵新講』（白帝社、昭和一二年、復刊は昭和四二年）
谷脇理史・神保五彌・暉峻康隆校注・訳 新編日本古典文学全集『井原西鶴集3』（小学館、平成八年）
杉本好伸「日本推理小説の源流」（『本朝桜陰比事 上』清文堂出版、平成二一年）
染谷智幸「西鶴・大坂・椀久―武士と商人の「谷」町筋」（『西鶴小説論 対照的構造と〈東アジア〉への視界』翰林書房、平成一七年）
暉峻康隆「日本永代蔵考察」（『古典研究』雄山閣、昭和一二年六月）

中嶋隆「『世間胸算用』の作品構造」(『初期浮世草子の展開』若草書房、平成八年)
廣末保「近世文学にとっての金」(『言語生活』409、筑摩書房、昭和六〇年一二月)
三上隆三『江戸幕府・破産への道　貨幣改鋳のツケ』(NHKブックス、平成三年)
吉江久弥「『日本永代蔵』」(『国文学　解釈と鑑賞』至文堂、昭和四四年一〇月)

第二部　西鶴を読むために

鑑賞の手引き

井原西鶴

2

西鶴研究案内（浮世草子）

中嶋　隆

西鶴全般・入門書

明治から現代に至るまで、西鶴研究の蓄積は膨大な量になる。これらを一覧するには江本裕・谷脇理史編『西鶴事典』（平成八年、おうふう）の「研究文献目録」が便利である。また、その概要を把握したければ、明治五年から昭和三年にいたる四七〇点の文献が、竹野静雄編『西鶴研究資料集成』八巻（平成五〜六年、クレス出版）に覆刻される。また昭和一七年から二三年まで刊行され、中村幸彦「『天下の町人』考」など歴史的論文が多く載った学術誌「西鶴研究」も同氏編『西鶴研究』四巻（平成一四年、クレス出版）で覆刻された。『西鶴と浮世草子研究』五巻（平成一八〜二三年、笠間書院）では、倉員正江が昭和二〇年以降の「西鶴・浮世草子研究文献目録（稿）［昭和四四年まで］」を編集。第三巻別冊付録（平成二一年）には、浮世草子研究会編「西鶴・浮世草子研究文献目録（稿）［昭和四五〜六三年］」を掲載。平成元年から平成一四年の研究文献目録は、篠原進が編集し、同誌四号（平成二二年）・五号（平成二三年）に載る。同誌には、気鋭の研究者による作品ごとの研究史と、要旨の付いた「最新文献ガイド」（現在、平成一五〜二一年分掲載）とが載るので参考になる。

これら冊子体の文献目録以外に、最近ではデータベースが充実してきた。まだ使い勝手が悪いところもあるが、西鶴に関係するデータベースを二点ほど挙げておく。

「MAGAZINPLUS」（日外アソシエーツ）

一般向け雑誌からも採録するが、有料。

「国文学研究資料館国文学論文目録データベース」

影印・翻刻文献も含まれ、西鶴に限らず国文学関係の論文検索では、もっとも充実している。

冊子目録やデータベースの充実によって情報を検索しやすくなったが、基礎的知識を得ようとするなら、研究史上定評のある論文や、パラダイムを変えた重要な論文を読む必要がある。そのためには、江戸時代文芸全般の研究史を概観した岡本勝・雲英末雄編『近世文学研究事典』（平成一八年、おうふう）は、「井原西鶴」をはじめ西鶴作品が立項され、項目ごとに「概要」「研究史・展望」「参考文献」が挙げられるので便利である。

いきなり原文を読むのでは、と思う向きには、暉峻康隆訳注『現代語訳西鶴全集』一二巻（昭和五一～五二年、小学館）を勧める。この全集のうち、『日本永代蔵』『世間胸算用』『西鶴諸国ばなし』『好色一代男』『好色五人女』は、平成四年に「小学館ライブラリー」シリーズとして分冊刊行された。逐語訳ではないが、それゆえに西鶴の文章リズムを生かした達意の現代語訳となっている。

参考までに、西鶴の文芸活動（主に小説）を知るのに便利な入門書・一般書と雑誌特集号とを、昭和六〇年以降に出版されたものに限って挙げる。

富岡多恵子『西鶴のかたり』（昭和六二年、岩波書店）

谷脇理史『浮世の認識者　井原西鶴』（昭和六二年、新典社）

市古夏生・藤江峰夫編『江戸人物読本　井原西鶴』（平成元年、ぺりかん社）

谷脇理史編『新潮古典アルバム　井原西鶴』（平成二年、新潮社）

大谷晃一『井原西鶴』（平成二年、河出書房新社）

浅野晃・雲英末雄・谷脇理史・原道生・宗政五十緒編『講座元禄の文学２　元禄文学の開花Ⅰ　西鶴と元禄の小説』（平成四年、勉誠社）

『大阪春秋』67〈特集・井原西鶴と大阪〉（平成四年四月、大阪春秋社）

谷脇理史編『西鶴必携』【別冊国文学45】（平成五年二月、学燈社）

谷脇理史・西島孜哉編『西鶴を学ぶ人のために』（平成五年、世界思想社）

『国文学　解釈と鑑賞』58・8〈特集　西鶴の創作世界〉（平成五年八月、至文堂）

西鶴三百年祭顕彰会編『西鶴文学の魅力』（平成六年、勉誠社）

中嶋隆『ＮＨＫブックス　西鶴と元禄メディア―その戦略と

展開』（平成六年、日本放送出版協会）
読売新聞大阪本社文化部編『平成・西鶴ばなし―元禄マルチタレントの謎』（平成六年、フォーラム・A）
暉峻康隆『岩波セミナーブックス　西鶴への招待』（平成七年、岩波書店）
谷脇理史『江戸のこころ―浮世と人と文学と』（平成一〇年、新典社）
中嶋隆編『週刊朝日百科　世界の文学85　日本Ⅱ　好色一代男　日本永代蔵』（平成一三年、朝日新聞社）
江本裕・谷脇理史『西鶴のおもしろさ―名篇を読む』（平成一三年、勉誠出版）
谷脇理史編『江戸文学』23〈特集・元禄の小説〉（平成一三年六月、ぺりかん社）
浅沼璞編『江古田文学』51〈特集・西鶴〉（平成一四年一一月、日大芸術学部江古田文学会）
谷脇理史『「好色一代女」の面白さ・可笑しさ』（平成一五年、清文堂出版）
長谷川強『西鶴をよむ』（平成一五年、笠間書院）
西鶴研究会編『西鶴が語る江戸のミステリー―西鶴怪談奇談集』（平成一六年、ぺりかん社）
谷脇理史『経済小説の原点「日本永代蔵」』（平成一六年、清文堂出版）
谷脇理史『創作した手紙「万の文反古」』（平成一六年、清文堂出版）
富岡多恵子『西鶴の感情』（平成一六年、講談社）
木越治編『西鶴　挑発するテキスト』【国文学解釈と鑑賞別冊】（平成一七年三月、至文堂）
広嶋進『大晦日を笑う「世間胸算用」』（平成一七年、清文堂出版）
西鶴研究会編『西鶴が語る江戸のラブストーリー―恋愛奇談集』（平成一八年、ぺりかん社）
中嶋隆・篠原進編『西鶴と浮世草子研究』1〈特集　メディア〉（平成一八年六月、笠間書院）
谷脇理史『「日本永代蔵」成立論談義―回想・批判・展望』（平成一八年、清文堂出版）
高田衛・有働裕・佐伯孝弘編『西鶴と浮世草子研究』2〈特集　怪異〉（平成一九年一一月、笠間書院）
浅沼璞『新潮新書　西鶴という鬼才』（平成二〇年、新潮社）
堀切実『偽装の商法―西鶴と現代社会』（平成二〇年、新典社）

富岡多恵子『講談社文芸文庫　西鶴の感情』(平成二一年、講談社)
西鶴研究会『西鶴諸国はなし』(平成二一年、三弥井書店)
杉本好伸『日本推理小説の源流「本朝桜陰比事」』上下(平成二一年、清文堂出版)
竹野静雄『江戸の恋の万華鏡—『好色五人女』』(平成二一年、新典社)
谷脇理史・杉本好伸・杉本和寛『西鶴と浮世草子研究』3〈特集　金銭〉(平成二一年五月、笠間書院)
諏訪春雄・広嶋進・染谷智幸編『西鶴と浮世草子研究』4〈特集　性愛〉(平成二二年一一月、笠間書院)
西鶴研究会編『西鶴が語る江戸のダークサイド—暗黒奇談集』(平成二三年、ぺりかん社)
原道生・河合眞澄・倉員正江編『西鶴と浮世草子研究』5〈特集　芸能〉(平成二三年六月、笠間書院)
中嶋隆『新版西鶴と元禄メディア—その戦略と展開』(平成二三年、笠間書院)
谷脇理史・広嶋進編『新視点による西鶴への誘い』(平成二三年、清文堂出版)
中嶋隆『西鶴に学ぶ　貧者の教訓富者の知恵』(平成二四年、創元社)
本渡章『大阪暮らしむかし案内—絵解き井原西鶴—』(平成二四年、創元社)

全集・注釈書類

戦後に刊行された書を中心に取り上げるが、複製本や影印本(原本の写真を印刷した本)は省略した。原本に近い状態で作品を鑑賞したい方は『西鶴事典』の「専門図書・雑誌特集Ｉ　影印」にリストアップされた書目を参照されたい。

戦前の西鶴作品の翻刻は、山口剛の校訂した『日本名著全集　江戸文芸之部』「西鶴名作集上巻」(昭和四年)「同　下巻」(昭和四)をのぞいては、必ずしも原本に忠実に校訂されたものではなかった。名著全集本は二冊とも一〇〇〇ページを越えるが、谷脇理史に影響を与えた山口剛の解題を載せ、挿絵つきで西鶴のほぼ全作品が収録された。六号活字三段組みの精緻な組版といい、天金を施した瀟洒な装丁といい、昭和初期出版物の白眉である。古本屋で見つけたなら購入を勧める。

戦後の西鶴テキスト研究は、野間光辰・暉峻康隆編『定本西鶴全集』一四巻一五冊(昭和二四〜五〇年、中央公論社)の刊行とともに進展したと言ってもいい。完結までに二六年を要したが、この間に発見された『嵐は無常物語』下巻、『俳諧独吟一日千句』などの新資料や『真実伊勢物語』のような偽本も、頭註をつけて翻刻された。特に西鶴の俳諧活動はこの全集によってはじめてその全貌が明らかになったとさえいえる。西鶴の新資料は天理図書館が全国を精力的に博捜した結果、発見されたもの。その成果は、本全集と天理図書館編『図録 西鶴』(昭和四〇年、天理図書館)に結実した。余談ながら、私は昭和五〇年代に、当時の物価感覚では目玉が飛び出るほど高価だった『定本西鶴全集』を一冊ずつ買い求めたものだ。古本市場での全集本の値崩れの結果か、最近では驚くほど安価にこの全集が手に入る。買わなければ損である。

近時は、新編西鶴全集編集委員会(代表浅野晃)編『新編西鶴全集』五巻(平成一二～一九年、勉誠出版)が完結をみた。この全集は、最善本の影印を上段、翻刻を下段に配し、詳細な語彙索引を付す。多くの西鶴研究者が本全集の校訂作業に関わった。

テキスト研究の進展に伴い、戦後は注釈研究も格段の進展をみた。『定本西鶴全集』ではじめて註のついた作品も多いが、特筆すべきは前田金五郎と冨士昭雄の仕事である。冨士昭雄の『対訳西鶴全集』一六巻(昭和四九～五四年、明治書院)は、西鶴のほとんどの小説に、註と口語訳をつけたもので、とりわけ『諸艶大鑑』の煩雑な註を完成させたのは画期的だった。最近、『色里三所世帯』『浮世栄花一代男』を収めた一七巻(平成一九年)と「総索引」を載せる一八巻(中村隆嗣との共編。平成一九年)とが刊行され、この全集も三三年を経て完結した。

前田金五郎は、『岩波古語辞典』(平成二年、岩波書店)、『西鶴語彙新考』(平成五年、勉誠社)に結実した博覧強記ともいうべき文献調査に基づいた詳細な注釈書を多く刊行する。『西鶴大矢数』をはじめ、連句・発句の注釈にも、その研究は活かされているが(「西鶴研究案内・俳諧関係」を参照)、小説に限ってその注釈書を挙げておく。豊富な資料を引用した前田の語註は、テキストを多面的に考察するのに有益である。

岩波文庫『武家義理物語』(昭和四一年、岩波書店)
岩波文庫『武道伝来記』(昭和四二年、岩波書店)
『新注 日本永代蔵』(昭和四三年、大修館書店)
角川文庫『世間胸算用』(昭和四七年、角川書店)
角川文庫『西鶴織留』(昭和四八年、角川書店)
『好色一代男全注釈』二巻(昭和五五～五六年、角川書店)

『好色五人女全注釈』(平成四年、勉誠社)
『好色一代女全注釈』(平成八年、勉誠社)

他によく読まれる注釈書には、次のようなものがある。

『日本古典文学大系』(岩波書店)
「西鶴集　上」(昭和三三年、麻生磯次・板坂元・堤精二校注)
[好色一代男・好色五人女・好色一代女]
「西鶴集　下」(昭和三五年、野間光辰校注)[日本永代蔵・世間胸算用・西鶴織留]

最近の出版状況とは隔世の感があるが、このシリーズは、印税で家が買えたという伝説が生じたほど、よく売れた。現在の注釈書と違うところは、高いレベルの補注が添えられたことである。特に、下巻の補注は現在でも研究者に引用される。

『日本古典文学全集』(小学館)
「井原西鶴集　1」(昭和四六年、東明雅・暉峻康隆校注・訳)
[俳諧大句数・好色一代男・好色五人女・好色一代女]
「井原西鶴集　2」(昭和四八年、松田修・宗政五十緒・暉峻康隆校注・訳)[西鶴諸国ばなし・本朝二十不幸・男色大鑑]
「井原西鶴集　3」(昭和四七年、谷脇理史・神保五彌・暉峻康隆校注・訳)[日本永代蔵・万の文反古・世間胸算用・西鶴置土産]

活字の大きさを変えて、頭注、本文、現代語訳を三段組にするという画期的な組版を採用した。コストを抑えるために、日本語の植字ができる技術者のいた韓国で製版したそうだ。本文は原文通りではなく、歴史的仮名遣いに修正し、仮名表記を漢字に直して読みやすい本文にしている。したがって論文で引用する場合には注意を要するが、高校の古典教科書などの底本に採用される場合が多い。

『新潮日本古典集成』(新潮社)
「好色一代女」(昭和五一年、村田穆校注)
「日本永代蔵」(昭和五二年、村田穆校注)
「好色一代男」(昭和五七年、松田修校注)

「世間胸算用」(平成元年、金井寅之助・松原秀江校注)
傍注形式を採用。校注者の個性的な解説が面白い。
『新日本古典文学大系』(岩波書店)
「好色二代男 西鶴諸国ばなし 本朝二十不幸」(平成三年、井上敏幸・佐竹昭広・冨士昭雄校注)
「武道伝来記 西鶴置土産 万の文反古 西鶴名残の友」(平成元年、井上敏幸・谷脇理史・冨士昭雄校注)
『日本古典文学大系』に収められていない西鶴作品を校注する。旧版のような「補注」はないが、最新の研究成果を反映した頭註が付される。ただし「本朝二十不孝」の頭註は、『本朝孝子伝』下巻「今世」部の孝子二〇人が、『本朝二十不幸』各章で不孝者に転じられているとする佐竹独特の主張に基づいているが、佐竹説は、いまだ定説にはなっていない。
『新編日本古典文学全集』(小学館)
「井原西鶴集 1」(平成八年)
「井原西鶴集 2」(平成八年)
「井原西鶴集 3」(平成八年)
「井原西鶴集 4」(平成一二年、冨士昭雄・広嶋進校注・訳)
[武道伝来記・武家義理物語・新可笑記]
第三巻までは、旧版「日本古典文学全集」を二色刷りにして挿絵に簡単な解説を付しただけで、内容はまったく変わっていない。第四巻には「武家物」を収載する。
ここに挙げた注釈書は大学図書館には必ず架蔵されているが、西鶴を卒業論文に選び、注釈書を購入しなければならない学生諸君に一言。文庫本なら買えるが、ハードカバーは高価だと思ってはいけない。岩波『日本古典文学大系』も小学館『日本古典文学全集』も、旧版なら文庫本より、はるかに安く入手できる。特に、現代語訳の付いた旧版の小学館『日本古典文学全集』を古本屋で探すことを勧める。
文庫本でも、詳細な注をつけた本がある。前述した前田金五郎の著作の他に参考にすべきものを挙げておく。
江本裕訳注 講談社学術文庫『好色五人女』(昭和五九年、講談社)
谷脇理史訳注 角川ソフィア文庫『好色五人女』(平成二〇

年、角川学芸出版）

堀切実訳注　角川ソフィア文庫『日本永代蔵』（平成二一年、角川学芸出版）

研究書

一般向けに執筆したものは省き、研究者（五十音順）ごとに、戦後執筆された学術研究書（主に小説関係）を挙げる。研究誌に載せた論文が再録されている場合が多いので、読みたい論文があるときには、初出の研究誌を探すより便利である。また論文集を通覧することによって、その研究者の方法論が理解できる。

浅沼璞『西鶴という方法―略奪・切り裂き・増殖・滑稽』（平成一五年、鳥影社）

浅野晃『西鶴論攷』（平成二年、勉誠社）

『論叢 元禄の文学』（平成五年、勉誠社）

青山忠一『近世前期文学の研究』（昭和四一年、東出版）

荒川有史『西鶴 人間喜劇の文学』（平成六年、こうち書房）

井口洋『西鶴試論』（平成三年、和泉書院）

市川通雄『井原西鶴の世界』（昭和五一年、笠間書院）

市川光彦『井原西鶴研究』（平成四年、右文書院）

市古夏生『近世初期文学と出版文化』（平成一〇年、若草書房）

植田一夫『西鶴文芸の研究』（昭和五四年、笠間書院）

有働裕『西鶴はなしの想像力』（平成一〇年、翰林書房）

江本裕『西鶴研究―小説篇』（平成一七年、新典社）

尾崎久彌『近世庶民文学論考』（昭和四八年、中央公論社）

笠井清『西鶴と外国文学』（昭和三八年、明治書院）

金井寅之助『西鶴考 作品・書誌』（平成元年、八木書店）

岸得蔵『仮名草子と西鶴』（昭和四九年、成文堂）

小池藤五郎『新資料による西鶴の研究』（昭和四一年、風間書房）

佐瀬恒『西鶴の作品における生活原理』（昭和四九年、桜楓社）

塩村耕『近世前期文学研究―伝記・書誌・出版』（平成一六年、若草書房）

重友毅『日本近世文学―展望と考察―』（昭和二九年、みすず書房）

『近世文学史の諸問題』（昭和三八年、明治書院）

島田勇雄『西鶴本の基礎的研究』（平成二年、明治書院）

白倉一由『西鶴文芸の研究』（平成六年、明治書院）
杉本つとむ『西鶴語彙管見』（昭和五七年、ひたく書房）
高尾一彦『近世の庶民文化』（昭和四三年、岩波書店）
高橋俊夫『西鶴論考』（昭和四六年、笠間書院）
『西鶴雑筆』（昭和五三年、笠間書院）
田中伸『近世小説論攷』（昭和六〇年、桜楓社）
竹野静雄『近代文学と西鶴』（昭和五五年、新典社）
谷脇理史『西鶴研究序説』（昭和五六年、新典社）
『西鶴研究論攷』（昭和五六年、新典社）
『西鶴―研究と批評』（平成七年、若草書房）
『近世文芸への視座―西鶴を軸として』（平成一一年、新典社）
暉峻康隆『西鶴　評論と研究』上下・研究ノート（昭和二八年、中央公論社）
『近世文学の展望』（昭和二八年、明治書院）
『西鶴新論』（昭和五六年、中央公論社）
中嶋隆『西鶴と元禄メディア―その戦略と展開』（平成六年、日本放送出版協会。新版は平成二三年、笠間書院）
『初期浮世草子の展開』（平成一四年、若草書房）
『西鶴と元禄文芸』（平成一五年、若草書房）
中村幸彦『近世小説史の研究』（昭和三六年、桜楓社）
『近世作家研究』（昭和三六年、三一書房）
西島孜哉『西鶴と浮世草子』（平成元年、桜楓社）
西田耕三『主人公の誕生―中世禅から近世小説へ』（平成一九年、ぺりかん社）
野間光辰『西鶴新攷』（昭和二三年、筑摩書房）
『西鶴年譜考證』（昭和二七年、中央公論社）
『西鶴新新攷』（昭和五六年、岩波書店）
『刪補西鶴年譜考證』（昭和五八年、中央公論社）
長谷あゆす『西鶴名残の友』研究―西鶴の想像力』（平成一九年、清文堂出版）
長谷川強『浮世草子の研究』（昭和四四年、桜楓社）
『浮世草子新考』（平成三年、汲古書院）
畑中千晶『鏡にうつった西鶴―翻訳から新たな読みへ』（平成二一年、おうふう）
羽生紀子『西鶴と出版メディアの研究』（平成一二年、和泉書院）
早川由美『西鶴考究』（平成二〇年、おうふう）
日暮聖『近世考―西鶴・近松・芭蕉・秋成』（平成二二年、影書房）

檜谷昭彦『井原西鶴研究』（昭和五四年、三弥井書店）
『西鶴論の周辺』（昭和六三年、三弥井書店）
広嶋進『西鶴探求―町人物の世界』（平成一六年、ぺりかん社）
『西鶴新解―色恋と武道の世界』（平成二一年、ぺりかん社）
廣末保『元禄文学研究』（昭和三〇年、東京大学出版会）
『芭蕉と西鶴』（昭和三八年、未來社）
『西鶴の小説』（昭和五七年、平凡社）
堀切実『読みかえられる西鶴』（平成一三年、ぺりかん社）
前田金五郎『西鶴語彙新考』（平成五年、勉誠社）
『近世文学雑考』（平成一七年、勉誠出版）
松田修『日本近世文学の成立―異端の系譜―』（昭和三八年、法政大学出版局）
水田潤『西鶴論序説』（昭和四八年、桜楓社）
宗政五十緒『西鶴の研究』（昭和四四年、未来社）
森耕一『西鶴論―性愛と金のダイナミズム』（平成一六年、おうふう）
森銑三『西鶴本叢考』（昭和四六年、東京美術）
『西鶴三十年』（昭和五二年、勉誠社）
『一代男新考』（昭和五三年、冨山房）
森田雅也『西鶴浮世草子の展開』（平成一八年、和泉書院）
森山重雄『封建庶民文学の研究』（昭和三五年、三一書房）
『近世文学の溯源』（昭和五一年、桜楓社）
『西鶴の研究』（昭和五六年、新読書社）
矢野公和『虚構としての「日本永代蔵」』（平成一四年、笠間書院）
吉江久彌『西鶴論』（平成一五年、若草書房）
『西鶴文学研究』（昭和四九年、笠間書院）
『西鶴 人ごころの文学』（昭和六三年、和泉書院）
『西鶴文学とその周辺』（平成二年、新典社）
『西鶴 思想と作品』（平成一六年、武蔵野書院）

その他の文献

個人全集の中に、西鶴に関する論文をまとめた巻がある。これを利用すれば、個々の文献を探すより便利である。また、複数の研究者が論文を寄せた論文集も刊行されている。これらの中にも、西鶴関係の論考が多く載るものがあるのでチェックする必要がある。

○個人全集

『折口信夫全集』第一七巻「西鶴・洒落本」（昭和四六年、中央公論社）

『森銑三著作集』第一〇巻「典籍編　一」（昭和四六年、中央公論社）続編第四巻「人物篇　四」（平成五年）

『山口剛著作集』第一巻「江戸文学篇　一」（昭和四七年、中央公論社）

『重友毅著作集』第一巻「西鶴の研究」（昭和四九年、文理書院）第五巻「近世文学論集」（昭和四七年）

『水谷不倒著作集』第一巻「新撰列伝体小説史」（昭和四九年、中央公論社）第六巻「浮世草子・西鶴本」（昭和四九年）

『潁原退蔵著作集』第一七巻「近世小説　一」（昭和五五年、中央公論社）第一八巻「近世小説　二・浄瑠璃」（昭和五五年）

『中村幸彦著作集』第二巻「近世的表現」（昭和五七年、中央公論社）第四巻「近世小説史」（昭和六二年）第五巻「近世小説様式史考」（昭和五七年）第六巻「近世作家作品論」（昭和五七年）

○論文集（共著）

慶應義塾大学国文学会編『西鶴　研究と資料』（昭和三二年、至文堂）

日本文学研究資料叢書『西鶴』（昭和四四年、有精堂出版）

野間光辰編『西鶴論叢』（昭和五〇年、中央公論社）

松田修・堤精二編『講座日本文学　西鶴』上下（昭和五三年、至文堂）

暉峻康隆編『近世文芸論叢』（昭和五三年、中央公論社）

内田保廣・小西淑子編『近世文学の研究と資料―虚構の空間』（昭和六三年、三弥井書店）

檜谷昭彦編『日本文学研究大成　西鶴』（平成元年、国書刊行会）

檜谷昭彦編『西鶴とその周辺』［論集近世文学3］（平成三年、勉誠社）

浅野晃編『元禄文学の流れ』［講座元禄の文学1］（平成四年、勉誠社）

谷脇理史編『元禄文学の開花Ⅰ　西鶴と元禄の小説』［講座元禄の文学2］（平成四年、勉誠社）

浅野晃編『元禄文学の状況』［講座元禄の文学5］（平成五年、勉誠社）

神保五彌編『江戸文学研究』(平成五年、新典社)
浅野晃他著『西鶴新展望』(平成五年、新典社)
長谷川強編『近世文学俯瞰』(平成九年、汲古書院)
冨士昭雄編『江戸文学と出版メディア―近世前期小説を中心に』(平成一三年、笠間書院)
堀切実編『近世文学研究の新展開―俳諧と小説』(平成一六年、ぺりかん社)

西鶴浮世草子の研究動向

便宜上、戦後の西鶴浮世草子研究の動向を四期に分けて概観するが、私の意図しているのは、研究事象の羅列ではない。研究者の自覚の有無にかかわらず、研究には、その時代の文化、思潮、パラダイムが反映される。研究史を俯瞰するには、研究者の生きた時代を理解し、過去から現代にいたる通時軸を措定しなければならない。したがって客観的な研究史があるわけではなく、ここで叙述するのは私自身の通時軸に基づいた研究史であること、また紙幅の関係上、現在の研究状況と深く関わる第三期の谷脇理史の研究方法を中心に述べること、以上の二点について断っておく。

【第一期】自然主義文学観から西鶴を論じた田山花袋、正宗白鳥、片岡良一、さらにプロレタリア文学の影響を受けた武田麟太郎らが、戦前の西鶴評論の主流をなした。この潮流を受け継ぎ発展させたのが暉峻康隆である。暉峻の主著『西鶴評論と研究』の方法論は、一九世紀・二〇世紀初頭の文芸哲学と直感的作品鑑賞、さらに社会主義的文芸史観とを折衷したものだった。したがって、昭和三〇年前後に、経済的土台が上部構造(文化等)に反映するという単純なテーゼによる「歴史社会主義」的立場から非難されることもあった。暉峻が西鶴の作家的「主体性」――要するに、作家は書きながら現実認識を深めるという文芸観――を研究のキーワードとして強調するようになるのは、このときの批判への反発もあったからではないか。現在、「歴史社会主義」的立場で西鶴を論じる研究者は皆無である。私は、『西鶴 評論と研究』が今でも引用されることがあるのは、作品の価値観と文芸史観とが明白に示されたことに加えるに、自然主義作家を輩出した早稲田大学の文芸環境に培われた暉峻の作品鑑賞力が確かだったからだと思う。

暉峻とほぼ同世代の研究者に野間光辰と中村幸彦とがいる。両者には戦前の潁原退蔵や山口剛の文献資料を重視する研究姿勢が踏襲された。木村三四吾、金井寅之助、大谷篤蔵、中村幸彦といった京都帝大出身の英才が当時研究司書を勤めていた天理図書館の尽力もあって、この時期に「西鶴学」とも言うべき西鶴研究の文献学・書誌学の土台が築かれた。野間は、俳諧資料等を駆使して西鶴の詳細な年譜を編纂した。現在作られる西鶴年譜は、ほとんど野間の『西鶴年譜考證』に依拠している。また「はなしの方法」や、『色道大鏡』と関連づけて『好色一代男』の成立を論じるなど、『西鶴新攷』においても、暉峻の西鶴論とは異なった斬新な切り口をみせた。ただ野間の小説観は、自然主義というより「私小説」に偏向しているのではないかと思われる面もあった。たとえば後年、谷脇理史から批判されるが、『好色一代男』に「作者自身の経歴(中略)を、ほぼ年代的に織り込もうとした形跡が認められる。」(『西鶴年譜考證』)というような、小説と現実との時空を同一視した発想である。

一方、中村幸彦は山口剛同様、自然主義や「私小説」とは無縁な文芸観をもつ。「若いときにはドストエフスキーをよく読んだ」と、私は中村から聞いたことがあるが、そのせいかもしれない。中村の研究方法は「作品の書かれた時代の読み方を、考証によって再現する」と単純化され、その考証力の確かさと相俟って後続の研究者に多大の影響を与えた。が、むしろ中村の近世文学研究の特徴は、「文芸様式」や「時代思潮」を明確な通時軸上に位置づけたことにあると、私は思う。いわば「史的」であり、今風にいうなら「戦略的」であったことだ。中村の西鶴論は、伊藤仁斎研究と同じ地平で展開された。すなわち儒学、文芸という領域を超えたパラダイムを追求した点と、フォルマリズムさながらに文芸史の動因を新旧様式の相克として把握している点に、中村の西鶴論が極めて現代的である根拠があった。

【第二期】 教条的「歴史社会主義」とは異なった「近代主義」的マルキストから新しい潮流が起こった。西鶴研究で、その中心となったのは廣末保と森山重雄である。歴史・哲学を巻き込んだ小田切秀雄らの「主体性論争」、平野謙と中野重治との「政治と文学論争」、あるいは実存主義の流行といった昭和二、三〇年代のスターリン主義批判の中で起こった新潮流であった。両者の方法論を片言隻語で述べることができないが、廣末には「疎外論」の影響があり(後にはテキスト論的発想が強くなるが)、森山は民俗学(文化人類学)等を動員した学際的発想から西鶴を論じた。

松田修、宗政五十緒、浅野晃、冨士昭雄らも活躍する。松田の西鶴論は、体系的方法論というより、天才肌ともいうべき着想の斬新さと、多種の文献を踏まえた論理展開の緻密さに特徴がある。宗政は「構造(内発的論理性)」をキーワードに西鶴を論じ、浅野は、俳諧・歌舞伎・浄瑠璃等を視野に入れた論考を発表した。冨士には仮名草子等諸文献との関連を論じた論文が多いが、その成果は『対訳西鶴全集』に結実する。他に、文芸史論的方法論を徹底した水田潤や高橋俊夫がいる。後にドイツ受容哲学から西鶴を論じる檜谷昭彦や、緻密な考証力で西鶴像を形成した吉江久彌も活躍した。総じてこの時期は、暉峻・野間の西鶴論が依然として権威をもちつつ、その間隙を突くように、次世代の研究者が西鶴研究を多様化したといえよう。

【第三期】 この期を代表するのは谷脇理史である。谷脇の西鶴論は、現在でも多くの研究者に影響を与えているので、私見をまじえながら詳述する。

谷脇が諸論考で一貫して批判したのは、暉峻である。暉峻の西鶴論は、昭和四〇年前後になっても「支配的読解」(dominant readings)だったが、その読解が「支配的」でありえたのは、方法論が体系的で、「現実認識」「主体」、あるいは「階級」「リアリズム」といったパラダイムを核に論が構成されていたからだ。暉峻の西鶴論には、昭和二、三〇年代の社会的・制度的価値観が反映されていた。

それとは対蹠的な読み方(「対抗的読解」oppositional readings)や、読解のパラダイムを変える「転換的読解」(reversal readings)を、谷脇は模索した。暉峻の西鶴論が面白かったのは、暉峻が作品から読み取ったテーマや西鶴の現実認識を作品刊行順に並べて、「作家は書くことによって成長する」という文芸観から、現代人と等身大の「人間西鶴」を描いてみせたからである。整序だった暉峻の西鶴論を崩すには、作品の展開を、出版時点ではなく、草稿の成立時点になるように厳密に考証しなおせばいいわけで、谷脇の『日本永代蔵』をはじめとした一連の書誌的研究(草稿成立論)は、その点で、暉峻を含む当時の学界を驚かせたのだった。暉峻の西鶴論の盲点を突いた谷脇の一連の考察は、西鶴本の書誌研究を進捗させたが、その転換軸は、作品刊行時点を執筆時点に替える、つまりは「作家論」の前提を、厳密に考証しなおすことにあった。

しかし、こういう方法には限界がある。ひとつには、版本の版面の不整合から草稿を推定するには、版面のどういう状態を不整合と考えるのかということが、まず問題になる。さらに、不整合が、草稿・版下・版木作製のどの段階で生じたかによって、推定の条件が違ってくる。二つには、草稿を仮定しても、その成立時期が特定できない。なにか客観的な根拠になる記事がテキストに見いだされればいいのだが、ない場合には、その研究者の考える西鶴の創作意識に、作品のテーマやモチーフ、あるいは小説としての完成度を位置づけて成立年次を推定する。これでは、別の研究者が、その研究者と異なった西鶴の創作意識を仮構した場合には、別の結論が出てしまうだろう。『日本永代蔵』前半・後半の成立時期をめぐって、谷脇と暉峻とが正反対の結論にいたったのは、このような理由による。

谷脇と同じ方法をとるなら、蓋然性と考察の射程とを意識しながら書誌的研究(草稿成立論)を行わないと、仮説のオンパレード(並立状態)とアポリアに陥ることになる。この点については、谷脇自身が近著『「日本永代蔵」成立論談義』で、自分の研究を回顧しつつ、エピゴーネンに苦言を呈しているので、一読を勧める。

草稿の成立時期を、ある程度推定した上で、谷脇は、西鶴の現実認識の深化を「作品論」として論じた暉峻の研究を、「表現」という対抗軸から批判した。西鶴の「認識」を「表現」に換えた点では、「作家論」転換の視座となったが、谷脇の措定した「表現」軸は、実は草稿成立論同様、作者を論じることが、その前提となっていた。

そもそも、西鶴には作品以外の直接的資料が七通の手紙以外にはないという、近代作家とは違う条件下にあるのに、日記や原稿等のテキスト外資料の豊富な近代小説研究と同じ方法をとった西鶴論が、この時期にはまだ研究の主流であった。作品読解から作者像を想定する「作家論イコール作品論」という方法論を採用する論文は、現在でも多く執筆されている。作品読解は研究者の価値観や問題意識に制約されるから、読解を根拠に形成された西鶴像は、当然、研究者自身の人間観が反映されたものとなる。つまり、田山花袋の西鶴が理想的自然主義作家像となったように、西鶴像が、作品を論じる研究者の人間観に似てきてしまうのだ。

谷脇は近時、幕府の出版取締りに対して、西鶴が「自主規制」「カムフラージュ」を行ったという趣旨の論文を多く発表した。これも、西鶴の日記や草稿等が出現でもしない限り、推定の域を出られないわけだが、「小心翼翼たる」と形容される西鶴像には、やはり谷脇の人間観が投影されていると思う。

谷脇とほぼ同世代の研究者に、江本裕、井口洋、井上敏幸、西島孜哉らがいる。仮名草子研究や俳諧研究でも実績のある江本は、多様な観点から西鶴を論じた。近松研究と同じ方法論をとる井口の西鶴論は、テキストの読み込みを徹底して、作品テーマを追求することにあった。「転換的読解」(reversal readings)を一貫して追究した点に、井口の西鶴研究の特徴がある。中村幸彦の方法論を忠実に踏襲する井上は、時代思潮や古典との脈絡の中で西鶴を論じた。西島の西鶴論は、創作意識や主体性を追究する点では暉峻と同じ方法論をとったが、「暉峻西鶴」とは違った作家像を形成した。

【第四期】現在の研究状況は、パラダイムが指摘できないほど多様化している。矢野公和は、『日本永代蔵』等の諸作品テキストから西鶴の葛藤や矛盾を読み解いた。篠原進の論考はまだ論文集として刊行されていないが、学際的発想から文献を駆使しつつ華麗な西鶴論を展開する。市古夏生、中嶋隆、塩村耕、羽生紀子は、出版メディアを視野に置いた西鶴論を考究する。広嶋進は先行論文を厳密に再検討しながら『日本永代蔵』等の草稿成立論に成果を挙げた。杉本好伸は、『本朝桜陰比事』をはじめ西鶴作品を丁寧に読解する。論文集の刊行が待たれるところである。染谷智幸は、東アジア文化の中に西鶴を位置づける。有働裕は、「話者」という視点から、作品論を展開した。森耕一のテキスト読解は、反構造主義的な方法論をとる。連句作者浅沼璞の西鶴論は、現代文化との接点をさぐる点でユニークである。最近論文集を刊行した森田雅也は受容理論から西鶴を論じ、早川由美は『西鶴置土産』の成立論を中心に研究書を出版した。『西鶴名残の友』を論じた長谷あゆすとフランス文学に造詣の深い畑中千晶は、ともに個性的な西鶴論を展開する。以上、気鋭の研究者の最新成果は「研究書」の項でリストアップしたので、一読されたい。

研究の展望

毎年数多の西鶴論文が発表されるが、「支配的読解」(dominant readings)の出にくい状況が続いている。これは、必ずしも研究者側の問題ではなく、西鶴のテキストそのものに起因する面がある。つまり西鶴小説は、テキストから、現実の西鶴(作者)がみえない構造をもち、それが、暉峻の西鶴論のような「作家論」的作品論の出にくい原因となっている。私は、作品の読解・解釈を通じては、現実の西鶴が読み取れないということを、研究の前提条件にすべきではないかと考える。

西鶴作品の「話者」(narrator)について、当時の読者は作者西鶴と区別しなかっただろう。でも、この西鶴は、現実の西鶴(テキストの外に実在する西鶴)ではなく、受容コードから形成された作者であって、いわば、テキストに内在する作者である。少しわかりにくいかもしれないが、たとえば『野郎立役舞台大鏡』に「西鶴法師がかける永代蔵の教にそむき」とあるが、この西鶴法師は、現実の西鶴ではなく、『野郎立役舞台大鏡』の著者が、『日本永代蔵』の読解を通じ、おそらく吉田兼好を連想しながら西鶴像をイメージしたのであろう。したがって「好色本の祖」という西鶴像とは矛盾するし、「武家物」作者としての西鶴像とも相容れない。

受容コードによった西鶴像(テキストに内在する作者)が、現実の西鶴(外在する作者)とは違うと考えると、作品読解から西鶴の現実認識の深化や展開を跡づけるという研究方法の前提が成り立たなくなる。暉峻の西鶴論のように、現代人同様に悩み行動する明確な作家像が提示されたほうが、現代の読者にはたしかに面白い。作家論を放棄するところから作品を論じようとすると、魅力的な作品論が提起されにくい。あるいは時代の価値観を反映した「西鶴像」を、そのつど創作し続けることが研究の進展だという考え方もあるかもしれない。しかしながら、私は、「作家論」の軛《くびき》から、作品論をいかに解放するか、という観点から、今後の西鶴研究は展開すべきだと考える。

西鶴研究案内（俳諧）

野村亞住

西鶴の俳諧作品概観

西鶴の俳諧活動のはじまりは、明暦二年（一六五六）ごろと推定される（『西鶴大矢数』自跋による。実際にその句が確認できるのは『遠近集』（寛文六年〈一六六六〉刊）をはじめとする）が、寛文末年に西山宗因（慶長一〇年〈一六〇五〉～天和二年〈一六八二〉）に師事して以後、大坂俳壇の中心的存在としてめざましい足跡を残した。「談林俳諧」と呼ばれる新風の旗手として活躍したことはもちろんだが、いくつかの個性的な絵俳書を出版したことや、速吟を得意として「矢数俳諧」を興行したことなどもその活動の特徴である。宗因没後は、『好色一代男』（天和二年刊）を刊行し、主たる活動の場を俳諧から浮世草子へと移した。しかし、元禄期になっても作法書を執筆するなど、西鶴は生涯、俳諧から離れることはなかった。以下に紹介するのは、西鶴が直接関わった俳諧作品の概略である。

寛文六年（一六六六）、西村長愛子（可玖《かきゅう》）編『遠近集』に、西鶴は「鶴永」の初号で三句入集。寛文一一年（一六七一）三月刊、以仙編『落花集』に一句入集。寛文一三年（延宝元年〈一六七三〉）には、歳旦吟「餅花や柳はみどり花の春」、『生玉万句』（同年六月二八日）、『哥仙大坂俳諧師』（同年一〇月刊）など。延宝二年（一六七四）には、表紙屋庄兵衛版『歳旦発句集』、歳旦吟「俳言で申や慮外御代の春」。翌三年（一六七五）『誹諧独吟一日千句』（四月八日自序）、『大坂独吟集』（同年四月刊）、また、伊勢村重安撰『糸屑集』（同年一一月刊）に五句入集。延宝四年（一六七六）『誹諧大坂歳旦発句三物』、『古今誹諧師手鑑』（同年一〇月刊）、片岡旨恕《しじょ》撰『草枕』に旨恕との両吟など。翌五年（一六七七）五月刊『誹諧大句数』、同年四月には『俳諧之口伝』を中村西国に授ける。冬、「烏賊の甲や我が色こぼす雪の鷺」を発句とする独吟百韻を詠み、翌年(延宝六年)刊の『俳諧珍重集』に所収。延宝六年(一六七八)『桜千句』に出座、『胴骨三百韻』(同年三月)に三吟百韻、『難波風』(同年八月刊か)四吟百韻、同年秋、西海らと興行に序を加え『大硯』と題して刊行、田代松意らと三吟百韻、河野定俊との両吟を収めた『虎渓の橋』、一一月には付合集である『物種集』を刊行。また、同年には『三鉄輪』に独吟百韻一巻が入集、西翁・西鬼らとの五吟三百韻を収めた『五徳』を刊行。延宝七年(一六七九)『一時軒会合太郎五百韻』『一時軒会合次郎五百韻』に維中との両吟などが収められる。三月、大淀三千風の二八〇〇句独吟に序跋を加えた『仙台大矢数』(八月刊)、同月、西六・西花・西吟・西友との五吟五百韻である『西鶴五百韻』、また『懐中難波すゞめ』には点者として西鶴の住所が知られる。青木友雪との両吟『両吟一日千句』、友雪、木村一水らとの歌仙六巻を収めた『句箱』、十月には『飛梅千句』を刊行する。延宝八年(一六八〇)には大坂生玉寺で矢数俳諧を興行、翌年『西鶴大矢数』として刊行、同年、西鶴の画作かと推定される、斎藤賀子《がし》撰『山海集』、賀子との両吟などを収める『大坂みつかしら』を刊行。天和二年(一六八二)、西鶴自画自筆の大坂の俳諧師九八人の画と発句を収める『俳諧百人一句難波色紙』、西鶴画とされる梅林軒風黒《ばいりんけんふうこく》編『高名集』刊。天和三年(一六八三)、宗因一周忌追善俳諧を門弟と興行し『俳諧本式百韻精進膾』として刊行、八月、「夢想之俳諧」と称する独吟表八句を詠む。天和四年(一六八四)、西鶴自画自筆版下『俳諧女哥仙』刊。

これを最後に、俳書の刊行は事実上休止状態となる。なお、貞享三年(一六八六)正月刊の西鷺軒《さいろけん》橋泉《きようせん》作『近代艶隠者』には、西鶴が自画自筆の版下を書き、序を付しているが、その中に「難波俳林西鶴」との書名と印記がある。

元禄二年(一六八九)俳諧作法を収めた秘伝書『俳諧習ひ事』を執筆。元禄四年(一六九一)一月、北条団水との両吟を収めた団水編『誹諧団袋』が刊行。同年八月には『誹諧物見車』(可休編、元禄三年刊)への反駁書である『俳諧石車』を刊行する。元禄五年(一六九二)秋、熊野で詠んだ独吟に自注を加え画巻『俳諧百韻自註絵巻』とする(※没後一三年、宝永三年〈一七〇六〉年正月刊、団水編の西鶴十三回忌追善集『こゝろ葉』)など、西鶴の関わった俳諧は四〇余にのぼる。

一般に、「西鶴」というと『好色一代男』に代表されるような「浮世草子(小説)作家」として、近世文学史では名高い。だが、『好色一代男』執筆までに、多くの俳諧作品を生み、また、生涯を通じて彼は「俳諧師」であった。

全集・影印・文庫・注釈書類

西鶴作品を収めた主な全集類は以下の通りである。とりわけ、戦後まもなく刊行がはじまった『定本西鶴全集』によって、多くの俳諧作品が活字で読めるようになった。さらに、この全集には、精粗はあるものの頭注が付与されており、研究の手がかりとなる。

『日本俳書大系』(大正一五～昭和三年、日本俳書大系刊行会)
7、談林俳諧集。
大坂独吟集・談林十百韵・俳諧虎渓の橋・大矢数。


『古典俳文学大系』(昭和四五～四七年、集英社)3、談林俳諧集1。

生玉万句・大坂独吟集・天満千句・西鶴俳諧大句数・俳諧虎渓の橋・物種集。


『新日本古典文学大系』(岩波書店)69、初期俳諧集・大坂独吟集・談林十百韻。


『定本西鶴全集』(昭和二四年、中央公論社)10～13。

10…生玉万句・哥仙大坂俳諧師・俳諧独吟一日千句・古今誹諧師手鑑・西鶴俳諧大句数・俳諧虎渓の橋・俳諧物種集。

11上…俳諧五徳、西鶴五百韻、飛梅千句、山海集、俳諧百人一句難波色紙、誹諧三ケ津、高名集、精進膾、古今俳諧女哥仙。

11下…西鶴大矢数・連句・附句・句評補遺。

12…俳諧之口伝・俳諧のならひ事・俳諧特牛・俳諧石車・西鶴独吟百韵自註絵巻・こゝろ葉・誹諧百回鶴の跡・新編西鶴発句集・西鶴書簡集付・新編西鶴発句集初句索引。

13…連句集　大坂独吟集。


この他、『俳書集覧』(大正一五～昭和四年、松宇竹湖冷文庫刊行会)1…百人一句・飛梅千句、『名家俳句集』(有朋堂文庫)西鶴句集、『古典文庫』32、『近世文学未刊本叢書』(昭和二三年、養徳社)、『近世文学資料類従』(昭和五六年、勉誠社)西鶴編、『稀書複製会叢書』(大正七～昭和一七年、米山堂)などがある。西鶴の俳諧全般に関連する研究文献としては、野間光辰『西鶴年譜考證』(昭和二八年、中央公論社)『西鶴新攷』(昭和二四年、筑摩書房)『西鶴新新攷』(昭和五六年、岩波書店)や、暉峻康隆『西鶴研究ノート』(昭和二五年、中央公論社)、潁原退蔵の著作全集(中央公論社)所収の「俳諧

論戦史」、同氏編『要註西鶴文選』(昭和二四年、白井書房)などがある。また、西鶴の連句・発句に関しては、白石悌三「西鶴の発句資料」(『天理図書館善本叢書 矢数俳諧集』月報74、昭和六一年七月)や乾裕幸編『西鶴俳諧集』(昭和六一年、桜楓社)、乾裕幸編著『井原西鶴―全句集』(平成八年、蝸牛社)、雲英末雄他編『西鶴の世界―影印版頭注付1』(平成一三年、新典社)、竹野静雄「西鶴発句一覧稿」(『二松学舎大学東洋研究所集刊』32、平成一四年三月)などがある。さらに詳細な注釈や語句に関しては、前田金五郎『西鶴連句注釈』(平成一五年、勉誠出版)、同『西鶴発句注釈』(平成一三年、勉誠出版)、同『西鶴語彙新考』(平成五年、勉誠社)などがある。また、平成一九年には『新編西鶴全集』(勉誠出版)の索引編も出版され、本文編のみならず語句検索や自立語付属語、俳書、発句、連句などと分冊されており、今後の研究に際して活用が期待されている。

各作品における研究文献等(抜粋)

さて、西鶴の俳諧作品において、全集類のみではなく個別に研究が進められ、論文が多く書かれているものについて抜粋しておく。

(一)西村長愛子編『遠近集』
影印…『近世文学資料類従 古俳諧編』26・27。乾裕幸「『遠近集』の研究」(『俳諧師西鶴―考証と論』昭和五四年、前田書店)。

(二)『生玉万句』
影印…『天理善本叢書』39、翻刻…『定本西鶴全集』10、『古典俳文学大系』3。野間光辰『西鶴年譜考證』(昭和五八年、中央公論社)。

(三)『哥仙大坂俳諧師』
翻刻…『定本西鶴全集』10、複製本…稀書複製会叢書9。野間光辰「『大坂歌仙』の初撰本をめぐって―雲愛子は西鶴の別号か」(『西鶴新新攷』昭和五六年、岩波書店)江本裕「西鶴―哥仙(大坂俳諧師)から大坂歳旦まで」(『大妻国文』16、昭和六〇年三月)。

(四)表紙屋庄兵衛版『歳旦発句集』歳旦吟「俳言で…」、影印…『天理図書館綿屋文庫俳書集成』7(平成七年、天理大学出版部)。

(五)『独吟一日千句』
影印…『天理善本叢書』39、翻刻…『ビブリア』1(木村三四吾解題、昭和二四年)『定本西鶴全集』10。木村三四

吾「西鶴「俳諧独吟一日千句」」(『国語国文』17・4、昭和二三年六月)高橋俊夫「西鶴連句私注ノート(二)「独吟一日千句」と西鶴の浮世草子」(『文学研究』46、昭和五二年一二月)中野沙恵「「俳諧独吟一日千句」―亡き妻への挽歌」(『国文学 解釈と鑑賞』58・8、平成五年三月)前田亜弥「『独吟一日千句』の構成とこころ」(『江古田文学』51、平成一四年一一月)中村隆嗣「『俳諧独吟一日千句』各句索引」(『大阪成蹊女子短期大学研究紀要』27、平成二年三月)中嶋隆「西鶴『独吟一日千句』―追善十百韻の試み」(『雅俗』10、平成一五年二月)同氏「西鶴俳諧の「小説」的趣向―『冬の日』から照射する『俳諧独吟一日千句』」(『叙説』33、平成一七年三月)山田喜美子「(翻)西鶴「独吟一日千句」本文並びに語彙索引」(『鶴見日本文学』11、平成一九年三月)。中嶋隆「西鶴『俳諧独吟一日千句』第一(~三)注解」(『近世文芸 研究と評論』79~81(平成二二年二月、二三年六月、同年一一月)。

(六)『大坂独吟集』

影印…『西鶴研究』10(昭和三二年)『近世文学資料類従 古俳諧編』29。翻刻…『日本俳書大系』7(昭和元年、刊行会)、『古典俳文学大系』3、新古典大系69。乾裕幸「大坂独吟集の研究」(『俳諧師西鶴―考証と論』昭和五四年、前田書店)。

(七)『誹諧大坂歳旦発句三物』

森川昭「延宝四年西鶴歳旦帳」(『文学』昭和五二年一二月)江本裕「西鶴―哥仙(大坂俳諧師)から大坂歳旦まで」(『大妻国文』16、昭和六〇年三月)。

(八)『大句数』

翻刻…『新撰絵入西鶴全集』俳諧篇1、『定本西鶴全集』10、『古典俳文学大系』3。野間光辰「俳諧太平記」(『談林叢談』昭和六二年、岩波書店)。

(九)『俳諧之口伝』

翻刻…『定本西鶴全集』12。小池藤五郎「西鶴花押の検討と新資料『俳諧之口伝』」(『国文学言語と文芸』38、昭和四〇年一月)市場直次郎「中村西国と西鶴」(『西鶴研究』3、昭和二五年一〇月)。

(一〇)『物種集』

翻刻…『古典俳文学大系』3、『定本西鶴全集』10。

参考…米谷巌・壇上正孝「物種集・二葉集索引」(『近世文芸稿』9、昭和三九年二月)、大谷篤蔵「俳諧物種集

索引」(『ビブリア』28、昭和三九年八月)江本裕「西鶴―大句数と物種集」(『大妻国文』17、昭和六一年三月)。

(一一)『五徳』影印…『近世文学資料類従 古俳諧編』29、翻刻『ビブリア』28(昭和三九年八月)、『定本西鶴全集』11上。

(一二)維中編『太郎五百韻』『次郎五百韻』
翻刻…『近世国文学・研究と資料』(昭和三五年、三省堂)島居清「岡西維中」(『俳句講座』2、昭和三三年、明治書院)上野洋三「岡西維中年譜稿」(『国語国文』37・11、昭和四三年一一月)・「岡西維中論」(『文学』38・5、昭和四五年五月)。

(一三)『仙台大矢数』
複製本…『天理善本叢書』77。大谷篤蔵「大淀三千風」(『俳句講座』2、昭和三三年、明治書院)、岡本勝『近世俳壇史新攷』(昭和六三年、桜楓社)。

(一四)『西鶴五百韻』
影印…『西鶴研究』3(昭和二五年)、『近世文学資料類従 古俳諧編』30(昭和五一年、勉誠社)。翻刻…『俳諧文庫』3(明治三〇年、博文館)、『新撰絵入西鶴全集』俳諧編1、『定本西鶴全集』11上。吉田幸一「西鶴五百韻延宝七年版」(『西鶴研究』3、昭和二五年一〇月)中村隆嗣「『西鶴五百韻』各句索引」(『千里山文学論集』45、平成三年三月)。

(一五)『難波風』
翻刻…『西鶴研究』3(昭和一八年)、『定本西鶴全集』13(西鶴一座の巻のみ所収)。『天理図書館綿屋文庫俳書集成』16(平成八年、八木書店)。

(一六)『両吟一日千句』
複製本…『近世文学資料類従 古俳諧編』29、翻刻『新撰絵入西鶴全集』俳諧編1、『定本西鶴全集』13。高橋俊夫「西鶴連句私注ノート―三―「西鶴友雪両吟一日千句」と西鶴の浮世草子」(『文学研究』47、昭和五三年七月)。

(一七)『飛梅千句』
翻刻…『俳書集覧』1(昭和元年、刊行会)、『定本西鶴全集』11上。乾裕幸「『飛梅千句』への疑義」(『大阪俳文学研究会会報』13、昭和五四年)。

(一八)『西鶴大矢数』
影印…『近世文学資料類従 古俳諧編』31、『天理図書館善本叢書』77。翻刻…『新撰絵入西鶴全集』俳諧編2、

『日本俳書大系』16、雄山閣文庫・第一部53（昭和一五年）『定本西鶴全集』11下。上野洋三「西鶴付合論」（『国語国文』36・9、昭和四二年九月）前田金五郎、『西鶴大矢数注釈』（昭和六二年、勉誠社）、野間光辰「俳諧太平記」（『談林叢談』昭和六二年、岩波書店）、小川武彦『西鶴大矢数注釈索引』（平成四年、勉誠社）、前田金五郎『西鶴語彙新考』（平成五年、勉誠社）。

（一九）『俳諧百人一句難波色紙』
影印…『近世文学資料類従 古俳諧編』30、翻刻『定本西鶴全集』11上。

（二〇）「夢想之俳諧」
水野一正「西鶴夢想俳諧―天和三年八月八日」（明治大学『文芸研究』48、昭和五八年一〇月）。

（二一）「俳諧習ひ事」
翻刻…森川昭和「〈翻刻〉資料紹介西鶴・俳諧習ひ事」（二七条本、『文学』53・3、昭和六〇年三月）、『定本西鶴全集』12。

（二二）北条団水編『俳諧団袋』『俳諧文庫』3、水谷隆之「『団袋』の西鶴―団水との両吟半歌仙について―」（『国語と国文学』86・7、平成二一年七月）。

（二三）『俳諧物見車』（元禄三年）翻刻…『古典俳文学大系』4、影印…前田金五郎「『俳諧物見車』解題と翻刻」（『専修国文』11〜15、昭和四五年一月〜四九年一月）、影印…『近世文学資料類従 古俳諧編』48。潁原退蔵「誹諧論戦史」（『潁原退蔵著作集』4、昭和五五年、中央公論社）。

（二四）『俳諧石車』
影印…『古典文庫』32、『近世文学資料類従 古俳諧編』48、翻刻…『定本西鶴全集』12。潁原退蔵「俳諧論戦史」（『潁原退蔵著作集』4、昭和五五年、中央公論社）、野間光辰『刪補西鶴年譜考證』（昭和五八年、中央公論社）。

（二五）『俳諧百韻自註絵巻』
加藤定彦「独吟百韵自註絵巻」（『国文学 解釈と教材の研究』24・7、昭和五四年六月）田崎治泰「西鶴の俳諧観とその技法―自註百韻を中心として―」（『静思』2・7、昭和一六年八月）。

その他、関連する研究文献

その他、俳諧史一般の文献に『潁原退蔵著作集』3（昭和五四年、中央公論社）、栗山理一『俳諧史』（昭和三八年、塙書房）、大谷篤蔵「俳諧研究史」（『俳句講座』9、昭和三四

年、明治書院)、櫻井武次郎「俳文学者列伝」(『花実』68～74、76～78、昭和六〇年五月～六三年四月)などがあり、談林俳諧史や手法に関しては、野間光辰「談林俳諧史の第一頁」(『談林叢談』昭和六二年、岩波書店)尾形仂「ぬけ風の俳諧—談林俳諧の手法の一考察—」(『国語と国文学』30・3、昭和二八年三月)、宮本三郎「心付の説」(『連歌俳諧研究』4、昭和二八年二月)、今栄蔵「談林俳諧覚書—寓言説の源流と文学史的実態—」(『国語国文研究』7、昭和二八年七月)「談林時代」(『俳人真跡全集』2、昭和五年、平凡社)などがある。また、西鶴に関しては、暉峻康隆、武者小路実篤、麻生磯次、栗山理一らによって、さまざまに研究がなされている。「俳諧師」としての西鶴を論じたものに、乾裕幸、大谷篤蔵、谷脇理史、江本裕などの論文がある。西吟など西鶴周辺の大坂の俳諧師に関しては、櫻井武次郎『元禄の大坂俳壇』(昭和五四年、前田書店)、中村西国など九州の俳諧については大内初夫『近世九州俳壇史の研究』(昭和五八年、九州大学出版会)、芭蕉との関わりや比較では、岡崎義恵、廣末保など。元禄俳壇との関わりに関しては、楠元六男「西鶴と芭蕉・其角—連句の役割」、同「元禄俳壇と西鶴」(『講座元禄の文学』2、平成四年、勉誠社)などや、森修『西鶴・芭蕉・近松—近世文学の生成空間』『西鶴・芭蕉・近松—近世文学の表現と語法』(平成四年、和泉選書)などがある。また、その後の西鶴俳諧の受容に関しては、竹野静雄「西鶴俳諧受容史一覧(一)—宝永～元文期」(『近世文芸研究と評論』59、平成一二年一一月)「西鶴俳諧受容史(二)—寛保～天明期」(『二松学舎大学人文論叢』66、平成一三年三月)「西鶴俳諧受容史一覧(三)—寛政～文政期」(『二松』15、平成一三年三月)「西鶴俳諧受容史一覧(四)—天保～慶応期」(『二松学舎大学人文論叢』67、平成一三年一〇月)などがある。

実際に作品を読み解く際には、こうした論文の他、用語類については『俳文学大辞典』(平成七年、角川書店)や『俳諧大辞典』(昭和三二年、明治書院)、『連句辞典』(昭和六一年、東京堂出版)などの辞典類が参考になる。付合語に関しては、『俳諧類船集』や、『竹馬集』・『随葉集』などの連歌寄合集を手がかりに付合の分析を行う。また、歳時記や季寄せ類の参照も、俳諧の研究においては必要である。

西鶴の俳諧の研究動向

西鶴には「浮世草子作家」としてのイメージが先行するが、実は俳諧に関わった期間の方が長く、その俳諧作品も数多く残されている。しかし注釈類が充実し、さまざまな角度から研究がなされている小説ほどには、俳諧作品に関する研究は進められてこなかった。こうした実状から、近年、浮世草子作家としてではなく、俳諧師としての側面にスポットが当てられつつある。中でも、乾裕幸の論文は、西鶴の俳諧研究を志すにあたってまず読んでおきたい。また、前田金五郎の『大矢数注釈』は、一作品の連句一句一句の注釈が詳しくなされ、語句索引も付されているので、西鶴の連句での語句の意味を知るのに大いに役立つ。

戦後の西鶴研究には、「延宝四年西鶴歳旦帳」、『独吟一日千句』の二大発見があった。それまで詳解されてこなかった西鶴の俳諧活動の位置づけなどが明らかになり、西鶴の俳諧研究は格段に発展をとげた。全集類においての注や、『大坂独吟集』や『独吟一日千句』『大矢数』などをはじめとした一部代表作品に関しては、個別に論じられ、注釈もいくつかなされている。しかしながら、西鶴の俳諧作品全般を対象として、その手法や特徴、作品の傾向や俳風の変遷などを論じたものは十分ではない。それは、『定本西鶴全集』やその他の全集類に収められた作品が限られたものであったり、その注が句の理解には不十分なものであったりするために、敬遠されがちであったのだろう。だが、『新編西鶴全集』(勉誠出版)の出版に伴って、語彙索引などが充実し、連句の注釈に関しても他作品と比較を通じての詳細な分析が可能になった。今、さらなる研究の発展が期待されているといってよい。これまで十分になされてこなかった西鶴の連句に関する詳細な注釈。作品の中で語句がどのように扱われているのか、それがどのような意をもつのかといった語彙研究。また、小説への関連や影響など、浮世草子作品の注や論が充実していることを利用した研究など、多様な面からの研究が可能であろう。さらに、『西山宗因全集』(八木書店)の出版に伴って、一談林俳諧師としての西鶴の特異性や、宗因やその周辺との比較研究における西鶴研究の発展が期待されるところである。談林俳諧師としての西鶴のみならず、近年では、元禄俳諧の中に西鶴の俳諧を位置づけ、西鶴晩年の俳諧作品にみられる言説から俳諧活動を見直すことが行われつつあり、注目に値する。

ところで、芭蕉との関係や相違点など、西鶴と芭蕉を取り上げた論はさまざまにある。元禄時代を代表する両者が同じ題材を扱っていたり、同様の着想をもっていたりと共通する要素が多い。いわば「ライバル」としての相互関係や、「浮世草子作家西鶴」と「俳諧師芭蕉」という立場からの分析が試みられてきた。しかし、実際の作品を、共通の視点から論じたものは少ない。そもそも芭蕉ほどには西鶴の俳諧作品の研究はなされていないのが実状なのである。たとえば、芭蕉においてさまざまに研究のなされている恋句であるが、西鶴に関しては一部の作品で研究されているものの、西鶴の作品全般からみれば十分ではない。遊廓や女郎などに取材し、「好色」を題材に多くの作品を残した西鶴。その西鶴の恋句の研究が不十分であるのは残念である。連句で詠み込まれる世態・人情・風俗は、西鶴の小説の題材と重なるものである。どのような場を俳諧で切り取り、どのような箇所を小説に描くのか、という俳諧と小説の西鶴の描き分け方や関連性。また、芭蕉をはじめ、他の俳諧師たちの句との比較からは、いかなる視点で恋や物事を捉えていくのかといった西鶴の独自性や独創性などが窺われよう。

さて、連句研究自体が十分とはいえない現状において、連句手法の解明は急務である。西鶴の実作と式目との関係は「談林俳諧」の手法の解明への足がかりとなるだろう。さらには、談林の手法や特徴とされる「心付」や、「ぬけ」や「無心所着」といった難解な句の解釈などには、さらなる研究が期待される。こうした問題は、西鶴句の総体からの分析が必要となる。だが、これまで研究が個々の作品や、個別の巻に限って論じられているにすぎなかったため、研究の余地がある。索引類が充実しつつある今、西鶴晩年の『俳諧習ひ事』や、『西鶴俳諧独吟百韻自註絵巻』などを手がかりに、実際の句作との検証を通じて、西鶴の俳諧の実態や連句手法の解明など、総合的視点を持って西鶴の俳諧を明らかにする研究を期待したい。

以下は、平成一八年以降(～平成二一年)の西鶴の俳諧活動について論じたものである。

浅沼璞「「知」の均質化への再挑戦」(『西鶴と浮世草子研究』1、平成一八年六月)
「西鶴発句考―諺の両義化をめぐって」(『近世文学研究』1、平成二一年七月)
荒川有史「俳諧師西鶴の笑い」(『文学と教育』205、平成一八年一一月)
「西鶴と芭蕉―ふたりの俳諧師」その1～8、(同、201～209、平成一七年五月～二〇年一一月)
石川真弘「もてなしの文芸―俳諧画賛」〈講演〉(『ビブリア』

125、平成一八年五月）
清登典子「近世 俳諧」（『国語と国文学』1002、平成一九年五月）
楠元六男「俳人一覧」（『西鶴選集・西鶴名残の友』2（平成一九年、おうふう）
佐伯友紀子「「西鶴独吟百韻自註絵巻」〈櫃川の橋〉考」（『鯉城往来』9、平成一八年一二月）
高柳克弘「西鶴の呼吸」（『西鶴と浮世草子研究』1、平成一八年六月）
早川由美「西鶴の古典受容・付合評について―元禄三年の点者批判書を中心に」（『西鶴と浮世草子研究』2、平成一九年一一月）
『西鶴考究』（平成二〇年、おうふう）
水谷隆之「元禄初期の団水と西鶴―『特牛』を中心に」（『国語と国文学』83・9、平成一八年九月）
「西鶴晩年の俳諧と浮世草子」（『東京大学国文学論集』2、平成一九年五月）
「『団袋』の西鶴―団水との両吟半歌仙について」（『国語と国文学』86・7、平成二一年七月）

■参考文献

島居清編「貞門談林俳諧研究文献目録」（『国語と国文学』34・4、昭和三二年四月）
雲英末雄編「近世初期俳諧研究文献目録」（『淑徳国文』14、昭和四七年一二月号）
市古貞二編『日本古典文学研究必携』（『別冊国文学・特大号』昭和五四年秋季号）
谷脇理史編『西鶴必携』（平成五年、學燈社）
江本裕・谷脇理史編『西鶴辞典』（平成八年、おうふう）
楠元六男監修『俳諧研究文献目録』（平成二〇年、日本アソシエーツ）
「平成十八（〜二一）年度俳諧関係論文目録」および同「研究資料目録」（『連歌俳諧研究』114・116・118・120号、俳文学会所収）他

西鶴の生涯

南　陽子

同じ元禄時代を代表する俳諧師であった松尾芭蕉と比較すると、井原西鶴の実像を伝える確かな資料は決して多くない。西鶴没後の記録である『見聞談叢』（元文三年）『住吉秘伝巻』などの記述は傍証が十全ではなく伝記としての精確さに欠け、また西鶴筆とされる書簡はわずか七通が確認されているのみである。これらに加えて周囲の俳諧師仲間による人物評が断片的な作者の横顔を伝えているが、俳諧にとどまらず広く散文に及んだ西鶴の華々しい創作活動と、後続する浮世草子作者に与えた多大な影響を考えれば、西鶴自身の人生を知る直接の手がかりは、やはり量的に乏しいものだといえよう。

一方で西鶴が生涯に残した全作品を展望すると、西鶴が極めて多作な作家であり、何よりも短期間のうちにバラエティーに富む種々のテーマに挑んだ、その精力的な活躍には驚かされるものがある。実資料の少なさは、西鶴が筆を執った著作から類推し、補う他はないだろう。ここでは現在明らかになっている西鶴の経歴を概略し、残された作品を手がかりとして、その人生を追ってみたい。

俳諧と西鶴

西鶴は寛永一九年（一六四二）に生まれ、元禄六年（一六九三）に五二歳で没した。『俳諧団袋』自跋などに「ふるさと難波にて」とあることから、大坂に生まれ商人として研鑽を積む傍ら、俳諧を嗜んでいたのだろう。『西鶴大矢数』『俳諧石車』の記述から逆算すると、西鶴の俳諧歴は一五歳ではじまり、二一歳には点者（俳諧の指導をする宗匠）になったことになるが、この間の西鶴の句は現在確認されていない。西鶴の文学活動としてもっとも早い記録は、二五歳の頃、鶴永の号で入集した『遠近集』(寛文六年)の三句である。

当時の俳諧の作風は、連歌の伝統を残した保守的な貞門俳諧と、西山宗因が新しい表現を模索した革新的な談林俳諧の二派に分かれる。宗因の門下にあった西鶴の作風は軽口狂句の類に入り、その奇抜な句作りは「阿蘭陀流」と呼ばれ中傷されたが、寛文一三年(一六七三)には、大坂生玉神社で一二日間の万句俳諧を興行し『生玉《いくたま》万句』を刊行、西鶴が自らを世間に誇示した最初の足跡である。西山宗因から一字を譲り受け、西鶴を名乗ったのは、翌延宝二年(一六七四)歳旦吟においてであった。

続いて延宝三年(一六七五)には「軽口にまかせてなけよほとゝぎす」の発句にはじまる百韻を載せる『大坂独吟集』の他、妻の他界に際した追善連句をおさめる『独吟一日千句』を刊行し、談林俳諧師として存在感を示している。このとき二五歳の若さで亡くなった妻の間の三人の子供のうち、一人は盲目の女子で自身に先立って亡くしたようである。西鶴の商人時代の生活や家系は明らかになっていないが、伊藤梅宇の『見聞談叢』巻六には「貞享元禄ノ比、摂ノ大坂津ニ平山藤五ト云フ町人アリ。有徳ナルモノナレルガ、妻モハヤク死シ、一女アレドモ盲目、ソレモ死セリ。名跡ヲ手代ニユヅリテ、僧ニモナラズ世間ヲ自由ニクラシ」とあり、資料としての正確さに問題はあるが、商人平山藤五としての西鶴の実生活を窺うことができる。妻の死後、大坂槍屋町に隠居し、西鶴の文学活動は本格的に始動する。翌年正月の『俳諧大坂歳《さい》旦《たん》』巻頭には「法体をして」と前書きして「春のはつの坊主へんてつもなし留」の句が載り、それ以降の西鶴の肖像は、頭を丸めた法体姿で描かれた。また、この前後から「松壽軒」の号が使われるようになり、貞門・談林俳諧師の真跡短冊を模刻、編集した『古今俳諧師手鑑』の自序では「大坂松壽軒井原西鶴」を名乗って、西鶴は大坂を代表する俳諧師として活躍することとなる。

翌々年、延宝五年(一六七七)の『俳諧大句数』で、西鶴は一日に一六〇〇句を独吟する矢数俳諧を成功させた。この西鶴の記録に挑戦して矢数俳諧を興行する者も現れたが、西鶴は他の追随を許すことなく、大句数興行の翌年『俳諧胴ほね』の序には自ら「あらんだ流《ママ》のはやぶねをうかめ」と記して、蔑称である「阿蘭陀流」の名を敢えてもち出し矢数俳諧の業績を誇っている。俳諧師としての西鶴の経歴は、一見すると矢数俳諧のような自己顕示の強いパフォーマンスが目立つようにも思われる。しかしむろんのこと、連衆と座をなした興行も数多い。『俳諧胴ほね』の同年には、田代松意ら三人と詠んだ三吟三百韻、河野定俊との両吟歌仙をおさめた『俳諧虎渓《こけい》の橋』を、翌年延宝七年（一六七九）には五吟五百韻の『西鶴五百韻』、青木友雪と興行した『両吟一日千句』などを刊行、また、大坂の天満天神で門弟を交えた一日一〇〇〇句を行い『飛梅《とびうめ》千句』をなした。

そして延宝八年（一六八〇）には生玉神社で一日に四〇〇〇句を独吟、翌年に『西鶴大矢数』として刊行し、『俳諧大句数』と大淀三千風の二八〇〇句（『仙台大矢数』）の記録を大きく塗り替えてみせたのである。このとき西鶴は下里知足に宛てた書簡で「大矢数の義五月八日に一代の大願、所は生玉にて数千人の聞に出、俳諧世にはじまつて是より大きなる事有まじき仕合、一日のうち一句もあやまりもなし、一句いやしき句もなし、又は天下にさはり申候句もなし、おもふまゝに出来、近々に板行出来申候」と、興行の成功を大仰に報告している。当時の西鶴は宗因流を率いる頭角として活躍しており、多くの俳書に入集しているが、同時に談林の作風に否定的な者からは「ばされ句の大将」などと呼ばれて非難も強く、華々しい興行の裏で賛否は混在していた。こうした俳諧師としての爛熟期にあって、西鶴は新たに小説の執筆に活動の幅を広げるのである。西山宗因が死去し、談林俳諧の方向性が危ぶまれはじめるのもこの頃であった。

西鶴が俳諧師として多くの経験を積み独自の作風を打ち立てた上で、散文執筆に移行した経緯は、西鶴が確立した浮世草子の特徴を考えるとき、看過することはできない。近世初期、西鶴のように俳諧師が散文を執筆し出版することはすでに一般的になっていた。遊女評判記や色里案内の多くは俳諧師によって書かれ、それゆえこれらは縁語や踏韻など韻文のレトリックや会話体を用いた、やや口語風の流暢な文体を特徴とする。評判記は遊里の風俗や遊び方を教える指南書として多く使われるため実用書に分類されるが、文章のレトリックそのものを楽しむ文学的で美的な趣向の凝らされたものもすでに存在した。そうした潮流を背景として天和二年（一六八二）に出版された『好色一代男』は、西鶴のはじめての散文執筆でありながら、従来の評判記のような実用書の域を超え、娯楽を供する読み物として例外的ともいえるほど完成度の高い小説であった。

浮世草子時代

『好色一代男』の刊行は、西鶴の作家人生における大きな転機となった。『好色一代男』以後の西鶴は、ほぼ毎年のように、多い年では四、五作の散文作品を上梓している。『好色一代男』は跋文に「かいやり捨てられし中に、転合書(いたづら書き)のあるを取集めて」と言い、手すさびに書いた戯れ言にすぎないと付け加えられているが、恐らく世間の好評をうけた結果であろう、上方版が刊行された一年余りのちには、『好色一代男』は菱川師宣の挿絵を添えて新たに江戸でも出版され版を重ねた。『好色一代男』が既存の遊女評判記と異なり、浮世草子と呼ばれる新しいジャンルの開山となりえた理由はさまざまあるが、ひとつには『好色一代男』が「世之介」という魅力的な主人公を据えて物語としての外郭を固めた上で、評判記に類する好色風俗や遊女の逸話を展開している点にあった。貞享元年(一六八四)に出版された『諸艶大鑑』にも、始章と終章にのみ世之介の息子を登場させて全体の結構に彩りを添え、また先行する遊女評判記を「見分ばかりにしておもしろからず」と評して知識の案内よりも物語としての面白さを優先させていることを明示している。『諸艶大鑑』は『好色一代男』とは全く異なった趣向による廓話のアンソロジーであるが、両者ともに西鶴の俳諧師としての側面が文面に強く表れた散文作品になっていた。

『好色一代男』『諸艶大鑑』のような遊里を舞台とする話や、貞享三年(一六八六)の『好色五人女』『好色一代女』のように女性と恋にまつわる作品を「好色物」と呼ぶ。好色物が扱う「恋」というテーマは、和歌から連歌、俳諧へと長く受け継がれてきたものであり、西鶴の俳諧師としての活動の延長上にあったテーマである。

西鶴は『諸艶大鑑』の次作に、さまざまな場面で起こるあらゆる奇談をおさめた『西鶴諸国ばなし』を刊行し、翌年には従来の孝行物を当世風に刷新した『本朝二十不孝』、翌々年には武家の敵討ちを集めた『武道伝来記』、さらに翌年の貞享五年(一六八八)には全国のさまざまな商売をモチーフとした『日本永代蔵』を刊行した。西鶴は『好色一代男』以降も『色里三所世帯』(貞享五年)、『好色盛衰記』(貞享五年)、『男色大鑑』(貞享四年)などの個性的な好色物を書いたが、好色物という好評を得たひとつのテーマに留まることを良しとせず、雑話物、武家物、町人物と、全く異なるテーマに次々と挑み、多様な人事の種々相を描き続けたのである。

西鶴は、当時の歌舞伎や浄瑠璃といった演劇界とも関わりが深い。歌舞伎役者を機知のある絵と文章で紹介した役者評判記『難波の顔は伊勢の白粉《おしろい》』(天和三年)、実在の役者をモデルに創作した『嵐は無常物語』(貞享五年)の他、興行は不当たりであったようだが「暦」「凱陣《かいじん》八嶋《やしま》」(貞享二年)といった浄瑠璃の執筆も手がけた。また『椀久一世の物語』(貞享二年)と『好色五人女』は、作品の構成や事件の素材など、趣向の多くに演劇の影響がみられ、演劇のテンポのよい展開が散文に採り入れられた小説であった。

浮世草子の執筆に活動の中心が移ったのちも西鶴は俳諧から離れてはいなかったが、貞享五年と推定される手紙に「此のごろの俳諧の風勢気に入り申さず候ゆへ、やめ申候」という文言を残している。たしかに、貞享から元禄へと時代が変わったこの当時の西鶴は、「世の人こゝろ」を集めた諸国咄である『懐硯《ふところすずり》』(貞享四年)や、雑多な武家の話を集めた『武家義理物語』(貞享五年)、『新可笑記』(元禄元年)の他、好色物、町人物と散文を中心に執筆の幅を広げ、さらに裁判物をモチーフとした『本朝桜陰比事《おういんひじ》』(元禄二年)のような新しいテーマにも旺盛に取り組んで、俳諧よりも散文執筆に意欲的であったようにみえる。しかし実際には、以前ほどの勢いではなかったものの、西鶴は晩年に至るまで俳諧にたずさわっている。地誌の『一目玉鉾《ひとめたまぼこ》』(元禄二年)や『物見車』を論難した『俳諧石車《いしぐるま》』(元禄四年)、弟子の北条団水との両吟を収める『俳諧団袋《だんぶくろ》』(元禄四年)などを刊行している。

西鶴没後

時代が元禄に移ったのちも一層多作を極めた西鶴であったが、元禄二年頃から体調を崩し、大晦日の町人の生活を描いた『世間胸算用』(元禄五年)を刊行後、元禄六年(一六九三)に五二歳で没した。しかし西鶴の没後、団水によって続々と遺稿集が出版されたことから、最晩年に至るまで西鶴の筆は衰えを知らなかったことがわかる。元禄六年の冬に刊行された最初の遺稿集『西鶴置土産』には、門弟らの追善句と西鶴の肖像、そして西鶴の辞世吟「浮世の月見過ごしにけり末二年」が巻頭に掲げられた。色里で破産したさまざまな大臣の話を集める『西鶴置土産』は本文に乱れがあるものの、西鶴の原点である好色物のモチーフを、最晩年の町人物の方法に引き寄せて快活に描いた、西鶴の散文作品の集大成ともいえる秀作である。

その後、町人物を集めた『西鶴織留』(元禄七年)、酒の話をはじめさまざまなテーマに及ぶ『西鶴俗つれ〴〵』(元禄八年)、手紙の形式をとった『万の文反古』(元禄九年)、俳諧師の逸話を集める『西鶴名残の友』(元禄一二年)が刊行された。

これらは遺稿集であるために未定稿を含み、草稿と編集の問題から成立過程の考証が行われてきたが、今後は、今までまとまりがないとして軽視されてきた作品内容を検討し、改めてこれらの評価を定めることが、遺稿集研究の課題となっている。

さらに西鶴の没後、宝永二年（一七〇五）に行われた十三回忌追善俳諧をもとに、団水が翌年『こゝろ葉』を編集刊行した。追善集である本書には西鶴をしのぶ人物評や作品評が載り、「下戸なれば飲酒の苦をのがれて、美食を貯て人に喰わせて楽む、おもへば一代男」など、西鶴の人となりを思わせる言葉を伝えて興味深い。西鶴の墓は、団水らによって大坂上本町の誓願寺に建てられた。この地は天王寺から続く寺院街であり、西鶴の描いた多くの登場人物たちが闊歩した界隈でもある。下町の風情の中、西鶴の墓碑が活気ある庶民の町に生きた町人作家・井原西鶴の面影を、いまなお彷彿とさせるように思えてならない。

■参考文献
乾裕幸『俳諧師西鶴』（前田書店、昭和五四年）
野間光辰『刪補西鶴年譜考證』（中央公論社、昭和五八年）

西鶴浮世草子の魅力

水上雄亮

西鶴作と言われている作品のなかには存疑本や偽作もあるが、確実に西鶴作だとされているもので、しかも生前のものに限って一五作品、遺作は五作品が刊行された。四一歳から五二歳で死去するまで、ほぼ一〇年の間に執筆されている。

　ひとまず、あくまで便宜的なものだが、ここで西鶴の作品を分類しておく。まず一つめは「好色物」というグループ。これは主に男女の（もしくは男同士の）性愛を描いたものである。次に「武家物」、これは武士社会のありようを描いたもので、敵討ちなどのトピックを通じて武士独特の価値観や生き様が語られる。最後が「町人物」で、これは町人の生活を描いたもの、それもお金にまつわる話が多い。ちなみに出版された順序も、おおむねこの順である。

　ここに「珍しい話を雑多に集めたもの」、いわゆる「雑話物」（もしくは説話物）を加えると、ほぼ西鶴の作品は網羅したことになる。

　それでは、順に作品を紹介していこう。まずは「好色物」である。ここには、『好色一代男』、『諸艶大鑑（好色二代男）』、『好色一代女』、『好色五人女』、『男色大鑑』といった作品が入る。ちなみに、『諸艶大鑑』と『好色一代女』、それから『好色五人女』は男女の色恋を、『男色大鑑』は当時男色《なんしょく》、衆《しゅ》道《どう》と呼ばれた男同士の色恋を描いている。『好色一代男』にはどちらもある。ただ、女同士の色恋だけはほとんど描かれない。唯一例外は『好色一代女』・巻四の四「栄耀願男《えようねがいおとこ》」で、主人公の一代女が老女に迫られるというエピソードがある。

　『好色一代男』は浮世草子作家・西鶴のデビュー作である。夢介という金持ちの男と、彼が身請《みうけ》（遊女の身柄を買い取ること)したかづらき・かをる・三夕《さんせき》という三人の遊女の中の誰かとの間に生まれた、世之介《よのすけ》の一生を描いた作品である。母親が特定できないというのは、彼が明確な「起源」や「由来」を持たないということである。それは、世之介が生身の人間であると同時に、「遊里」という特殊な空間から生じた特別な存在であることを示唆している。彼が一生の間に交わった女は三七四二人、男は七二五人で、三七三三人の女性と契ったという伝説のある在原業平に僅差で勝っている。まさに色道《しきどう》の権化なのだ。

世之介は、ときに「浮世《うきよ》の介」ともいわれる。浮世とはこの世のことだから、これは「世の中の男」というぐらいの意味で、あまり固有名らしさがない。父が夢介、つまり夢のような存在で、母も特定できない世之介は、どこか現実的な人間味が欠如している。

世之介がはじめて女を口説こうとしたのはわずか七歳のときだった。もちろん生殖機能はまだ備わっていないから、相当の早熟ぶりである。親は、将来大物になるぞと息子の色道エリートぶりを喜んだ。

世之介はどんどん美しく育っていく。やがて彼に最初の相手が現れた。にわか雨に降られた折、親切に傘を貸してくれた男がいて、世之介はたちまちその男に惚れてしまう。そこで、彼は若衆《わかしゅ》つまり弟分として男と契りを交わしたのである(兄分の方を念者《ねんじゃ》という。当時の男色は疑似的な兄弟関係を結んだ)。関係をリードするのは基本的に「兄」の方だから、世之介は愛するよりも愛されることから色道の道に入っていったのだ。

こうして色の道に踏み込んだ世之介は、恋にのめり込んでいく一方、少しも真面目に働かないので、父親から勘当されてしまった。仕方なく彼は職を転々としながら日本全国を渡り歩き、好色修行に明け暮れる。

世之介の欲望は止《とど》まることを知らない。彼の生き様は、無数の男女がみな色欲に溺れて生きているという現実を、たった一人で代表しているかのようだ。話の前後に矛盾があったり、世之介がリアリティに欠けるのも、この辺りに関係がありそうだ。世之介は「浮世の介(世の中の男)」というその名の通り、「個体」というよりはむしろ「種」に近いように思える。いわゆる近代的な「人格=キャラクター」とは、存在の次元がそもそも違うのだ。

ある時、世之介は海難事故にあって死にかける。恨みごとをいう女達をなだめすかすため、船遊びを提案したが、船は難破。同乗していた女性は全員死亡、世之介だけがかろうじて一命をとりとめる。

この事件をきっかけに勘当されていた実家と連絡が取れ、彼は父の死を知らされる。そのまま二万五〇〇〇貫目という莫大な財産を相続し、世之介は一夜にして「大大大臣《だいだいだいじん》」に変貌する。以後、彼は粋人《すいじん》（富裕かつ遊びに長けた好色の達人）として振る舞うようになる。

世之介が粋人となったのは、全国をさんざん渡り歩いたあげく、事故で死にかけて、遺産を相続するという一連の流れがあったからだ。

粋《すい》の極みに至った世之介は、以後は京（島原《しまばら》）・大坂（新《しん》町《まち》）・江戸（吉原《よしわら》）という三大都市の遊廓を中心に放蕩をくり返す。太夫《たゆう》と呼ばれる最高ランクの遊女達を相手に、遊びを展開するのである。面白いことに、この辺りから世之介ははなしの中心であることに遠慮がちになり、太夫に華をもたせるような場面が目立ってくる。

還暦を迎えてもなお、世之介の欲望は衰えない。しかし、彼も肉体の老化から逃れることはできなかった。足腰は弱り耳は遠くなった。そうした現実に対して、世之介は、驚くべき行動に出る。仲間と一緒に、女性だけが住むという伝説の島「女護島《にょうごがしま》」を目指して船出するというのだ。かつて船で死にかけた世之介が、海の向こうに活路を見いだそうというのである。

「好色丸《よしいろまる》」と名づけられたその船には、精力剤や媚薬、性具といった淫具が積み込まれる。他にも吹貫《ふきぬき》（風向きを知るための装置）には太夫吉野の脚布《きゃふ》（下着）を用い、船を繋ぎ止めるための大綱には女性の髪を縒《よ》りまぜる、という拘《こだわ》りようだ。伊豆から出航した彼らが女護島にたどりつき、「女のつかみ取り」を実現したかどうかはわからない。

さて、この『好色一代男』と対をなすのが『好色一代女』である。こちらは、好色庵《こうしょくあん》という庵に住んでいる老女が、訪ねてきた男たちに自分の一生を語る、というスタイルで話が進む。最初に「語り手」と「聞き手」が登場し、語りの場が設定されるというのは、古くは『大鏡』などにみられる形式である。なお『一代女』の場合、主人公は基本的に「我」、つまり一人称で語られるが、時おり「女」と三人称が用いられることがある。これは、一代女がつい三人称で自己を語ってしまうほどに、自身の人生を突き放して見ているからだと読んでおきたい。

一代女は殿上貴族にも関わりがあった家の出で、姿形のたいへん美しい女性だった。本来ならば宮中に出仕していてもおかしくなかった、と本人は語る。ちなみに、彼女の名前が作中で明かされることはない。あくまでも彼女は「女」であり、この点は世之介と似ている。

だが、どこか人間離れしていた世之介と異なり、一代女はいかにも「生身の女」といった存在である。彼女の最初の恋の相手は、あるお方に仕えている青侍《あおざむらい》だった。しかしある日二人の仲が露見してしまい、男は処刑されて一代女も実家に送り返される。男を失ったショックで一度は命を捨てようと決心するのだが、時間が経つにつれ男のことなどさっぱり忘れてしまう。

なぜ一代女が生身の女なのかというと、物語が進むにつれて彼女が次第に落ちぶれていくからだ。はじめ、彼女は遊女の最高位である太夫の位にあった。ところが、客を選り好みしているうちに人気が落ち、太夫の下の位である天神《てんじん》に降格してしまう。その後さらにその下の鹿恋《かこい》へとランクを下げられてしまい、かつてと違うぞんざいな扱いを嘆くことになる。年季が明ける時には見世《みせ》女郎(端女郎ともいう)という、遊女としては最低のランクに落とされていた。

こうして、一代女の人生は転落をはじめる。遊郭を出た以後も、行く方々で男を情を交わすことに変わりはない。だが、だんだんその舞台が場末になっていくのである。これは一代男にはなかったリアリティだろう。坊主相手の売色のために男装して寺に通ったり(寺小姓)、はたまた船頭相手に売色する歌比丘尼になったりと、彼女はさまざまな職を経験していく。

時には欲望を断ち切って堅気に生きようとしたりもするが、長くは続かない。ある武家屋敷にお物師役《ものしやく》として奉公した折のことである。「若殿様の下着にする」といって渡された練縞《ねりじま》の布の裏地には、裸で交わり合う男女の絵が書かれていた。せっかく大人しく暮らす決意を固めていたのに、それを見るなり、過去に関係した男のことが思い出され、縫い物も手に付かずもの思いにふける。

その翌日である。一代女は、ふとしたことから屋敷に仕えている中間《ちゅうげん》が立ち小便しているところを目撃してしまう。そのモノの豪快なこと、欲望を抑えきれなくなった一代女は、仮病をつかって奉公を抜け出してしまう。

老いてしまえば、男は見向きもしてくれない。彼女の「若さ」と「美」に男が価値を認めるからこそ、自由な生き方が可能だったという抜き差しならない構図がすでにここにはある。

　もともと彼女は皮膚が薄く小柄な女性だった。そのため、六五歳になってもパッと見には四〇過ぎに見えるほどだった。そこで惣家《そうか》(夜に路上で客を取る売娼)になるのだが、全然客が付かず、ついに一代女も色勤《いろづと》めを諦めるのである。

　こうなると、一代女にも道心といったものが芽生える。殊勝にも、京都の大雲寺《だいうんじ》という所に参詣した。そこには五百羅漢が祀られた堂があったが、その像を一体一体よく見ていると、次第にどれもこれもがかつて交わった男たちの顔に見えてきてしまった。これには彼女も自分の浅ましさが嫌になり、入水自殺しようとしたところを人に止められる。そしてついに発心し、平穏な今の暮らしがあるのだという。ここで、物語で語られている「今」と物語を語っている「今」が一致し、物語は終了するのである。


　さて、「雑話物」について解説しておきたい。『西鶴諸国ばなし』は特に首尾一貫したテーマもなく、世の中の変わった話を色々と集めたものである。

　変わった話が多くて興味は尽きないのだが、ここでは巻五の三「楽《たのしみ》の鱒鮎《まこ》の手《て》」を取り上げるだけでご容赦願いたい。


舞台は鎌倉の金沢というところ、流円坊《りゅうえんぼう》という出家僧が一人住まいをしていた。ある夜、彼のもとに見なれない生き物が二匹やってくる。よくよく見るとそれは鱒鮎《まこ》という生き物らしいのだが、西鶴は何の解説もしてくれない。挿絵を参考にする限り、それは耳のとがった珍獣のようだ。理由は不明だが、彼らは流円に流木と食べ物を差し入れてくれた。以後彼と鱒鮎《まこ》はすっかり仲良くなり、流円が寂しく過ごしているときにはいつでも二匹が訪れるようになる。

　とりわけ嬉しいことに、鱒鮎《まこ》は流円の身体のかゆいところを自然と察知し、掻いてくれるのである。その気持ちの良さといったら、寿命も延びる思いがする。そういえば世間には「まごの手」というものがあるが、それは実をいうとこの鱒鮎の手に由来しているのだ、という。鱒鮎《まこ》がかわいいのでつい笑って許してしまう。当時、孫の手の由来として「麻姑《まこ》」という仙女の伝説があったらしいが、それよりもこちらの方がずっと面白い。ちなみに、この鱒鮎《まこ》は後に流円の古い知り合いの死を告げ知らせてくれる。


　次に「武家物」の紹介に移ろう。ここには『武道伝来記』や『武家義理物語』、『新可笑記』といった作品が含まれる。

いったい「義理」といい「一分」といい、武士は体面や名誉といった「他者からの評価」を非常に重視する。それは、武士というものが本質的に命の奪い合いに生きる存在、つまり戦闘を生業とする職業集団であることに起因する。

こうした価値観は、戦乱が終わった泰平の世・江戸時代になっても生き残った。それも戦場での職業倫理としてではなく、武士社会に固有の道徳規範として。彼らにとっては名誉を重んじることが道徳的なのである。そこからはみ出す振る舞いをすれば、武士社会から排除されてしまう。時には嫉妬にも似た感情を伴って、臆病者に対する制裁力が発揮される。

我々にとっては不可解なまでに命を軽んじる武士の姿を、西鶴は描き出す。西鶴にとっても、それは不可解だったかも知れない。武家物の端緒を飾る作品、『武道伝来記』は、敵討ちを主な題材にした三二篇の物語からなる。平和な時代に戦争はありえないが、喧嘩や刀傷沙汰は意外に多かった。

その場の斬り合いで決着がつけばまだいいが、大抵の場合はそれで終わらない。面子を重んじる武士のことである。誰かが殺されればその身内が黙ってはいない。報復に出る。親が殺されたら子が、兄が殺されたら弟が、という風に、残された一族の人間が無念を晴らすのである。

たとえば巻五の四「火燵《こたつ》も歩《あり》く四足《よつあし》の庭」の話はこうだ。

とある夜、気の合う仲間である五人の武士が屋敷に集まっていた。彼らは色々な雑談に興じていたが、話題も尽きてしまったので百物語をはじめることにした。

九九の怪談が終わってあとひとつ、というところだった。まさに恐怖の絶頂にあったこのとき、縁側の方から何やら怪しい物音がしはじめた。一人の武士が障子に穴を空け、恐る恐る外を覗いてみると、何と火燵《こたつ》が庭を走り回っているではないか。異常事態にすっかり怖じ気づいた彼らは、火燵を仕留める役の押しつけ合いをはじめてしまう。だが、腕に覚えがあった家の主・友枝為右衛門重之《ともえだためゑもんしげゆき》が手鑓《てやり》(短い槍)をもち出してきて、見事に火燵の化け物を突きとめた。

物《もの》の怪《け》を退治したとなれば、これは手柄である。主人の名誉を保証するため、他の四人が連判で証拠状を書いた。そしていざ火燵を調べてみると、何と中で死んでいたのは屋敷で飼っていた犬だった。

ところが、この話が巷《ちまた》で有名になってしまった。「武士たるものが犬を突いて証拠状とは」と馬鹿にされた五人、特に手柄を立て損なった為右衛門は悔しい思いをしていた。そんなある日、事情を知らない侍が「犬の証拠状の話を知っているか」と、あろうことか為右衛門本人に聞いてしまう。ついに堪忍袋の緒が切れた為右衛門は、この侍・篠村三九郎《しのむらさんくろう》に果たし合いを要求する。

別に三九郎に悪意があったわけではない。為右衛門とて、三九郎に個人的な恨みはない。ただ、為右衛門としては武士の一分が立たないのである。三九郎もまた、争いを回避しようとはしない。潔く果たし合いに応じる。お互いに助太刀を連れ合った結果、双方合わせて三二名が斬り合いに参加し、一五名が死亡するという大事件に発展した。この時、三九郎は為右衛門の手にかかって殺されてしまった。

だが、これで終わりではない。為右衛門と彼の仲間は他国に逃亡したが、殺された篠村三九郎の子・林八郎と三八《さんぱち》が報復の旅に出る。二人はまず生き残った為右衛門の仲間を見つけ出し、彼の居場所を聞き出す。そして京都の一条戻り橋を舞台に、首尾良く為右衛門を斬り殺し、仇を討ったのである。

『武道伝来記』の後に出版された『武家義理物語』についても触れておこう。『武道伝来記』が西鶴本人に近い時代設定の話が多いのに対し、『武家義理物語』は安土桃山や鎌倉と更に遡った時代の話も見られる。また、こちらは敵討ちにこだわらずさまざまなエピソードが収められているのも特徴だ。

巻一の五「死なば同じ波枕《なみまくら》とや」には、戦国時代の武将・荒木村重《むらしげ》(信長に反逆した部将として有名)の下で家中の監視役をつとめた、神崎式部《かんざきしきぶ》という男が登場する。ある時、村重の次男である村丸《むらまる》が東国見物に出かけたが、その際に式部も同行することとなった。伊丹から東路を下る途中、大井川にさしかかる。大井川は東海道でも随一の難所で、水かさが増しているのを案じた式部は一泊して渡河を延期することを進言する。

だが血気盛んな村丸は強引に渡河を命令した。案の定、渡り切れずに流され、溺死する者が続出する。式部は何とか渡りきるのだが、この時盛岡丹三郎《もりおかたんざぶろう》という一六歳の若武者が流されて行方不明になってしまう。この丹三郎は、神崎式部と同役の盛岡丹後《たんご》の息子である。出発する際、式部は盛岡丹後から息子のことを頼まれていたのだった。

武士の約束に違えてしまった式部。しかも、自分の一子たる勝三郎は無事に大井川を渡りきっている。ここで式部は息子に過酷な命令を下す。「丹三郎は親から預かってきた。ここで彼の最期を見捨て、お前を世に生かしては、丹後の手前武士の一分が立たない。今すぐ果てよ」と。そう告げられた勝三郎は、すぐさま渡りきったばかりの大井川に身を投げた。この後、式部と丹後は無常を観じて出家することとなった。

　名誉の偏重は、あくまでも殺し合いを日常とする人間の価値観である。しかし、西鶴の生きた時代は関ヶ原や大坂の陣、島原の乱といった戦争を経験した世代がこの世を去っていく時期だった。平和な時代に血なまぐさい価値観を維持しようとすれば、奇妙な歪みが生まれる。戦を知らない戦闘のプロが名誉を誇示するには、喧嘩や自決といった局面しか残されていなかったのである。

「町人物」の解説に移る。ここには『日本永代蔵』、『世間胸算用』などの作品が入る。いうまでもなく、西鶴は町人である。大坂は日本中の米が集まる、いわば物流における日本の中心だった。当然商人が多い。町人物は浮世草子の活動としては後期に属するが、ここにきて自身の階層を題材にしたのである。

　武士が名誉を重んじるなら、町人は実利を重んじる。『日本永代蔵』が描いたのは、才覚（能力）と仕合せ（運）によって分限となった者、あるいは力及ばず事業に失敗した者たちの経営手腕であった。たとえば巻一の三「浪風《なみかぜ》静かに神通丸《じんづうまる》」には米市場のあった大坂北浜に住む老女が登場する。彼女は、船から米を荷下ろしする際に生じる筒落米《つつおごめ》を掃き集めて暮らし、それで財産を築き上げた。その財産は子に相続されたが、子は両替屋として見事に成功し、後には両替相場を左右するほどの実力者になったという。親子二代の出世物語である。

　また巻五の五「三匁五分《ふん》曙《あけぼの》のかね」は、美作（現在の岡山）の久米という土地に住んでいた万屋《よろづや》という分限者の話である。この万屋の一人息子に、吉太郎という男がいた。彼は変わった男で、「悋気づよき（嫉妬深い）女房ならば我が嫁にとりたき」という。その理由は「嫉妬深い女が女房なら、色遊びに行かなくなるから」だという。そうなれば自然と家中が引き締まって、良いことずくめになると彼はうそぶく。

　実際、彼はとても嫉妬深い女性を娶《めと》った。だが、ある時その女房が自分の嫉妬深い性格を恥じ入って、改めてしまうのである。それに油断した吉太郎は女色と男色にどっぷりはまり込んでしまい、豊かだった内証（財務状況）は一気に傾いてしまった。再起を図るため両替屋に鞍替えするが、ついに三匁五分のはした金も用意できなくなり、苦しい内部事情が世間にばれてしまうのである。

また『永代蔵』の後に出版された『世間胸算用』で語られるのは、大晦日における掛乞《かけご》い（借金取り）と借りた人間との攻防である。当時はツケで物品を購入し、年末にまとめて支払うというのが普通だった。それゆえ大晦日は総決算の日であり、債権者は何とかして掛金を回収しようとする。逆に債務者としては、ここをやり過ごせば一年は金の心配をせずに済む。

巻二の四「門柱《かどばしら》も皆《みな》かりの世」には、借金することにすっかり馴れた商人が登場する。借金取りから逃げも隠れもせず、「借金で首を切られたという話は聞いたことがない。あるものをやらないのではない。やりたいけれど、ないものはないのだ」と開き直る。開き直るだけではない。包丁を研いで「錆を落としたところで何も切る物はないけれど、自害の役ぐらいには立つだろう」と言ったかと思えば、まるで狐が憑いたような目つきで包丁を振り回しはじめる。そこに近づいた鶏の首を打ち落とす男。異様な雰囲気に胆をつぶした掛乞い達は、諦めてすごすごと帰っていく。

ところが、一人だけ全く動じない者がいた。まだ一八、九で角前髪《すみまへがみ》（元服前の髪形）の若者である。彼は男が一芝居打っているのをすっかり見抜き、落ち着いた態度で支払いを要求する。男は逆上してすごむが、若者は平然としている。支払えないなら門口の柱を借金のカタに貰っていく、と大槌で打ちはずしてしまう。これにはさすがの男も降参して、支払いを済ませる。帰る際、若者は新たな「掛乞い撃退法」まで伝授していった。

おそらく、西鶴は経済というシステムの本質を直観的に理解していたのではないか。彼は云う、「今は銀《かね》がかねを儲《まう》くる時節」（『日本永代蔵』巻五の四）と。富める者ますます富み、貧しいものはさらに落ちぶれていくのが貨幣経済の常態であることは今も昔も変わらない。

蓄積された資本は利益を生むために投資され、回収された資本はさらなる利益を求めて再投下される。貨幣の貯蔵者に利益をもたらす利子、つまり「複利」の力は絶大である。まさに「今の世の商売《しやうばい》に、銀《かね》かし屋より外《ほか》によき事はなし」（『世間胸算用』巻二の一）なのである。

最後に遺作についても触れておこう。元禄六年（一六九三）、五二才で西鶴は死去するが、その死後六年にわたって西鶴の作品は出版され続けた。『西鶴置土産』、『西鶴織留』など、タイトルに西鶴の名を冠したものが目立つ。死後、「西鶴」は完全にブランド化していたのである。

「世界の偽《うそ》かたまつてひとつの美遊《びゆ》（美しい遊び、つまり遊廓）となれり」という味わい深い序文から始まる『西鶴置土産』は、弟子である団水の編集によって出版された。裕福な大臣が遊里に入り浸り、そして破産していくという話が多い。

巻三の二「子が親の勘当逆川《かんだうさかさまがは》をおよぐ」は、文字通り子に逆勘当された親の話だ。親は伊勢町（東京の日本橋あたり）の大盃《おほさかづき》という通り名の大臣である。彼は悪所狂いをやめろと「異見」されるが、一向に聞き入れない。しまいには、親の「死一倍《しにいちばい》」ならぬ子の「追出し一倍」の借金までしてしまう。死一倍というのは当時あった借金の形式で、もし親が死んだら遺産を相続して、すぐ倍にして返済する、という契約である。

結局この親父は手切れ金をもらって一家と縁を切ることになるが、その後の言い草が凄い。私は体が丈夫なので、不養生にしていてもまだ三〇年は長生きする自信がある。せがれは女房をもったら、精力を使い果たして三年か五年で死ぬのは目に見えている。子の物は親の物だから、そっくり財産を貰って遊女と逢える。一日も早く息子に嫁をお授け下さい」などと神に祈るのである。

西鶴の話には、悲惨な話や深刻な話も少なくないのだが、どれも妙にあっけらかんとしている。変に説教臭かったり、いじけていたり、怒ったりしないからかもしれない。笑い話も悲しい話も酷い話も無茶な話も、みな一様に軽やかなのである。

西鶴俳諧の魅力

山口貴士

もっとも古い西鶴（初期、鶴永と号す）の俳諧作品は大坂の俳人西村長愛子の撰になる、『遠近集《おちこちしゅう》』（寛文六年）にみえる、次のような発句である。

a　餝縄《かざりなは》や内外二重御代の松
b　こころ爰《ここ》になきか鳴ぬか郭公《ほととぎす》
c　彦星やげにも今夜は七ひかり

いずれも、寛文初期の作と思われる。その手法は、a「二重《ふたえ》」と「三重《みえ》」、「三重《みえ》」と「御代《みよ》」の言い掛け、b「無き」と「鳴き」の言い掛け、c彦星と、「曾孫《ひこ》」、諺「親の光は七光り」の言い掛け、といった具合で、いずれも、貞門俳諧における言語遊戯のレベルを越えていない。bなどはいくぶん軽やかさも感じられるが、この時点ではまだ、西鶴の作風にとりたてて新しい要素はなかったといってよい。

それが、『大坂独吟集』（延宝三年）所収の「軽口に」独吟百韻になると、異なる様相を呈するようになる。

文月や爰元無事にてらすらん
　きんかあたまに盆前の露
（初折表　七―八）

夏まっ盛りの七月、月が照らして光り輝くのは、盆の準備にいそしむ男の金柑頭（禿げ頭）に浮かぶ汗だった——という滑稽な付合。また他には、

駕籠かきや松原さして急ぐらん
　医者もかなはぬ木曾の御最後

（二折表　三―四）

という、駕籠と医者との連想をベースに、江戸の街を走る駕籠かきの姿から、『平家物語』で木曾義仲が松原で自刃したくだりへと鮮やかに転じた付合もある。これらの付合は、前出の発句と比べると、発想が伸びやかで躍動的である。生活における卑俗なおかしみを切り取り、それらを軽やかな口ぶりで大胆に詠んでゆく。これぞ、俳諧師西鶴の本領といえるものであった。

さて、また別の視点からみてみよう。同独吟百韻におけるもうひとつの大きな特徴は、その構成力である。

西鶴の詞書によれば、本作品成立の経緯は次の通り。一六六七年（寛文七）夏、伏見西岸寺にて、西鶴は当時の大坂の有力俳諧師・任口上人と居合わせた。同じくそこを訪れていた淀の某に発句を所望された任口は、「鳴ますかよゝ〳〵などにほとゝぎす」と詠じた。その珍妙な句作りに西鶴は大いに感銘を受け、「軽口にまかせてなけよほとゝぎす」という挨拶を発句にして、伏見から大坂八軒屋までの淀川下りの船中にて、一夜にして百韻を巻きあげてしまった。

ここでいう「軽口」とは、「当意即妙の即興性・当座性を生命とする」(1)言語遊戯の意であり、当時台頭しつつあった新進俳諧師たちの共通理念であった。発句で自身の意気を高らかに謳いあげた西鶴は、目的地八軒屋で朝を迎えながら、

　　花のなみ伏見の里をくだり舟
　　　あげ句のはては大坂の春

と一巻を締めくくっている。付合の妙もさることながら、このように発句と挙句とを照応させて、一巻を仕立て上げる精緻な構成力もまた、西鶴の本領であった。彼の作家としての素養は、この時期からすでに準備されていたと思われる。

そして寛文一三年（一六七三）、西鶴は俳壇にセンセーショナルな衝撃をもたらした。『生玉万句』の出版である。これは、西鶴主導により大坂生玉神社で一二日間にわたって催された万句興行のうち、百韻各巻の発句・脇・第三を抄出したものである。その序には次のように書かれる。

　或ヒト問フ、何とて世の風俗《ならは》しを放れたる俳諧を好まるゝや。答ヘテ曰ク、世こぞって濁れり、我ひとり清り、何としてかその汁を啜り、其糟をなめんや（中略）朝

于夕べに聞うたは耳の底にかびはへて、口に苔を生じ、いつきくも老のくりごと益なし（中略）髭おとこをも和げるは此道なれば、数寄にはかる口の句作、そしらばそしれ、わんざくれ、雀の千こゑ、鶴の一こゑと、みづから筆を取てかくばかり

古風側（貞門）の俳人たちは自分のことを「無学文盲」「阿蘭陀流（異風、邪道なもの）」だといって批判するが、彼らの俳諧こそ非難されてしかるべきだ。自分は俳諧の祖・荒木田守武の流れを受け継いで、即興に基づく「軽口」の俳諧で新しい境地を開拓しようとしているのだ。批判するならすれば良い。最後は鶴（西鶴）の一声だけが残るのだから――正統を謳い、西鶴らを異端視していた貞門の俳人たちに対する強烈な宣戦布告である。

一見すると、当時西鶴が革新派のリーダーとして大坂中の俳諧師たちを率いていたかのような文章だが、加藤定彦氏(2)によれば、その実態はやや異なっていたようである。

そもそも、この時点では俳壇における西鶴の地位はけっして高いものではなかった。『生玉万句』の興行には一六〇名もの俳人が参加しているが、それらのほとんどは新人俳人もしくは泡沫俳人である。『清水万句』に対抗して自己喧伝を狙った西鶴の思惑によって、この大掛かりな万句興行は成立した。序文の口ぶりは、当時の西鶴の気概を示していることに違いはないが、その実情とはいささか隔たりがあったようである。

ともあれ、〝談林の祖〟宗因ブームにも後押しされ、西鶴の俳壇における戦略は絶好のスタートを切った。続いて西鶴が繰り出したのが、名を隠して西鶴が編集、出版した俳諧撰集『哥仙大坂俳諧師』（延宝元年）である。これは、西鶴を含む大坂の俳諧師三六人の肖像と発句の手蹟を並べたアンソロジーであった。

西鶴は、あたかも自身が客観的に高い評価を受けているかのような操作を目論んだのである。初撰本と改定本との間に六名の異動があることから、出版に際し俳壇に大きな波紋を投げかけたことが予想される。このように、俳諧師西鶴は版本メディアの力を熟知し、最大限に利用したのである。

延宝二年の歳旦吟で、鶴永から西鶴に改号。翌三年には亡妻追善と銘うって『独吟一日千句』を巻く。先例があるにせよ（貞門の俳人・山口清勝が寛文一三年に刊行した十百韻『清水千句』(3)）、のちに「矢数俳諧」と呼ばれることになる速

吟俳諧へのターニングポイントであった。その内容も、速吟の影響もあってか、

　婦夫一所に腰が痛むぞ
　夜べの事人にいはれぬ契にて
　　今より後は簀子《すのこ》落すな

（第九　二折裏三―六）

と、軽妙なおかしみを狙った軽口が目立つようになっている。付合の手法においては、会話等を利用した心付けによる付合へと比重が移っていることにも気づかされよう。

また、この作品においても、『大坂独吟集』所収鶴永独吟百韻と同じく、全体の構成に大胆かつ緻密な工夫が施されていることに注目したい。たとえば、「第一第二第三の発句から第三までの付合、それぞれに臨終から葬送、荼毘、骨上げ、初七日までの一連の葬送儀礼、追善仏事の順序を追っている」(4)こと。またそればかりでなく、「第一の巻から第五の巻までを妻の臨終から葬送、冥土への旅立ち、妻の行き着く冥土の景までの流れという一連の構想の下に用意」(5)されていること。これらを考え合わせると、西鶴が従来の連句の撰行を越えて『独吟一日千句』を構想していることに気づく。

巻末に宗因をはじめ大坂の俳諧師一〇五名の追善発句を載せるなど、ここでも亡き妻の弔いを建前とした自己喧伝を図ったことは否めないが、純粋に作品として鑑賞したときには、ひとりの人間としての悲哀と豊かな詩情を見ることができよう。

　昼ねの夢はさめてかんかり
　ちる花や今に死んだと思はれず
　　こそ〳〵とそる柳髪

（第九　名残の折裏　六―挙句）

若き愛妻の死という不幸を乗り越えた西鶴は、その速吟技術に磨きをかけ、矢数俳諧の雄として絶頂時代を迎えることとなる。一六七七年(延宝五)九月には生玉本覚寺で一夜一六〇〇句独吟をやってのけ、『俳諧大句数』として出版。矢数俳諧はたちまち俳壇から大きな注目を浴びるようになり、一六七七(延宝五)年九月には大和の月松軒《げつしょうけん》紀子《きし》が一昼夜独吟一八〇〇句、延宝七年には仙台の大淀《おおよど》三千風《みちかぜ》が一昼夜独吟二八〇〇句に成功。記録を破られた西鶴は、延宝八年、生玉

社南坊で再度記録更新に臨み、四〇〇〇句の独吟を達成。『西鶴大矢数』と題して出版した。

その勢いを保ったまま、西鶴は貞享元年、住吉神社において二万三五〇〇句という記録を残し、自らが創始した矢数俳諧に終止符を打つ。だがこの頃にはすでに人々の心は急速に矢数俳諧から離れていた。俳諧の本質から外れてアクロバティックな競争に明け暮れた西鶴たちには、「射て見たが何の根もない大矢数」（轍士撰『花見車』元禄一五年）という虚しさが漂っていたかもしれない。

矢数俳諧ブームの終焉以来、西鶴は「比ころの俳諧の風勢気ニ入不申候ゆへやめ申候」（眞野長澄宛書簡）と小説執筆へ傾倒。その後、一六九〇年（元禄三）ごろから俳諧師としての活動を再開しているが、その俳風は矢数俳諧とは大きく異なるものであった。たとえば一六八九年（元禄二）に西鶴が後進へ授けた秘伝書『俳諧のならひ事』では、理想とする俳諧のあり方について、次のように語っている。

> むかしは前句にひとつものかぬように付る事を第一にいたせり。近年はまたあまり遠く付て其正体をわすれ侍る。比行方ともよろしからず。兎角中をとりて正風の俳諧とはいへり。其子細は前句に付ずしておもしろからず。付過て悪し。

元禄期の俳壇においては、詞の連想や前句の意味に応じて付ける親句《しんく》付けよりも、前句の情趣に調和するように付ける疎句《そく》付けの俳諧が重んじられる風潮があった。その中で西鶴は、前句と「ひとつものかぬように」付ける親句付け、「遠く付」けすぎる疎句付けのいずれかに寄りかかるのは望ましくなく、その中庸というべき〈正風〉の俳諧をめざすべきであると提唱したのである。

これは西鶴なりの時代への歩み寄りであったが、もはや俳壇における西鶴の影響力は乏しく、その主張があまねく広まることはなかった。晩年の西鶴は、独自の〈正風〉論を盾に、俳諧師としての自負を保とうとしていたのかもしれない。

■注

(1) 尾形功「軽口の俳諧—西鶴登場の史的意義—」(『俳諧史論考』桜楓社、昭和五二年)。

(2)「俳諧師西鶴の実像—その作家的出発」(『俳諧の近世史』若草書房、平成一〇年)。

(3) 牛見正和「新収俳書『清水千句』—解題と翻刻—」(『ビブリア』117、平成一四年五月)。

(4) 大谷篤蔵「無常鳥—俳諧師西鶴」(『芭蕉連句私解』角川書店、平成七年)。

(5) 前田亜弥「井原西鶴『独吟一日千句』試論」(『れぎおん』23、平成一〇年)。

西鶴本と出版メディア

六渡佳織

はじめに

中世までと比較して近世文学の最大の特徴は、印刷出版されている点である。中世以前でも一部では印刷は行われていたが、そのほとんどは寺院による仏書関係であり、宗教行為としての色合いが強く、近世における出版とは異なるものであった。近世における印刷・出版は文禄から寛永年間まで約五〇年続く古活字版時代からはじまる。古活字版は京で急速に普及し、やがて坊刻(民間人印刷)の古活字版が出はじめる。坊刻古活字版刊行者から近世における経済行為としての出版がはじまる。そして、寛永三年頃を境に、印刷様式は活字から版木彫刻による整版印刷へと移行する。大量印刷に不向きである活字版に比べ、整版は、一度彫ってしまえば分量の多い作品の量産や増刷、再刷も容易であり、古活字版から整版への移行は出版需要の増大を物語っている。整版は大坂や江戸でも発展の兆しをみせはじめる。大坂では延宝・天和頃から隆盛となり、江戸では京の有力出版者の出展が栄え、地元の新興勢力も台頭する。出版物も初期は歴史書、漢籍、仏書、古典などが多かったが、俳諧書が出版されるようになり、次いで仮名草子や浄瑠璃本などさまざまなジャンルの新作が次々と出版された。

西鶴と当時の出版機構の関係についてはしばしば論じられてきた。西鶴の編著書の書肆についての特徴は、中心となったのは大坂出版界初期の新興書肆たちであるということだ。彼らは西鶴編著書を刊行することによって大坂出版界を隆盛に導き、一方西鶴自身も彼らを意図的に活用することによって、俳諧師としてまた小説家として三都に名声を得たといえるであろう。西鶴の作品、特に西鶴没後の五作の遺稿集には書肆の意志が介在していると考えられている。

西鶴本の書肆

はじめに西鶴の俳書の書肆からみていく。西鶴処女編著の『生玉万句』(寛文一三年六月)、西鶴妻追善集の『独吟一日千句』(延宝三年四月)、西鶴一派の歳旦集の『大坂歳旦』(同年)の三書を刊行したのは、大坂阿波座堀の「板本《はんもと》安兵衛」である。安兵衛は大坂出版界初期のほとんど実績のない出版本屋であったが、この三書の性格からして西鶴とは個人的に親密な人物であったと推測される。

また、談林系の俳書と縁が深かった、大坂伏見呉服町の深江屋太郎兵衛も延宝七年から『西鶴五百韻』『飛梅千句《とびうめせんく》』、『西鶴大矢数』、『精進膾《しょうじんなます》』など次々と西鶴の編著を刊行した。深江屋は西鶴の編著のみではなく、その知人、門人の編著も出版している。一昼夜独吟四〇〇〇句の偉業『西鶴大矢数』、西山宗因一周忌追善の『精進膾』の刊行、知人、門人の編著の出版斡旋など、談林派における自派勢力の拡大に繋がるという意味からも、深江屋は俳諧師西鶴にとって極めて重要な書肆であった。

安兵衛、深江屋以外では、京の老舗井筒屋庄兵衛、大坂生野屋六郎兵衛、大坂板木屋伊右衛門、大坂河内屋市左衛門がおり、元禄四年八月の『俳諧石車』は、京の上村(松葉屋)平左衛門・江戸万屋清兵衛・大坂寿善屋の相版である。なお西鶴の俳書刊本のうち、寛文一三年九月『俳諧歌仙画図』、延宝四年一〇月『古今俳諧師手鑑』、同五年五月『大句数』の三作は、出版書肆が不明である。

次に西鶴の浮世草子の書肆についてだが、その最初の作品である『好色一代男』(天和二年一〇月)は、大坂思案橋の荒《あら》砥屋《とや》孫兵衛可心が版元である。この荒砥屋は、後にも先にも刊行したのは『好色一代男』だけであり、職業書肆ではないことはこれまでも指摘されてきた。荒砥屋は「可心」が俳号と推測される以外は不明であり、俳書の書肆である安兵衛と同様に西鶴と個人的な関係による出版と考えられる。後に大坂地安堂寺町五丁目心斎筋南横町の書肆秋田屋市兵衛が求版(すでに刊行した本の版木を版元から買い求めること)して、初版と同じ刊年月のもの、次いで刊年のないものと続刊し、五匁で売り捌いた。また改刻江戸版に、貞享元年三月川崎七郎兵衛版があり、同地大津屋四郎兵衛、同万屋の順で求版された。江戸では絵師の菱川師宣による絵本化も行われ、『大和絵のこんげん』『好色世話絵づくし』(貞享三年正月)が鱗形屋から刊行された。このように『好色一代男』は発売から間もなくして大ベストセラーとなった。この流行を大坂の版元が見逃すはずもなく、江戸版の『好色一代男』が出た翌月の貞享元年四月に『諸艶大鑑』が大坂の版元である池田屋三郎右衛門方から出版された。西鶴の稿本に大坂の版元が飛びついた様子は、都の錦『元禄大平記』(元禄一五年)の巻三の中にも記述がある。以下が『元禄大平記』の引用である。

> 西鶴存生の時、池野屋二郎右衛門より、好色浮世躍といふ草子を六冊たのまれ、いまだ寫本を一巻も渡さずして、前銀三百匁を借り、五日が間に南の色茶屋、木やの左吉が所へ打込み、その後池野やより、寫本を催促するにいつ〳〵は出來して渡さう、それ〳〵の日は埒が明くるよしを契約する。

ここで書かれている「池野屋二郎右衛門」は「池野屋三郎衛門」であると推測される。『好色一代男』が五匁、『好色五人女』が二匁八分と値段がつけられており、庶民文芸といえども、簡単に手の出せる値段ではなかった。そういったことからも、銀三〇〇匁はかなりの大金であり、西鶴の原稿を手に入れるために、池野屋が必死であった様子が窺える。

もっとも、『元禄太平記』の記述は信憑性があるとはいい切れないのではあるが、当時の本屋が西鶴の原稿を欲しがっていたのは事実であろう。この他にも、『元禄大平記』には、さまざまな本屋の話が書かれている。

西鶴本の初版に職業書肆がついて以降、その出版基盤は一貫して大坂であった。中でも貞享期までは、大坂の呉服町心斎筋の池野屋三郎衛門と、同北御堂前安土町の森田庄太郎の活動が顕著である。池野屋は前出の『諸艶大鑑』、『西鶴諸国はなし』(貞享二年正月)、『好色一代女』(貞享三年六月)を単独出版し、相版では江戸万屋・大坂千種五兵衛と『本朝二十不孝』(貞享三年一一月)、江戸万屋と『武道伝来記』(貞享四年四月)、『新可笑記』(元禄元年一一月)の三作を出版した。

森田庄太郎は、『椀久一世の物語』(貞享二年二月)を単独出版して、相版本としては、江戸万屋と組んだ『好色五人女』(貞享三年二月)、京都金屋長兵衛・江戸西村梅風軒と組んだ『日本永代蔵』の二作を出版した。後印本(後年印刷された本)では、江戸万屋を削除した『好色五人女』単独版や、その改題本『当世女容気』(推定享保五年正月)、江戸の西村を削った『日本永代蔵』(相版)を刊行しており、浮世草子以外でも西鶴編の宇治《うじ》加賀掾《かがのじょう》段物集(浄瑠璃の抜き書き本)『小竹集』(貞享二年八月)を出版している。池田屋も森田も、元禄元年を最後に西鶴本初版と関わらなくなるが、その理由は不明である。

貞享後期になると、西鶴本には多くの書肆がつくようになるが、大坂書肆では、俳諧書の書肆としても西鶴と関わりのあった深江屋太郎兵衛、心斎橋上人町の雁金屋庄兵衛、境筋備後町の八尾甚左衛門などがいる。深江屋は、京都山崎屋市兵衛と相版で『男色大鑑』(貞享四年正月)、単独出版では『新吉原つねぐ〳〵草』(元禄二年三月)を刊行している。雁金屋は『増益書籍目録』(元禄九年)にみられる同店版『好色三所ぜたい』が貞享五年六月『色里三所世帯』(伝存本版元名なし)を指すならばこれが最初の西鶴本刊行である。相版本に、存疑本であるが、江戸万屋・京都油屋宇右衛門・京都松葉屋と『浮世栄花一代男』(元禄六年正月)、江戸万屋・京都上村と組んだ第二遺稿集『西鶴織留』(元禄七年三月)、第四遺稿集『万の文反古』があり、『色里三所世帯』を改題増補した相版本『好色兵揃《つわものぞろへ》』(元禄九年二月。江戸万屋・京都松葉屋との相版)も刊行している。八尾は元禄に入ってからの創業と思われ、相版で江戸万屋・京都松葉屋と組んで第一遺稿集『西鶴置土産』(元禄六年冬)と、京都田中庄兵衛と組んで第三遺稿集の『西鶴俗つれぐ〳〵』(元禄八年正月)を刊行している。

これ以外の大坂書肆では、京都山岡市兵衛・江戸万屋との相版本『武家義理物語』(貞享五年二月)を刊行した安井加兵衛、江戸平野清三郎と相版の『好色盛衰記』(貞享五年中で九月以前)を刊行した江戸屋荘右衛門、江戸万屋との相版『本朝桜陰比事』(元禄二年正月)、単独出版で(同年同月)『一目玉鉾』を刊行した雁金屋庄左衛門、京都上村・江戸万屋と相版『世間胸算用』(元禄五年正月)を刊行した伊丹屋太郎右衛門がいる。

これまでの仮名草子は、京およびその支配下にあった江戸書商によって開版されたが、その奥付には、一人の出版者名しか記載されていないのが普通であった。しかし、貞享二年以後の西鶴本の奥付には二名から四名の名前が記載されている。仏書や漢籍については二軒以上の本屋が共同出資の形で版を彫る場合があった。この場合、一方の出資者が勝手に本を刷って売り出すことを防ぐために版木を分けて保持する。これを「相版」と称し、元禄以前にも行われていた。しかし、西鶴本のように大坂、京、江戸の書肆の名前が刊行者として名を連ねていても、版木分割保持の相版が成立しえたとは考えにくい。これは単純に販売面の提携を意味するものと考えられる。

出版が盛んになるにつれて、重版・類版の横行が激しく、同業者の損害が甚だしかった。重版・類版に関する申し合わせをするいわゆる本屋仲間が大坂でいつ頃成立したかは不明であるが、延宝前後に刊行された『難波雀』、『難波鶴』など大坂案内記の類書異本が数種あることから、それよりも後であると推測される。蒔田稲城氏は大坂本屋仲間について、以下のように言及している。(1)

大阪本屋仲間の創制は、貞享元禄頃の斯界隆盛期、多分元禄年間であったと推測するのが妥当であろう。即ち現存せる記録中にも

御當地前々より申合候書物屋廿四人之者共元禄十一年寅八月七日

松平玄藩主様え御訴訟申上候云々

とあるところより見れば、元禄十一年以前に於て、本屋の申合が行はれていたことは明かである。

このような本屋仲間間での申し合わせにより、重版や類版は防がれた。

西鶴本は伝存本による限りでは、初版の単独版は全て大坂で、貞享三年六月『好色一代女』がその最後である。大坂に江戸、または京の書肆が加わった二都版は同年二月『好色五人女』と翌年正月の『男色大鑑』がそれぞれ最初で、三都版は貞享五年正月『日本永代蔵』がその最初である。こうした二都版・三都版は読者の拡大を意味する他、その土地での重版類版を防止するためという意味もあった。蒔田氏は、大坂の本屋仲間の立場よりみるならば京との間には類版事件が多く、江戸との間には重版事件が多かったため、一都のみで力を尽くしても他地と協調が完全に行われていない限りは本屋仲間の効果を挙げることはできないと説明されている。

西鶴本の場合、江戸では日本橋青物町の万屋清兵衛が京に先駆けて相版者(共同出版者)となった。万屋は老舗ではなかったが、江戸が関わる西鶴本の初版をほぼ独占し、『男色大鑑』後印本と、改題本『好色兵揃』でも新たに相版者となっている。初版における万屋以外の相版江戸書肆といえば、『日本永代蔵』の西村梅風軒、『好色盛衰記』の平野屋清三郎の二人、各一作のみである。京都は伝統的ないわゆる物の本(漢籍・仏書等の書物)が主流で、当初大坂の新文学である西鶴本に関心が薄く、初版相版本でも、『男色大鑑』の山崎市兵衛、『日本永代蔵』の金屋長兵衛、『武家義理物語』の

山岡市兵衛と、一定しなかったが、西鶴晩年には二条通堺町の松葉屋上村平左衛門(『世間胸算用』『浮世栄花一代男』『西鶴織留』『万の文反古』)と、寺町五条上ル町の田中庄兵衛(『西鶴置土産』『西鶴俗つれ〴〵』)が相版者として定着した。上村はまた、前述『好色兵揃』と、『浮世栄花一代男』の改題本『好色勘忍記』(元禄一一年二月)も相版している。

この他、初版以外の主要な三都書肆は、大坂では西沢太兵衛(『日本永代蔵』改編本)、万屋彦太郎(『世間胸算用』後印本、『浮世栄花一代男』の再改題本『浮世花鳥風月』)などがおり、江戸では、参河屋久兵衛(『諸艶大鑑』の後印本。相版)、山口権兵衛(『好色盛衰記』の再改題本『西鶴栄花咄』)、志村孫七(『西鶴置土産』の改刻江戸版『西鶴彼岸桜』、その改題本『朝くれなゐ』)など、京では、升屋仰山堂青山為兵衛(『西鶴置土産』と『西鶴俗つれ〴〵』の各後印本)などがいる。

なお『椀久二世の物語』(貞享三年頃)、『懐硯』(貞享四年三月)、『嵐は無常物語』(貞享五年三月)、第五遺稿集『西鶴名残の友』は初版出版書肆が不明である。

さて、西鶴本の読者はどのような人物であっただろうか。出版業が盛んになり、読者も増大の一途を辿ったのではあるが、西鶴の浮世草子は元禄九年刊書籍目録によると、一作品二匁三分から八匁の間でだいたい四匁前後のものが多い。これは安価とはいえず、購入読者はそれほど多くなかったはずである。そこで推測されるのが貸本の利用である。長友千代治氏によると、西鶴の時代にはすでに行商本屋の貸本業が確立していたので[2]、これを利用した読者は少なくなかった。版本が高価であるが故に筆写する者も出てくるが、これは時間的にも能力的にも誰にでも出来るわけではない。そういったことから貸本屋が生業として成立したのである。

出版取締り

江戸時代には出版取締りが行われていた。

最初の出版統制の御触書は明暦三年二月に京都で「和本之軍書類」に対する出版規制の御触が京で出されている[3]この出版規制の内容は以下の通りである[4]。

一、和本之軍書之類、若板行仕事有之者、出所以下書付、奉行所へ指上可請下知事。

一、飛神・魔法・奇異・妖怪等之邪説、新義之秘事、門徒又者山伏・行人等に不限、仏神に事を寄、人民を妖惑

するものの類、又ハ諸宗共に法難ニ可成申分、与力同心仕之族、代々御制禁之書条新儀之沙汰ニあらざる段可存弁其旨事。

右条々違犯之族於有之者可為曲事者也。

明暦三年丁酉二月廿九日

京の出版界は寛永年間から隆盛となっていた。そして更に発展していき、元禄期、京書林十哲といわれてる出版業者がいた。『京羽二重』(貞享二年)には、京の書物屋が紹介されている。

小川一条上ル丁	歌　書	林　白　水
二条車屋町	法華書	平　楽　寺
同　衣ノ棚	儒医書	風　　　月
同　東洞院	安斎書	武村市兵衛
同　富小路	禅　書	田原仁左衛門
寺町誓願寺下	真言書	前川権兵衛
寺町五条	同	中野小左衛門
右　同　町	法華書	同五郎左衛門
五条橋通高倉	一向宗	西村九郎衛門
二条御幸町	謡　本	金屋長兵衛

これらは京の主だった書店であった。また、『元禄大平記』の中では京の本屋については「京都の本屋七十二軒は中古より定まりたる歴々の書林孔門七十二賢にかたどり、其中に、林、村上、野田、山本、八尾、風月、秋田、上村、中野、武村、此十軒を十哲と名付けて、専ら世上に隠れなく、いづれもすぐれし人々なり」と書かれている。ここで書かれている村上とは『京羽二重』の平楽寺を指す。この中で八尾は八尾甚四郎のことであり、八尾は西鶴本の出版にも関わっていた。

大坂は、京や江戸に比べると出版において後進地であった。

現在、西鶴の時代の出版システムに関する直接的な資料は見いだせない。それ故、重版・類版の問題、出版取締りの具体的実態はわからない。

■注

（1）蒔田稲城『京阪書籍商史』（高尾彦四郎書店、昭和四三年一〇月）

（2）長友千代治『近世貸本屋の研究』（東京堂出版、昭和五七年）

（3）今田洋三『江戸の禁書』（吉川弘文館、昭和五六年）

（4）「上下京町々古書明細記」（『日本都市生活史料集成1』学習研究社、昭和五二年）

西鶴浮世草子の初版本

※(坂)大坂／(京)京都／(江)江戸

書名	刊行年	巻数／冊数	初版本版元
好色一代男	天和2年(1682)10月	大本八巻八冊	荒砥屋孫兵衛(坂)
好色一代男(江戸版)	貞享元年(1684) 3月	大本八巻八冊	川崎七郎兵衛(江)
諸艶大鑑	〃 4月	大本八巻八冊	池田屋三郎右衛門(坂)
西鶴諸国はなし	貞享2年(1685) 正月	大本五巻五冊	池田屋三郎右衛門(坂)
椀久一世の物語	〃 2月	半紙本二巻二冊	森田庄太郎(坂)
好色五人女	貞享3年(1986) 2月	大本五巻五冊	森田庄太郎(坂)
好色一代女	〃 6月	大本六巻六冊	池田屋三郎右衛門(坂)
本朝二十不孝	〃 11月	大本五巻五冊	千種屋五兵衛(坂)池田屋三郎右衛門(坂)万屋清兵衛(江)
懐硯	貞享4年(1687) 3月	大本五巻五冊	不明
男色大鑑	〃 4月	大本八巻十冊	深江屋太郎兵衛(坂)山崎屋市兵衛(京)
武道伝来記	〃 4月	大本八巻八冊	池田屋三郎右衛門(坂)万屋清兵衛(江)
日本永代蔵	貞享5年(1688) 正月	大本六巻六冊	森田庄太郎(坂)金屋長兵衛(京)西村梅風軒(江)
武家義理物語	〃 2月	大本六巻六冊	安井加兵衛(坂)山岡市兵衛(京)万屋清兵衛(江)
嵐は無常物語	〃 3月	半紙本二巻二冊	不明
色里三所世帯	〃 6月	大本三巻四冊	雁金屋庄兵衛(坂)
好色盛衰記	〃 9月以前	大本五巻五冊	江戸屋荘右衛門(坂)平野屋清三郎(江)
新可笑記	元禄元年(1688)11月	大本五巻五冊	池田屋三郎右衛門(坂)万屋清兵衛(江)
一目玉鉾	元禄2年(1689) 正月	大本四巻四冊	雁金屋庄兵衛(坂)
本朝桜陰比事	〃 正月	大本五巻五冊	雁金屋庄兵衛(坂)
新吉原つねづね草	〃 3月	大本上下二冊	深江屋太郎兵衛(坂)
世間胸算用	元禄5年(1692) 正月	大本五巻五冊	伊丹屋太郎右衛門(坂)上村平左衛門(京)万屋清兵衛(江)
浮世栄花一代男	元禄6年(1693) 正月	半紙本四巻四冊	雁金屋庄兵衛(坂)油屋宇右衛門(坂)松葉屋平左衛門(京)万屋清兵衛(江)
西鶴置土産	〃 冬	大本五巻五冊	八尾甚左衛門(坂)田中庄兵衛(京)万屋清兵衛(江)
西鶴織留	元禄7年(1694) 3月	大本六巻六冊	上村平左衛門(京)雁金屋庄兵衛(坂)万屋清兵衛(江)
西鶴俗つれ〴〵	元禄8年(1695) 正月	大本五巻五冊	八尾甚左衛門(坂)田中庄兵衛(京)
万の文反古	元禄9年(1696) 正月	半紙本五巻五冊	上村平左衛門(京)雁金屋庄兵衛(坂)万屋清兵衛(江)
西鶴名残の友	元禄12年(1699)4月	大本五巻四冊	不明

貨幣制度・町人生活

小野寺伸一郎

江戸時代の貨幣制度は、金貨・銀貨・銭貨のいわゆる三貨制度がとられていた。特に金貨・銀貨については、「江戸の金遣い」「大坂の銀遣い」といわれるように、双方の商慣習の違いから金貨は江戸を中心とした東日本、銀貨は上方を中心とした西日本でよく流通していた。

三貨の鋳造は金座・銀座・銭座で行われた。金座は、江戸・駿府・京・佐渡に設けられ、勘定奉行の支配下に置かれて小判・一分金の鋳造、検定、極印(品質保証、偽造防止のために印を打つこと)、包封(所定の紙で包装、封印すること)を行った。文禄四年(一五九五)に彫金師の後藤庄三郎光次が幕府に命じられて江戸で金貨の鋳造を行って以来、金座は代々後藤役所が家職として統括した。この役所は江戸城の常盤橋門の外にあり、その跡地には現在、日本銀行の本店が建っている。銀座は、慶長六年(一六〇一)に伏見、同一一年には駿府にも設けられた。後同一三年に伏見の銀座は京に移転、慶長一七年に駿府の銀座は江戸に移転した。江戸に銀座が設置された京橋の南四町は新両替町と呼ばれ、明治期に入って別称の「銀座」が正式な町名になり、現在に至っている。銭座は全国各地に置かれた。幕府の勘定奉行の支配を受ける常設の役所であった金座・銀座に比べて民間の請負事業であった。銭貨は鋳造されたのち幕府に収める金銀貨と異なり、一両四貫文(四〇〇〇文)で売られた(これを「銭売り」という)。

金貨は枚数を数えて使用するいわゆる計数貨幣であり、金貨の単位は両・分・朱の三通りで、一両＝四分＝一六朱という四進法が使われた。金貨の種類は、時代劇や昔話でよく見かける大判(一〇両)・小判(一両)に一分金などがある。この中でも特に大判は、主に武家や公家の贈答用、商店の店頭に飾りとしてもっぱら用いられ、一般の使用はほとんど無かったようである。また、小判は「石一両」といわれ、一枚でおよそ一般庶民一人あたりの年間消費量にあたる米一石が購入できる価値を有していたといわれる。

それに対し、銀貨は秤で目方を量って取引する秤量貨幣であった。単位は貫・匁・分・厘・毛という、重さの単位がそのまま用いられ、一貫＝一〇〇〇匁、匁以下は一匁＝一〇分というように十進法が用いられた（一匁は三・七五グラム）。銀貨の種類は、海鼠《なまこ》型のような形の銀の塊に刻印を押した丁銀や、小玉銀・小粒などとも呼ばれた豆板銀がある。銀貨の実際の使用は、重さと数量が上書きされた紙に包まれた状態で行われることが多かったという。

銭貨は、中世の頃から流通していた永楽通宝などの中国銭や京銭（国産の銭）などが使われていたが、寛永一三年（一六三六）に寛永通宝が鋳造され、しだいにこれに統一された。銭は貫・文という単位が用いられ、一枚が一文、一貫文＝一〇〇〇文であった。一〇〇枚単位で束にされて（銭貨中央の穴を藁で作った銭緡《ぜにざし》でつないだ）用いられることもあったが、実際は九六枚で、不足分の四文は手数料であった。前者を「調百《ちょうひゃく》」、後者を「九六銭《くろくせん》」という。庶民にとってもっとも身近な貨幣であり、日々の買い物などは銭貨でのやりとりが一般的であったので、たとえば職人が仕事の給金を銀貨の形で受け取った場合、そのままでは実生活において不便なので、両替商などで銭貨に交換して用いたのである。両替商は両替以外に貸付業務や為替手形の発行など、現在の銀行で行う金融業務も担当した。『日本永代蔵』巻四の三「仕合せの種を蒔銭」では、主人公の分銅屋何某が「伝内といふ芝居の近所に九尺間の棚借りて銭見世を出し、諸見物の札銭を売りけるに、銀二匁・三匁のうちにて、五厘・一分の掛込（実際

図１　『日本永代蔵』巻二の一（早稲田大学図書館蔵）

の目方より少なく量ること)を見て、少しの事ながら、つもれば大分の利を取り、次第に両替屋となりて、これ楠分限、根のゆるぐことなし」と、芝居小屋の近くで見物客相手に銭両替を行い、財を成す話がある。

ちなみに、金銀銭の交換レートは時代により相場は異なるが、金一両に対し銀六〇匁、銭四貫文(四〇〇〇文)というのが基準である。

当時、品物の売買はいわゆる「掛け売り」という方法が一般的であった。これは、品物を購入するごとに帳簿に氏名・住所・商品名・代金などが記載され、年に五度の節季ごとにまとめて商品の代金を支払う方法である。価格には掛け値、つまりその間の利息分まで含まれていた。『世間胸算用』では、一年の最後にして最大の収支決算日である大晦日に掛け売りの代金を回収しようと奔走する商人と、何とか借金を支払わずに済ませたいと願う町人とのやり取りが、さまざまな形で描かれている。

「町人」ということばは、『町人嚢《ちょうにんぶくろ》』巻一で「此四民(士農工商をさす)のうち工と商とをもつて町人と号せり」と述べられている。また、『俚言集覧《りげんしゅうらん》』では「大坂にて町人と云ひ、又、町人衆といふは家もちの事也、家もたぬは借家人と云ふ、京では家持を町衆と云ふ」とある。当時「町人」は、町に住む商人や職人一般を指す場合と、町内に家屋土地をもち役を負担する家持(地主)のことを指す場合があった。もっとも、家持以外にも、土地を地主から借りて家屋を建てる「地借」や、土地も家屋ももたず賃貸生活を営む「店借《たながり》」が存在した。

この中で町政に関わることができたのは家持のみで、家持の中から町年寄・町名主・月行事が選ばれ、町の公務を勤めた。町人は農民に課されたような年貢負担は免除されたが、道橋の修理・上下水道の整備・城郭や堀の掃除・防火・塵芥処理といった夫役や経済的負担を課された。

町人社会は城下町、宿場町、港町、門前町などで形成された。一般的に町は町屋敷と呼ばれる単位で区分けされ、それぞれ区域内に数十人から一〇〇人程度の人間が暮らしていた。町屋敷は表通りに面した表店《おもてだな》(江戸時代は家のことを「店」といった)と、表店の路地を奥に入った裏店《うらだな》(裏長屋)から構成される。表店では、地借が店を建てたり店借が店舗を借りたりして商売を営むことが多かった。『日本永代蔵』巻二の一「世界の借屋大将」では、主人公の藤市《ふじいち》が二間間口《まぐち》の店借の身で一〇〇〇貫目の財産をもっていることを「広き世界にならびなき分限我なり」と自慢していたが、貸金の抵当にとった家が質に流れて自分のものになり、家持となった身としては一〇〇〇貫目くらいの財産では京の一流町人の内蔵の塵埃にしかあたらないと嘆いているエピソードが登場する。

表店の横にある木戸をくぐって路地の奥に入ると裏長屋が並んでいた。ここに住む者は店借がほとんどで、棒手振などの小商人や商家の奉公人、大工や左官などの職人、手習い師匠や浪人といった低所得者層の人々が主に生活していた。

長屋の形態は、細長い平屋の建物を粗壁で仕切った割長屋で、間口九尺(二・七メートル)、奥行二間(三・六メートル)が一般的であった。部屋の広さは四畳半一間が一般的で、一ヶ月の店賃は場所によって異なるが、大工の手間賃や棒手振の一日分程度の売り上げにあたる四〇〇〜五〇〇文が相場であったという。

長屋の内部構造は、まず入口部分に土間があり、その脇には米などを煮炊きする「へっつい」と呼ばれた竈、木製の流し、井戸で汲んだ水を入れた甕がある。部屋に上がると、照明器具である行灯、衣服などを入れた長持や箪笥、部屋の端にたたまれた寝具がある。当時押入れというものは存在せず、寝具(敷布団に、夜着と呼ばれた襟袖付の掛け布団)は日中コンパクトにたたんで部屋の隅に置かれ、枕屏風や衝立を前に置いて見えないようにした。また、板敷きの下に収納スペースを作って食料品をしまうなど、四畳半という狭いスペースながら、当時の人々は狭い空間を上手に利用していた。

長屋には井戸や便所(「後架《こうか》」「雪隠《せっちん》」と呼ばれた)、ゴミ溜め、稲荷神社が設置されており、住人が共同で使用した。井戸端では女たちが集まって野菜や食器の洗浄、衣類の洗濯などの水仕事を行った。「井戸端会議」ということばは現在も残っているが、女たちは水仕事を行いながら世間の噂話などさまざまな会話を楽しんだ。井戸端は長屋の人々の大切なコミュニケーションの場だったのである。長屋の共同便所は外に設けられ、小便所は扉がなく、大便所の扉は下半分しかなかったので、人々は便所に入っている姿が外から見える状態で用を足したのであった。溜まった糞尿は近郷農村の農家が畑の肥料用として定期的に汲み取り、その謝礼として大家に野菜や現金を置いていった。長屋の大家にとって、住人の糞尿は大事な収入源のひとつだったのである。

この町屋敷の所有者である地主から委託されて土地や住民

の管理を行ったのが、大家、家主と呼ばれた者たちであった。当時の大家・家主の役割は、現代の大家のように店賃の徴収や破損家屋の修理の手配などを行う他、町奉行所から発せられた禁止令・取締令などの町触《まちぶれ》を長屋の住人たちの前で読んで聞かせたり、店子の身元引受人として結婚の同意や訴訟の付き添いなどを行った。いわば、店子にとって大家とは親も同然の存在であった。

さて、町に住む庶民の仕事とはどんなものであったか。町人の仕事と一口にいってもその種類は多岐にわたるが、ここでは士農工商のうちの「工商」、つまり商人と職人にのみ触れる。

商人には、大店《おおだな》から中小の商家、棒手振などの行商人があった。大店では、屋敷地全体に店舗と商品貯蔵用の土蔵を所有しているのが一般的で、店舗は二階建てが多く、一階の広々とした畳敷きの広間で商売を行い、二階は奉公人の宿泊する部屋と倉庫にあてた。大店の奉公人はほとんど男性で構成され、店頭の雑務や使い走りを担当する丁稚《でっち》、雑用をしながら商品の仕入れや売掛を覚える手代《てだい》、手代の古参である番頭などがある。奉公人は、役付きになれる者の数が限られており、大半は途中で退職した。奉公人の業務はかなり忙しく、明け六つ(日の出)から暮れ六つ(日没)まで客の対応に追われ、日が沈んで店を閉めた後も店内の整理整頓や商品のチェックをしてから就寝した。休日は丁稚、手代、番頭ともに月二回普通で、外出は基本的に休日以外は昼も夜も禁じられた。一年間に二回、一月一六日と七月一六日のみ親元に帰ることを許された(この日を「薮入り」という)。

行商人である棒手振《ぼてふり》は、商品を積んだ天秤棒を肩に担ぎ、朝から晩まで一日中町内を売り歩いた。扱う商品は魚や野菜といったものから、草履・糊・油・炭・ほうき・花といった日用品や娯楽品まで、さまざまな商品を扱った。

職人には、仕事場が外にある出職と、家にいて作業をする居職があった。出職の例としては、火事の多かった江戸時代に需要の高かった大工・左官・屋根職人や、材木問屋などで材木を製材した木挽職人などがある。居職には、鍛冶屋・桶職人・染め物職人などさまざまな職人がいた。職人として生きる場合、一〇歳で親方に弟子入り、一〇年で一人前とみなされ、一年程度の「お礼奉公」をした後、親方から道具一式を買い与えられて独立するのが一般的であった。

江戸時代は不定時法という、現代と異なる時刻制度が用いられていた。日の出を「明け六つ」、日没を「暮れ六つ」とし、昼の時間・夜の時間をそれぞれ六等分した。具体的には、日中を明け六つ・朝五つ・朝四つ・昼九つ(正午)・昼八つ・昼七つ、夜間を暮れ六つ・夜五つ・夜四つ・暁九つ(現在の午前零時)・暁八つ・暁七つと定めた。江戸の町では、明け六つになると江戸城で夜明けを告げる太鼓が鳴り、それに伴って市中のあちこちに設けられている時の鐘が鳴らされた。そして、町屋敷の路地口にある木戸が開かれ、豆腐売りや納豆売りといった棒手振たちの威勢のいい売り声が長屋の路上に響いたのである。出職の職人や棒手振は仕事に出かけ、居職の職人は自分の仕事に、商家では商いに精を出す。子どもは寺子屋へ行って学問を学び、女房は炊事・洗濯・育児に加え、針仕事などの内職に励んで一日を過ごす。日没を知らせる時の鐘が鳴ると亭主は帰宅し、一家で夕食をとる。ちなみに、江戸時代は照明器具である菜種油や蝋燭の値段が高価だったため、一般家庭では比較的安価な魚油が使われた。しかし、ひどい匂いであったため、日が落ちて夕食を済ませると、何も用事がなければ一般庶民はおよそ暮れ五つ(午後八時ごろ)には就寝していたという。

町人の食生活は、それまで一般的であった一日二食から、元禄年間(一六八八〜一七〇四)ごろに三食に変化したと考えられている。農民は幕府によって雑穀を主食とするよう命じられていたが、町人の主食は基本的に白米であった。朝に一日分の米を炊いて飯櫃に入れ、昼夜もこれを食べた。三食ともご飯に味噌汁、漬物におかずが二、三品ついたものが一般的であり、魚はめったに食卓にのぼらなかったという。

江戸時代の庶民の衣服においては、木綿の普及が大きな変化をもたらした。それまでもっぱら衣服の原料として使われていたのは麻であり、朝鮮や中国の輸入に頼っていた木綿は高価であったため、庶民の衣服に利用されることはなかった。しかし、兵衣・鉄砲の火縄用・陣幕・旗・馬衣・船の帆などの素材として木綿の需要が国内で高まり、三河・河内・摂津・伊勢などで木綿栽培が急速に発達した。そして西鶴の活躍する時期には、丈夫で着心地がよく、保温や吸湿に優れた効果を発揮する木綿の衣服が、武士階級や一般民衆の間に普及していた。当時の町人の衣服は、現在の「きもの」の原点である小袖が表着の基本である。綿入れ・袷(綿の入らない、裏地のついた衣服)・単衣・帷子(どちらも裏地のついていない衣服)などの種類があり、季節や用途によって使い分けられた。

一般庶民はもとより、裕福な商家でも自宅に風呂を備えつけることはほとんどなく、基本的に武士階級も町人も風呂は銭湯（「湯屋」ともいう）に通った。これは、火事の火元になるのを恐れたためだといわれる。江戸時代初期は蒸し風呂のスタイルが一般的であったが、中期以降から徐々に湯に浸かるスタイルに変わっていった。現代と違って当時は男女混浴が普通で、男性は褌、女性は湯文字を着けて入浴した。番台で湯銭を払って脱衣所で服を脱ぎ、入口部分が低くなっている石榴口を身をかがめてくぐり、浴室へ入る。これは、浴室内の蒸気を逃がさず、湯が冷めないようにした工夫である。浴室で体を温めた後、洗い場で糠袋などを使って体を洗う。当初は「湯女」という女が洗い場におり、客の背中を掻いて垢を落としたが、色を売ることも多く、明暦三年（一六五七）に禁止された。『好色一代男』巻一「煩悩の垢かき」では、兵庫の風呂屋に立ち寄った主人公が、風流な立ち居振舞いの湯女に懸想し、自分の泊まっている宿に連れ込む話がある。湯女が統制を受けた結果、男性奉公人が客の体を洗うようになっていった。銭湯の二階は男性専用の社交場となっており、主に勤番武士や裕福な商家の者が利用した。二階番頭が持ってくる寿司や菓子をつまみながら顔見知りの者たちと世間話に興じたり、将棋や碁を楽しんだりしたという。

■参考文献

歴史の謎を探る会編『博学ビジュアル版 江戸の庶民の朝から晩まで』（河出書房新社、平成一八年）

竹内誠監修『ビジュアルワイド江戸時代館』（小学館、平成一四年）

武田權太郎『風俗・暮らしのおもしろ雑学 目からウロコの江戸時代』（PHP研究所、平成一五年）

谷脇理史・神保五彌・暉峻康隆校注・訳『日本古典文学全集 井原西鶴集3』（小学館、昭和四七年）

吉原健一郎『江戸の銭と庶民の暮らし』（同成社、平成一五年）

田村栄太郎『江戸時代町人の生活』（雄山閣、平成六年）

高橋幹夫『江戸の暮らし図鑑 道具で見る江戸時代』（芙蓉書房出版、平成一〇年）

中江克己『図説 見取り図で読み解く江戸の暮らし』（青春出版社、平成一九年）

NHKデータ情報部編『ヴィジュアル百科 江戸事情 第一巻生活編』（雄山閣出版、平成三年）

大江戸探検隊『改訂新版 大江戸暮らし―武士と庶民の生活事情』（PHP研究所、平成一五年）

今戸榮一編『目で見る日本風俗史⑨ 続・江戸町人の生活』（日本放送出版協会、昭和六二年）

遊廓案内

中嶋　隆

元禄期を中心とした三都の遊里について、西鶴作品を理解するために必要な事項について、簡単に述べる。

【歴史】

京・島原　京では天正一七年、原三郎左衛門が秀吉から許可を得て、万里小路《までのこうじ》通二条押小路の南北三町に遊女町を造り、柳町と称したのが遊里の始まりである。その後、慶長七年に六条三筋町に移った。この時期の遊里を舞台にした仮名草子が、『好色一代男』にも描かれた吉野太夫の登場する『露殿物語』である。さらに、三代将軍家光の時代、寛永一七年には島原に移転した。

島原遊廓は、一二〇間四方の廓を構えて、東側に大門を構えた。この地にいたるには、茶屋のあった一貫町から丹波口を西へ入り、ここの茶屋町で焼印つきの編み笠を借りる。さらに、朱雀の細道と呼ばれた二町ほどの野道を下ると大門に着く。右手には番小屋があり、門番を代々与右衛門と称した。大門近くに出口の茶屋、廓のメインストリート胴筋をはさんで北向《きたむき》の茶屋がある。太夫・天神クラスの高級遊女と逢う客は、茶屋の亭主の案内で、胴筋突き当たりに並んだ揚屋に向かった。下級遊女である端女郎を抱える局見世も多くあり、『諸国色里案内』によれば、貞享四年当時の遊女総数は三一六人である。西鶴の『独吟百韻自註絵巻』には、島原大門口と出口の茶屋が画かれている。

大坂・新町　大坂の遊里は、慶長年中は西堀の東にあったが、元和末年に道頓堀に移り、瓢箪町と呼ばれた。この廓は、伏見浪人木村又次郎が年寄をつとめ、寛永八年に新町に移転した。天和年中、二代目木村屋又次郎は、役儀不行き届きのため断絶した。島原や吉原は一方口であるが、ここ新町は、東西に大門が造られた二方口の廓である。

移転後も名前の残った瓢箪町、その北側の阿波座町、上博労町の女郎屋が移転した佐渡島町、端女郎の多かった吉原町の四町の他、西口大門の北に揚屋が九軒あったので九軒町と呼ばれた揚屋町があった。この九軒町と佐渡島町とが『好色一代男』『諸艶大鑑』の舞台となった。『諸国色里案内』によれば、貞享四年当時の遊女総数は九八三人である。

江戸・吉原　吉原は『吉原大画図』によれば、元禄二年当時二八六八人の遊女を擁した大廓である。元和三年に、庄司甚右衛門の嘆願を幕府が容れ、麹町八丁目・鎌倉河岸・柳町にあった遊女屋を、葺屋町下の元吉原に移したことにはじまる。甚右衛門は惣名主となり、遊女の町売り禁止や客の長逗留の禁止、身元不審者の取り締まり等、幕府との約定を遵守することが求められた。甚右衛門の死後、甚之丞、又左衛門と惣名主は受け継がれ、以降は代々又左衛門を名乗った。明暦大火のあった明暦三年、浅草日本堤の新吉原に移転した。

待乳山下から日本堤を八町ほど進むと、五十間道（衣紋坂）に出る。その突き当たりが大門で、そこを入ると、岡引きの詰める番所と、門番の会所がある。門番は代々四郎兵衛と名乗った。大門からまっすぐ伸びた中の町通りをはさんで、元吉原以来の五丁町（江戸町一、二丁目、角町、京町一、二丁目）の他、堺町と伏見町とがある。この両町は、寛文八年に江戸市中の風呂屋あがりの茶屋七〇軒あまりが取り潰され、新吉原に茶屋女五百余人を吸収した際出来た町である。

新吉原を囲んで大溝（後の「お歯黒どぶ」）と呼ばれた堀があった。その堀に面したところを河岸と言い、下級遊女の局見世が並んでいた。

【遊女・廓の女性】

太夫　遊女の最高位で、松ともいう。容貌、品位の抜きんでていることは言うまでもないが、当時流行の小唄・浄瑠璃・和歌・俳諧・書・茶の湯・囲碁・双六など、芸能や教養にも秀でなければならなかった。もっとも宴席では、太鼓女郎が音曲を奏で、引舟女郎が客をさばいた。

天神・鹿恋　太夫の次位の遊女を天神・梅、その次の位を鹿恋（囲）・鹿という。太夫に従う太鼓女郎と引舟女郎の階級は鹿恋。吉原では、天神・鹿恋の名称は用いられなかった。

格子・散茶　吉原独特の遊女の階級である。格子は上方の天神にあたる。新吉原では、風呂屋あがりの茶屋女が収容されたが、その女郎を散茶といった。散茶は、客を振らない

（茶筅を振らない）ことから付けられた名称である。格子を張った座敷にたたずむ張見世《はりみせ》をし、揚屋には行かずに客と二階にあがった。散茶見世は風呂屋構えで、格子を付けた部屋と土間があり、暖簾の横の腰掛けに座った妓夫が客を引いた。

端女郎　局女郎《つぼね》ともいう。下級遊女で、二畳、三畳の小部屋で、セックスを切り売りするような生活を強いられた。三都の遊里とも、過半数はこの階級の遊女が占めた。

遣手・禿　遣手は、轡《くつわ》と呼ばれた遊女屋に雇われた老女。太夫・天神の世話を焼き、監督をする。したがって、廓の内情に精通した女郎あがりが多かった。禿は、太夫・天神につく少女で、八歳から一〇歳で太夫に仕えながら、諸事を見習った。一四・五歳になると、新艘《しんぞう》として出世した。

【廓の生活】

揚代　遊女と逢うのに必要な費用を揚代という。西鶴の活躍した天和・貞享当時、太夫の揚代は、島原・七六匁、新町・六三匁、吉原・七四匁である。ただ実際に太夫と逢うには、揚代に数倍する祝儀を払わなければならなかった。たとえば『諸艶大鑑』巻二の四「男かと思えば知れぬ人様」に、会津の客が、はじめて吉原の太夫買いをしたときの祝儀が載るが、「揚屋の亭主に銀三枚（一二九匁）・女房に銀二枚（八六匁）・揚屋の奉公人に銀二枚・若い衆に金二分（約銀三〇匁）・遣手に銀二枚・大門口の茶屋に金二分・泥町の編笠茶屋に金一分（約銀一五匁）、合わせて銀九枚と金一両一分、これは中ぐらいの祝儀だ」と書かれている。銀に換算すると四六二匁となり、揚代の五倍以上の祝儀を支払っている。

天神の揚代は三〇匁、鹿恋は一八匁。吉原の格子女郎は五二匁（昼だけだと二六匁）で、散茶の場合は、金一分だった。

遊女の過半数を占めた端女郎になると、三匁取り、二匁取り、一匁取り、五分取りがあり、揚代も安価だった。

紋日・物日　上方では紋日、吉原では物日という。ともに遊女が必ず客を取らなければならない売り日のことで、客がつかないと、借金して自ら揚代を払わなければならなかった。これを身揚がりと称した。

紋日・物日は正月買いと盆買いの他、寺社の縁日など、月並みの紋日・物日が月に七、八日決められており、客にとっても、客のつかない遊女にとっても大きな負担になった。正月買いは大晦日から三日まで遊女を揚げ詰めにして、庭銭と呼ばれる祝儀を轡と揚屋に支払った。盆買いは三日間、節句買いも通例三日間遊女を揚げ詰めにした。そのため契約期間(年季)を過ぎても身揚がりの借金に縛られて、苦界奉公を続けざるを得ない遊女が多かった。

揚屋　太夫・天神・格子クラスの高級遊女は、轡から揚屋に派遣されて、大尽と遊興した。太鼓持ち等も加わり酒宴が催された貸座敷である。貞享期には、島原・二四軒、新町・三〇軒、吉原・一八軒の揚屋があった。「京の女郎に江戸の張をもたせ、大坂の揚屋で逢はば、この上何かあるべし」(『好色一代男』巻六の六)と西鶴が書いているように、大坂の揚屋の料理は群を抜いていた。吉原では享保以降揚屋がなくなり、揚屋町には客を遊女屋に案内する引手茶屋が軒を連ねるようになるが、元禄期には営業していた。

茶屋　島原に赴いた大尽客は、出口の茶屋と北向の茶屋で身なりを整え揚屋に向かった。茶屋で鹿恋や端女郎を揚げる事もあった。新町では東口、西口、佐渡島町に茶屋があったが、役割は島原と変わらない。新吉原の十八軒茶屋は、揚屋への案内もしたが、太夫の道中見物に用いられることが多かった。

これらの茶屋と役割の違っているのが編笠茶屋である。島原では、丹波口の一貫町、新吉原には泥町にあったが、新町にはなかった。大尽客は、ここで茶屋の焼印のある大編笠を借りて廓に入った。

道中　太夫が揚屋入りする際見せるパフォーマンスを道中という。腰を落として裾を蹴上げる「据え腰蹴出し」の内八文字(島原・新町)外八文字(吉原)が道中の基本である。内八文字はつま先を内側に向け、八の字型にゆっくりと歩む。外八文字はつま先を外へ開くように歩む。西鶴時代には、後のように三枚歯の木履を履くことはなかったが、禿・六尺・遣手を引き連れた道中は、太夫の晴れ舞台だった。

心中立て　客に対し、遊女が真情、恋情の証しとして示す行為をいう。『色道大鏡』によれば「放爪」「誓詞」「断髪」「入墨」「切指」「貫肉」が当時行われた。はがした爪や髪を与える他、烏を図案化した熊野牛王の誓紙に起請文を記した「誓詞」が客に与えられることが多かった。肉体にダメージのある「入墨」「切指」や、腕や股を刃で刺す「貫肉」になると、遊女にとっては悲惨なしきたりではあるが、実際に行われていた。

廓の門限　島原では四つ(午後一〇時)直前に太鼓をたたき泊まらない客を帰して大門を閉めた。これを「四つ門」という。門を開けるのは「八つ門」、すなわち八つ（午前二時）で、入廓する客でにぎわい、これを「朝込み」と称した。

新町では、四つ時に鳴らす太鼓を「限りの太鼓」、開門時の八つに鳴らす太鼓を「三番太鼓」という。島原と違っているのは、夜見世が暮れ六つ（午後六時）から五つ（午後八時）まで張られていたことである。夜見世では格子見世に居並んだ遊女が顔見せをした。

吉原名物も、暮れ六つから四つにかけて夜見世を出して賑わったが、吉原では「張見世」という。六つに鳴らす鈴を合図に、三味線の清掻《すががき》が始まり、散茶女郎が格子の中に居並んだ。四つになると拍子木が打たれ、大門を閉めた。

『好色一代男』の吉野

後藤重文

本項では、井原西鶴の『好色一代男』（天和二年刊行）巻五「後は様つけて呼ぶ」を参照しながら、遊廓に関する情報と、テクスト解釈の関係性を考察したい。

本篇には、その艶名が明の国にまで響いたという実在の名妓吉野太夫が登場する。内容には西鶴独自の創作がほどこされており、遊廓の機構を知る上でも重要な一篇といえる。

以下はそのあらすじである。七条通に小刀鍛冶の弟子がいた。この男が吉野太夫を見初め、一日に一刀、丸五三日かけ揚げ代を工面するのだが、会うことができない。事情を聞き知った吉野は、男をひそかに迎え入れ、一夜をともにする。揚屋から陳情が来るが、吉野は「今日の客は訳知りの世之介様であり、隠すことなど何もない」と答える。事実世之介は吉野を「遊女の本意」と絶賛し、さっそくその夜のうちに身請けする。しかしながら、女郎を正妻にすることにたいして親戚筋が承知せず、吉野と離縁しなければ絶縁すると迫る。この事態に対して、吉野自身が仲裁を買って出る。庭に咲く花見を口実に女性たちを集め、下女の風体をして一同の前に現れた吉野は、へりくだった前口上を述べたあと、昔の歌を歌い、琴を弾き、茶を立て、花を活け替え、果ては無常話や噂話まで聞かせて、座にいる女性たちを感服させる。反対していた女性たちが意見を翻し、二人はめでたく祝儀を挙げる。

この梗概から次のことがわかる。第一に、内容が二段構成になっており、場面が廓から商家に移動していること。第二に、女郎である吉野に対する二つの相反するイメージが簡潔に表示され、吉野がそれを覆すという構成になっていることだ。実際、小刀鍛冶の弟子にとって、吉野は崇高さを帯び、金銭では交渉しえないものとして、親類筋の女性たちにとっては、世之介の正妻としてはふさわしくない存在というイメージが最初にある。吉野に与えられるイメージの類型的な対比は、この章に関する限りかなり意識的に構築されている。というのも、世之介の母親がその当時名高い遊女だった「葛城《かづらぎ》・薫《かほる》・三夕」のいずれかのうちから出生したという、物語の冒頭で解説される主人公の設定に関わる基本的な記述が、まるで考慮されていないからである。

あらすじで示された「揚屋」という職業は、遊廓における社会的なカテゴリーのひとつである。遊廓を説明する基本的な書物には、揚屋とは、遊廓に遊びに来た客が酒肴を注文し、遊女屋から遊女を呼び出す場所、という説明がある。また、遊廓における女郎が、京坂では、太夫、天神、鹿恋（囲）、端女郎という等級に分かれており、天神以上は揚屋に呼ばなければならない、などといった、いくつかの作法を発見することとだろう。

ここで本文を引用して、該当箇所を確認しておこう。

揚屋よりとがめて、「是はあまりなる御しかた」と申せば、「けふはわけ知の世之介様なれば何隠すべし。各々の科には」

揚屋はへりくだりながらも語気を強めて吉野に陳情している。「揚屋」は、単に一場の契りを交わす宿の主人というよりは、ある利害関係に含まれる人々を代表して意見を申し立てる存在である。したがって、吉野が「各々の科にはいたしません」というとき、それはたんに一女郎の客あしらいが問題になっているわけではないことを示している。

では、吉野のいかなる行為が非難の対象になったのであろうか。従来、この場面は吉野の引き入れた客である「小刀鍛冶の弟子」の身分に問題があったと解釈されてきた。当時は、下級の鍛冶職人は卑賤視されており、太夫の位である吉野が客としては、ふさわしくなかった。部屋に招き入れられた男は「うそよごれたる顔より泪をこぼし」と描写されており、社会的地位と経済状態を端的に表す表現になっている。

この場面を詳しくみていこう。鍛冶職人は揚代を手にし、夕暮れ時の遊廓に足を運んだが、「及ぶ事のおよばざるは」と諦念している。実際のところ、嘆きの理由は本文中にはっきりと示されてはいない。「身の程いと口惜し」と嘆いてはいるのだが、それが男の職業に対する自覚なのか、金銭上の問題なのか、恋焦がれた女性を理想視するあまり逡巡しているだけなのか、あるいは別のいくつか当然考えられてしかるべき都合――つまり、すでに吉野が別の男に揚げられていたなど――なのか、それらのいくつかの要素の混交なのかは、決して自明のものではない。とりわけ、今挙げた先客がいたという理由にはすでに指摘がある。松田修氏が校注をつけている「新潮日本古典集成」では、吉野と「小刀鍛冶の弟子」が会った日は、「世之介に買われていたから、鍛冶職人とのことは非合法である」と頭注にある。

松田氏の指摘は大きな意味をもっている。というのも、松田氏の表現に従えば、世之介は約束を棒に振られたことになるからだ。もっとも、この解釈を決定づける根拠は、いくつかの状況論を積み上げたものでしかない。吉野が男を密かに呼び入れたこと(だがその場所はどこか)、男が情事の最中に「誰やらまいる」と口にしたこと(だが、この発言は、明らかに思わぬ展開に戸惑ったからでもあろう)、そして、非難が揚屋からもたらされたこと、それに「わけ知りの世之介様なれば何隠すべし」という吉野の言葉から、本来であれば、客には秘匿にしておくべき状況が、女郎と揚屋の双方で起こったことも加味していいかもしれない。

この点を吟味するために、まず事件の時間経過を確認してみよう。吉野と「小刀鍛冶の弟子」の密会があったのは、夕暮れ時から「やうやう四つの鐘の鳴る時」、つまり午後一〇時までだとわかる。情事の後に盃事までしたというから、真夜中にかけてということは確かである。本文ではこの直後に、引用した揚屋の陳情が続き、「夜更て」からようやく世之介が登場する。つまり、揚屋の陳情から世之介の登場以降の場面は、吉野が鍛冶職人と密会した翌日のことであったと推定することも可能なのだ。この時間に関する問題は、ささいではあるが重要な分岐を含んでいる。松田氏はこの場面を連続した一日の出来事だと仮定したがゆえに、金を払って場所をしつらえていた世之介との契約を、吉野が反故にしてしまったと解釈したが、世之介の登場がその翌日だと仮定した場合、揚屋の陳情がさす「科《とが》」の内実はまるで変わってしまうのだ。前者では、世之介が出向いたのは揚げた吉野が現れなかった釈明を聞くためであるが、後者では、鍛冶職人との一件が露見することによって太夫の名に傷がついたことを話題にするために出向いたことになる。そして、揚屋に対して吉野が「どうして隠すことなどあろうか」と言っていることから、世之介自身は当の事実を知ってはおらず、秘したままやり過ごすことも可能であったことが示唆されている。

このような詮索めいた解釈は、ただの牽強付会に感じられるかもしれない。だが、とりわけここで挙げた最後の例に固執したいのは、吉野が正式な契約よりも「小刀鍛冶の弟子」の心入れを優先したから(吉野の矜持)なのか、揚屋という正規の社交空間以外で客との私的な交渉をもったから(太夫という商品イメージの下落)なのかは、解釈の判断を左右する重要な分岐点になるからだ。この二つの意見の対立を明確にするために、陳情をしたのが他でもない「揚屋」だということをあらためて確認しておきたい。なぜなら、『好色一代男』では、遊女が世之介を間夫にしたために起こる対立を描いた章もあり(巻六の一「喰いさして袖の橘」や巻七の一「その面影は雪むかし」など)、契約を破った場合に当の遊女を叱責するのはもっぱら遊女を抱える「親方」であり、揚げ代を払った「客」であるからだ。つまり、遊女の違反行為は直ちに責任問題に発達して、監督不行き届きか、さもなければ契約不履行、もしくはその両方に該当することになる。流れを契約関係として捉えれば、遊女は客に相対する義務があるし、親方は遊女を揚屋に送る義務があるのだが、それにもかかわらず、親方は小刀鍛冶と密会した。では、吉野の行為にまっさきに非難の声を挙げたのが「揚屋」だったのは、いったい何を意味するのだろうか。

この問題を考えるためには、争われているのが客あしらいの作法や遊郭における慣習、「敵」とも呼ばれる客との感情的紐帯などではなくて、遊郭という機構で働いている経済原則にそくして読み取る態度が必要である。揚屋はいったいだれの利害を代表しているのか。はぐらかされた客の代弁なのか、それとも揚屋という組織なのか。「各々の科」にはいたしません、という吉野の発言には、女郎として決断したひとつの行為がどのような反響を呼び起こすかを、正確に計算してもいるという気概が表れているようではある。だが、吉野が犯した違反のレヴェルを正確に計測するためには、まずは小刀鍛冶との密会がどこで行われたかを定めなければならない。一夜の契りの直後に非難が来たことから、舞台も揚屋であると前提にすることは、それほど自明のことだろうか。その場合、揚屋という座敷に吉野が「秘に呼入」れることができたのは、明らかに協力者がいたためであり、協力者が先に客の振りをして場をしつらえていなければ、鍛冶職人は門前払いされるだけだったろう。しかし、場面設定に関する肝心の描写はない。また、密会の場所が揚屋ではないという前提も、同じくらいの精度で成り立つのだが、もちろんそうした描写も存在しない。つまり、吉野が犯したという違反の所在は、思いの他はっきりしないのである。だが、どちらにせよ断定できるのは、揚屋がある損失を被ったことであり、舞台が揚屋であれ別の場所であれ等しくいえるのは、通常なら揚屋を介して遊女屋に支払われるべき揚げ代はおろか、紋日ということで予想していた祝儀までもが皮算用と帰したという純粋に経済的な損失である。少なくとも、揚屋が批難の先頭に立ちうる唯一の原因は、勘定に関する事柄だけである。つまり、ありのままを告白しようとする吉野の決断は、揚げ代しかもち合わせない男の代わりに吉野が揚屋で必要になる諸経費をまかなうわけではない、という単純な支払い拒否を指しているようにも思われるのだ。その場合、揚屋に支払われる見込みであった金銀は、宙に浮く。そのしわ寄せが世之介に向かっただけで、大尽である世之介は一見して「遊女の本意」などとその精神性をあがめているようでありながら、そのじつ懐の広いところをみせているにすぎないことになるだろう。

本章で問題にしている西鶴の大胆な省略を含んだ物語の構成は、遊廓の入り組んだ利害関係の考察を求めているように思う。西鶴の好色物では、往々にして対立や親和関係がはぐらかされるかのような記述にしばしば出会うのであるが、本章でも同様の問題に突きあたる。実際、幾重にも読みかえられる西鶴のテクストの「可能性」は、あっけなく吉野の身請けで決着がつく。他人の情事の肩代わりをさせられるまぬけな大尽を演じるどころか、世之介はその夜のうちに身請けすることで、吉野同様に与えられたイメージをはぐらかしてしまうのだ。

さて、身請けされてからの動向を確認していこう。ここで舞台は遊廓から家に移る。見方によっては、身請けを通じて美化された物語は、結局のところ女である吉野が「苦界」から「家制度」へと、その隷属状態を移行したにすぎない、と思われるかもしれない。実際、奥様になった吉野は以下のように描写される。

そなはつて賤しからず。世間の事も見習ひ、そのかしこさ、後の世を願ふ仏の道も、旦那様と一所の法華になり、煙草もおきらひなれば呑みとどまり、萬に付けて気に入る事ぞかし。

このような紋切り型の記述が続く貞淑ぶりの後、吉野にたいして親類筋は、正妻として認めようとはしない。この親類筋の示すかたくなな反発が、女郎を卑賤視する当時の社会通念を反映した筆致とみることは、明白な間違いである。というのも、そのような読み方は、女郎という存在の担う真に社交的な性格を見すごしているからだ。同じように、女郎を歴史的な存在と捉え、「自由意志」という概念のもとに遡行する分析が不備に終わらざるをえないのも、単にそれが「自発性」と区別できないからではなく、女郎の自立性は客との応酬の中にしか見いだせないからである。その意味で、女郎は極めて両義的な存在である。

吉野が客の貴賤を問わず、貞淑だったと書かれていたとしても、それは出来事の結果であってそれ以上のものではない。吉野という太夫が真に社交的な存在として自立しはじめるのは、女郎として担う両義性を処理するその独特な方法においてである。あくまでも主眼は華麗な変身行為にあり、女郎吉野太夫に対するイメージの交錯とその反転という図式においてみることで、巻五の一の構成はより明確になるだろう。

主人公の世之介においても、そのイメージは必ずしも一定していないため、読書行為の過程で絶えまなく更新される姿が現在となる。その意味で、『好色一代男』はなんども読者を裏切ってきたテキストである。文字通り、読み方を再考させられるのだ。それは、巻五の一で登場する吉野についても同じことがいえるかもしれない。吉野は立派な「奥様」でもあった、という記述は、親戚筋の反対とその後ものの見事に反転する賞賛によって、最終的には次のように書き換えられた。「一門三十五六人の中に並べて、是はと似た女もなし」。

西鶴の描く好色物を通して、女郎が自らに与えられたイメージを反転させる、という主題を取り上げることができるかもしれない。こうした物語の構成は、ある特定の女郎を単一のイメージで理解することを拒否する。本項では、女郎に対する認識は、その人物の所属する階級や場所によって変わるという事実を劇的に物語の中で再構成したのが西鶴のテクストであることを確認した。

あとがき

中嶋　隆

西鶴の小説は、読者を映す鏡のようなものだ。大正時代の自然主義小説家も、現代の読者も、自分と等身大の西鶴像を読み取る。それは観賞というより「創造」と言ってもいい行為である。時代の嗜好を越えて高い評価を得た点では同じだが、同時代を生きた芭蕉が美意識を追求し、少し遅れた近松が質の高いドラマツルギーで、時代を超えたのとは異なっている。西鶴の読み方は時代に応じて変わってきたのだ。西鶴自身も、好色物・雑話物・武家物・町人物と、小説のテーマを次々と変え、文体さえ変えた。これほど「変身」を遂げた作家は文学史上稀だと思う。

西鶴の本業は俳諧師である。速吟の矢数俳諧で鍛えられた言語感覚が、小説世界の豊饒をもたらした。さらに西鶴はメディアの機能を熟知していた。メディアの多様化した今だからこそ、小説・俳諧・実用書・絵画、さらに噂といったメデイアを縦横にコラボレーションした西鶴の創意が理解されると思う。

本書は、第一部で気鋭の研究者がさまざまな観点から作品の魅力に迫り、第二部では、これから西鶴を学ぼうという方々に役立つような情報を中心に編集した。小説だけではなく俳諧にも目配りをしたつもりである。本書がきっかけとなって、西鶴を読んでみようという方が増えてくれれば望外の幸せである。新しい時代に向けた「日本文学ガイド」を企画された松本功氏、面倒な編集作業にご尽力いただいた板東詩おり氏に感謝申し上げる。

平成二四年花冷えの日　　　　編者として記す

井原西鶴関係年表

寛永一二年(一六三五)	五月	外国船の入港を長崎・平戸に限り、日本人の海外渡航と帰国を禁じる。
寛永一三年(一六三六)	六月	寛永通宝の鋳造を開始し、金銀銭三貨の貨幣制度が確立する。
寛永一四年(一六三七)	二月	本阿弥光悦没す。
	一〇月	天草・島原のキリシタン一揆起こる。
寛永一五年(一六三八)	二月	天草・島原のキリシタン一揆が鎮圧される。
寛永一六年(一六三九)	七月	ポルトガル船の来航を禁じる(鎖国体制が完成)。
寛永一九年(一六四二)		**井原西鶴生まれる。本名平山藤五(見聞談叢)。**
寛永二一(正保元)年(一六四四)		松尾芭蕉生まれる。
正保二年(一六四五)	五月	宮本武蔵没す。
	七月	江戸市中のかぶき者を取り締まる。
慶安二年(一六四九)	二月	農民の心得を定めた慶安御触書を公布。検地条例を定める。
慶安四年(一六五一)	六月	木下長嘯子没す。
	四月	徳川家光没す。
	七月	由比正雪、駿府で自殺。
	八月	徳川家綱、将軍宣下を受ける。
慶安五(承応元)年(一六五二)		若衆歌舞伎興行を禁止。
承応二年(一六五三)	三月	野郎歌舞伎興行を許可。
	一一月	松永貞徳没す。
承応四(明暦元)年(一六五五)	六月	鈴木正三没す。
明暦三年(一六五七)	一月	林羅山没す。
	一月	江戸大火(振袖火事)、江戸城本丸、二の丸焼失する。
寛文二年(一六六二)		この年、伊藤仁斎が京都に古義堂を開く。
寛文三年(一六六三)	五月	武家諸法度を改定、殉死を禁じる。
		この年、三都に定飛脚問屋が置かれる。
寛文一一年(一六七一)		河村瑞賢、東廻り航路を開く。
寛文一三(延宝元)年(一六七三)	二月	**西鶴(三二歳)大坂生玉社南坊にて万句興行を主催。六月『生玉万句』を刊行。**
	五月	京都大火、禁裏等が炎上する。
	一〇月	**『哥仙大坂俳諧師』を刊行、発句と肖像が載る。冬、鶴永を西鶴に改号する。**
延宝三年(一六七五)	**四月三日**	**西鶴(三四歳)の妻が病没する。享年二五歳。四月八日、追善の『俳諧独吟一日千句』を作り、上梓する。**
	四月	**西山宗因『大坂独吟集』に宗因批点西鶴独吟「郭公百韻」入集する。**
		この年、江戸田代松意撰『談林十百韻』刊行。
延宝五年(一六七七)	**五月**	**西鶴(三五歳)、大坂生玉本覚寺にて、一夜一日千六百独吟を興行、『西鶴俳諧大句数』と題して上梓。**
	九月	月松軒紀子が奈良中院町極楽院にて一夜一日一八〇〇韻を作り、翌年五月『俳諧大矢数千八百韻』を刊行、菅野谷高政が序文で西鶴を揶揄する。
延宝七年(一六七九)	三月	大淀三千風が二八〇〇句独吟の矢数俳諧を成就し、八月『仙台大矢数』を刊行。西鶴は奥書で紀子と高政を非難する。
延宝八年(一六八〇)	五月	家綱の遺言で、徳川綱吉が将軍となる。
	五月	**西鶴(三九歳)、大坂生玉社別当南坊にて一夜一日四〇〇〇句独吟を興行、翌年四月『西鶴大矢数』と題して刊行する。**
	一二月	堀田正俊が大老、牧野成貞が側用人となる。
		この年、全国で飢饉。
天和二年(一六八二)	**一月**	**西鶴(四一歳)、自画自筆の大坂俳諧師九八人の**

		画像と発句を収めた『俳諧百人一句難波色紙』を刊行する。
	三月	西山宗因没す。
	五月	諸国に忠孝奨励の高札をたてる。
	一〇月	**『好色一代男』刊行。**
	一二月	江戸大火(八百屋お七の火事)。
天和三年(一六八三)	**一月**	**西鶴(四二歳)、役者評判記『難波の顔は伊勢の白粉』を刊行する。**
	二月	幕府、奢侈品の輸入を禁じ、華美な衣裳を禁じる。
天和四(貞享元)年(一六八四)	二月	河村瑞軒、淀川下流の治水工事に着手。
	三月	**菱河師宣画『好色一代男』江戸版刊行。**
	三月	宣命暦を大統暦に改め、さらに一〇月には貞享暦に改める。
	四月	**『諸艶大鑑』刊行。**
	六月	**西鶴(四三歳)、摂津住吉社前で一夜一日二万三五〇〇句独吟を成就する。**
	八月	若年寄稲葉正休、大老堀田正俊を刺殺する。
	一一月	出版取締令が下される。
貞享二年(一六八五)	**一月**	**西鶴(四四歳)、宇治加賀掾正本『暦』を刊行する。**
	一月	**『西鶴諸国ばなし』を刊行する。**
	二月	**『椀久一世の物語』を刊行する。**
	八月	翌年からの長崎貿易の額が制限される。以降、輸入品が高騰し、抜け荷が頻発する。
貞享三年(一六八六)	**一月**	**西鶴(四五歳)、西鷺軒橋泉『近代艶隠者』に序を寄せ、自画自筆版下にて刊行。**
	二月	**『好色五人女』を刊行。**
	二月	近松門左衛門「出世景清」初演。
	四月	幕府、全国鉄砲改め令を出す。
	六月	**『好色一代女』を刊行。**

	九月	幕府、かぶき者(大小神祇組)を追捕する。
貞享四年(一六八七)	**一月**	**『本朝二十不孝』を刊行。**
	一月	**西鶴(四六歳)、『男色大鑑』を刊行。**
	一月	幕府、生類憐み令を出す。
	三月	**『懐硯』を刊行。**
	四月	**『武道伝来記』を刊行。**
貞享五(元禄元)年(一六八八)	**一月**	**『日本永代蔵』を刊行。**
	二月	**『武家義理物語』を刊行。**
	三月	**嵐三郎四郎の最期物語『嵐は無常物語』を刊行。**
	六月	**『色里三所世帯』を刊行。**
	一一月	**『新可笑記』を刊行。**
	一一月	柳沢保明が側用人となる。
		この年、『好色盛衰記』を刊行。
		この年、大坂堂島新地が開拓される。
元禄二年(一六八九)	**一月**	**西鶴(四八歳)、地誌『一目玉鉾』を刊行。**
	一月	**『本朝桜陰比事』を刊行。**
	三月	**磯貝捨若『新吉原つねづね草』に、西鶴が頭注を加えて刊行。**
	三月	松尾芭蕉、「奥の細道」の旅に出る。
元禄三年(一六九〇)	六月	「西くハく」と署名した偽作『真実伊勢物語』が刊行される。
	八月	ドイツ人ケンペル、オランダ商館医師として来日する。
	九月	加賀田可休が『俳諧物見車』で、点取俳諧の評点を公表し、西鶴を非難する。
	一〇月	幕府、捨て子禁止令を出す。
元禄四年(一六九一)	**一月**	**北條団水撰『俳諧団袋』に、西鶴(五〇歳)と団水との両吟半歌仙が載る。**
	八月	**西鶴は『俳諧石車』を刊行し、『俳諧物見車』に反駁する。**
元禄五年(一六九二)	**一月**	**『世間胸算用』を刊行。**

元禄六年（一六九三）	**三月**	**盲目の一女没するか。**
	一月	**『浮世栄花一代男』（存疑本）を刊行する。**
	八月一〇日	**西鶴没す。享年五二歳。**
		冬、北条団水が西鶴遺稿を整理し『西鶴置土産』を刊行する。巻頭に、辞世・西鶴肖像・追善発句を載せる。
元禄七年（一六九四）		春、北条団水、京から西鶴庵に移る。
	三月	**遺稿『西鶴織留』刊行。**
	一〇月	松尾芭蕉没す。享年五一歳。
	一一月	側用人柳沢吉保、老中格となる。
		この年、菱川師宣没す。
元禄八年（一六九五）	**一月**	**遺稿『西鶴俗つれ〴〵』刊行。**
	八月	金銀貨を改鋳する。
	一一月	武蔵中野に犬小屋を作り、野犬を収容する。
		この年、奥羽・北陸飢饉。
元禄九年（一六九六）	**一月**	**遺稿『西鶴文反古（万の文反古）』刊行。**
	四月	荻原重秀、勘定奉行となる。
	八月	荻生徂徠、柳沢吉保に召し抱えられる。
元禄一一年（一六九八）	九月	江戸大火（勅額火事）、寛永寺本坊など焼失。
元禄一二年（一六九九）	**四月**	**遺作『西鶴名残の友』刊行。**
元禄一三年（一七〇〇）		この年、団水、西鶴庵を出て、帰京。

人名索引

索引

事項索引

【執筆者紹介】（執筆順、＊印編者）

①経歴・所属②主な著書・論文

中嶋隆（なかじま　たかし）＊

一九五二年生まれ。①早稲田大学大学院文学研究科博士後期課程満期退学。博士（文学）。早稲田大学教育・総合科学学術院教授。②『新編西鶴と元禄メディア』（笠間書院、二〇一一年）、『西鶴と元禄文芸』（若草書房、二〇〇三年）、『初期浮世草子の展開』（若草書房、一九九六年）ほか。

染谷智幸（そめや　ともゆき）

一九五七年生まれ。①上智大学大学院文学研究科博士前期課程修了。茨城キリスト教大学文学部教授。②『西鶴小説論―対照的構造と〈東アジア〉への視界』（翰林書房、二〇〇五年）、『韓国の古典小説』（共編、ぺりかん社、二〇〇八年）、『新編西鶴全集　第３巻』（共著、勉誠出版、二〇〇三年）ほか。

森田雅也（もりた　まさや）

一九五八年生まれ。①関西学院大学大学院文学研究科博士課程単位取得退学。博士（文学）。関西学院大学文学部教授。②『西鶴浮世草子の展開』（和泉書院、二〇〇六年）、西鶴影印叢書『西鶴諸国はなし』（編著、和泉書院、一九九六年）、『近世文学の展開』（編著、関西学院大学出版会、二〇〇〇年）、『新編西鶴全集　第３巻』（共著、勉誠出版、二〇〇三年）ほか。

井上和人（いのうえ　かずひと）

一九六七年生まれ。①早稲田大学大学院文学研究科博士後期課程満期退学。博士（文学）。関東学院大学文学部准教授。②『仮名草子集』（共著、新編日本古典文学全集64、小学館、一九九九年）、『西沢一風全集』（共著、全六巻、汲古書院、二〇〇三～〇五年）ほか。

森耕一（もり　こういち）

一九四七年生まれ。①早稲田大学大学院文学研究科修士課程修了。元園田学園女子大学教授。②『西鶴論―性愛と金のダイナミズム』（おうふう、二〇〇四年）、『西鶴事典』（共著、おうふう、一九九六年）ほか。

野村亞住（のむら　あずみ）

一九八三年生まれ。①早稲田大学大学院教育学研究科博士後期課程在籍。②「芭蕉連句の季語と季感試論」（『近世文藝』二〇〇九年七月）、『大学生のための基礎力養成ブック』（共著、丸善出版、二〇一二年）ほか。

南陽子（みなみ　ようこ）

一九七九年生まれ。①早稲田大学大学院教育学研究科博士後期課程単位取得退学。②「『好色一代女』巻一の一における悲劇と喜劇」（『学術研究』二〇一二年二月）、「『万の文反古』Ｂ系列の矛盾と笑い」（『近世文藝』二〇一一年七月）ほか。

水上雄亮（みずかみ　ゆうすけ）

一九八〇年生まれ。①早稲田大学大学院教育学研究科博士後期課程単位取得退学。武蔵高等学校・中学校教諭。②「『武道伝来記』巻一の三「嗲塔《ものもうどれ》といふ俄《にはか》正月」読解」（『近世文芸 研究と評論』二〇一〇年六月）、「『西鶴諸国はなし』巻二の五「夢路《ゆめぢ》の風車《かざぐるま》」における物語空間についての分析」（『早稲田大学大学院教育学研究科紀要別冊』二〇〇九年九月）ほか。

山口貴士（やまぐち　たかし）

一九八四年生まれ。①早稲田大学大学院教育学研究科修士課程修了。②「近世初期俳諧における恋句―安原貞室と西鶴を中心に」（修士論文）。

六渡佳織（ろくど　かおり）

一九八四年生まれ。①早稲田大学大学院教育学研究科修士課程修了。常総学院高等学校教諭。②「『西鶴織留』の成立と江戸の出版メディア」（修士論文）。

小野寺伸一郎（おのでら　しんいちろう）

一九七四年生まれ。①早稲田大学大学院教育学研究科修士課程修了。東京都立両国高等学校教諭。②「『宗祇諸国物語』に見られる翻案的手法の諸相とその影響」（修士論文）。

後藤重文（ごとう　しげふみ）

一九八四年生まれ。①早稲田大学大学院教育学研究科修士課程修了。②「仮名草子における象徴空間の変容」（修士論文）。

21世紀日本文学ガイドブック❹

井原西鶴

発行　二〇一二年五月二五日　初版一刷
定価　二〇〇〇円＋税
編者　©中嶋 隆
発行者　松本 功
カバーイラスト　山本 翠
ブックデザイン　廣田 稔
印刷所　三美印刷株式会社
製本所　田中製本印刷株式会社
発行所　株式会社 ひつじ書房
〒一一二-〇〇一一
東京都文京区千石二-一-二 大和ビル二階
Tel. 03-5319-4916　Fax. 03-5319-4917
郵便振替 00120-8-142852
toiawase@hituzi.co.jp　http://www.hituzi.co.jp/
ISBN978-4-89476-511-5　C1395

造本には充分注意しておりますが、落丁・乱丁などがございましたら、小社かお買い上げ書店にておとりかえいたします。

ご意見、ご感想など、小社までお寄せ下されば幸いです。

21世紀日本文学ガイドブック❺

松尾芭蕉

佐藤勝明編

【執筆者】佐藤勝明・伊藤善隆・中森康之・金田房子・越後敬子・大城悦子・黒川桃子・小財陽平・山形彩美・小林孔・金子俊之・永田英理・竹下義人・玉城司

松尾芭蕉の人とその文学を知るための入門書。韻文史に芭蕉が登場した意義をはじめとし、最新の研究成果から興味深いトピックを集めた。芭蕉作品の魅力にせまる最初の一冊。

定価二〇〇〇円＋税